미미한 천사들

앙투안 볼로딘
Antoine Volodine, 1950–

앙투안 볼로딘은 1950년에 프랑스에서 태어났다. 러시아 문학을 가르치고 번역했으며, 프랑스어로 글을 쓴다. 40여 편에 이르는 소설을 통해 문학적 평행 우주 ‘포스트엑조티시즘’을 구현했다. 『미미한 천사들』(1999)로 베플레르 상과 리브르 앵테르 상을, 『찬란한 종착역』(2014)으로 메디치 상을 받았다.

DES ANGES MINEURS
by Antoine Volodine

앙투안 볼로딘

미미한 천사들

나라(narrats)

워크룸 프레스

일러두기

이 책은 앙투안 볼로딘(Antoine Volodine)의 『미미한 천사들(Des Anges Mineurs)』(쇠유 출판사[Éditions du Seuil], 1999)을 한국어로 번역한 것이다.

본문의 주는 모두 역주다.

원문에서 이탤릭체로 강조된 부분은 방점으로, 대문자로 강조된 부분은 고딕체로 구분했다.

차례

나는 100퍼센트의 포스트엑조티시즘 텍스트를 '나라(narrat)'라고 부른다. 어떤 상황, 감정을 포착해서 고정해주는, 기억과 현실 사이, 상상과 추억 사이의 흔들림을 포착해서 고정해주는 소설적 스냅사진들을 '나라'라고 부른다. 이 시적 시퀀스를 바탕으로 독자는 물론이고 플롯의 연기자들 역시 어떤 몽상이든 펼칠 수 있다. 이렇게 글로 고정된 순간 중 마흔아홉 개를 여기서 찾아볼 수 있을 것이다.[1] 그 하나하나에서는 살짝 변조한 사진처럼 천사가 남긴 흔적을 알아볼 수 있을 것이다. 천사들은 여기서 보잘것없는 존재로, 인물들에게 아무 도움이 되지 못한다. 나는 여기서 나의 비렁뱅이들과 내가 좋아하는 짐승들이, 또한 몇몇 불사(不死)의 노파들이, 방랑 도중 찍혀 정지 화면으로 남은 마흔아홉 개의 이미지를 '나라'라고 부른다. 그 죽지 않는 노파 중 적어도 한 명은 내 할머니였다. '나라'는 내가 기억하는 이들, 내가 사랑하는 이들이 삶을 꾸역꾸역 계속하고 있는 자그마한 유배지이기도 한 것이다. 주된 존재 이유는 음악이지만 내가 사랑하는 이들이 무(無)를 향한 행진을 재개하기 전에 잠시 쉬어 갈 수도 있는 짧은 곡(曲)들을 나는 '나라'라고 부른다.

1. 볼로딘은 한 인터뷰에서 이 책을 "49편의 글로 된 사진(photographies en prose)"이라고 칭한 바 있다.

1

엔초 마르디로시안

스스로에게 진실을 감춰봐야 소용이 없는 법. 몸이 반응하는 게 예전 같지 않다. 이제는 울음이 잘 안 나온다. 다른 곳 못지않게 내 안에서도 무언가가 달라졌다. 길거리는 비었고, 어느 도시든 이제 사람은 거의 없고, 시골이나 숲에는 더더욱 없다. 하늘은 환해졌지만 여전히 희끄무레하다. 거대한 시체 매립지들의 독기는 수년간 쉼 없이 불어온 바람에 씻겨 나갔다. 어떤 광경들은 아직도 볼 때마다 마음이 아프다. 어떤 광경들은 그렇지 않다. 어떤 이들은 죽었다. 어떤 이들은 그렇지 않다. 당장이라도 오열이 터질 것 같은데 아무것도 나오지 않는다.

눈물 조절사에게 가봐야겠다.

우울한 저녁이면 나는 한 줌 남은 창문 앞에 쭈그려 앉는다. 창은 거울 구실을 제대로 하지 못한다. 아직도 남아 있는 약간의 소금기 때문에 유리가 뿌예져 상(像)이 탁하다. 창유리를 닦는다. 내 눈을 닦는다. 내 얼굴이 보인다. 공 모양 비슷한 것이, 살아남느라 판지처럼 빳빳해진 얼굴이, 왜 살아남은 건지 모르겠지만 역시 살아남은 머리 타래까지. 이제는 내 모습을 정면으로 바라보는 게 견디기 힘들다. 그럴 때면 방 안 어둠 속에 자리한 자질구레한 것들로 시선을 돌린다. 가구들, 네 생각을 하면서 오후 내내 기다리며 앉아 있던 안락의자, 옷장으로 쓰고 있는 여행 가방, 벽에 걸린 배낭들, 촛불들로 시선을 돌린다. 여름에는 실외의 어둠이 투명해지기도 한다. 한동안 사람들이 식물을 재배하려 했던 널따란 폐허가 눈에 들어온다. 호밀은 종(種)의 특질을 잃어버리고 퇴화했다. 사과나무는 3년에 한 번 꽃이 핀다. 사과나무에서는 회색 사과가 열린다.

나는 조절사에게 가는 것을 계속 미룬다. 엔초 마르디로시안이라는 자이다. 그는 60킬로미터 떨어진 곳에 산다. 예전에 화학 공장들이 서 있던 구역이다. 그가 고독하고 비탄에 빠져 있음을 나는 안다. 예측 불허의 인물이라고들 한다. 비탄에 빠진 사람은 실제로 위험할 때가 많다.

하지만 나는 이 여행을 준비해야 한다. 배낭에 먹을

것을, 염소(鹽素)[2] 대비용 부적을, 엔초 마르디로시안이
미치광이든 아니든 그의 앞에서 울 거리를 챙겨 넣어야 한다.
그와 어깨를 맞대고 미치광이처럼 울 거리를 챙겨야 한다.
벨라 마르디로시안의 사진을 가져가야겠다. 나를 떠나지 않는
벨라의 추억을 우리 둘을 위해 떠올려야겠다. 그에게는, 눈물
조절사에게는, 가진 보물들을 바쳐야겠다. 창유리 한 조각과 회색
사과들을.

---

2. 염소는 화학무기로 사용되기도 한다.

2
프레드 젠플

프레드 젠플은 주변 사람들에게 꽤 대단한 인물로 여겨졌을 게 틀림없다. 첫째, 강제수용소에서 살아남았고, 둘째, 글을 썼기 때문이다. 그런데 일단 이제 그에겐 주변 사람이 없었고, 또한 그의 책들은 『마지막 일곱 노래(Die Sieben Letzte Lieder)』를 제외하면 책이라고 하기에는 민망한 것이었다. 『마지막 일곱 노래』는 사본이 여러 부 있고 심지어 제목이 적힌 표지까지 있어 그의 작품 중에서는 특별한 위상을 지녔다. 그런데 이 일곱 노래는 실은 그가 쓴 가장 형편없는 텍스트이기도 하다.

프레드 젠플이 쓴 이야기들은 우선 자기 종족의 소멸을 성찰했고 개인으로서 자기 자신의 소멸을 다루었다. 요컨대 많은 사람이 흥미로워할 만한 소재였다. 하지만 프레드 젠플은 여성 독자들, 그리고 혹시 있을지도 모르는 남성 독자들과 진정으로 소통할 수 있는 문학적 형식을 찾지 못했다. 그는 낙담하여 끝내 쓰려던 글을 완성하지 못했다.

프레드 젠플의 끝없는 이야기 중 하나는 이렇게 시작했다.

나는 죽음 앞에 무릎 꿇지 않을 것이다. 그날이 오면 나는 침묵할 것이다. 하지만 그 비렁뱅이가 다가오고 있다는 주장은 전적으로 부인할 것이다. 그런 협박은 나에겐 통하지 않을 것이다. 나는 죽음이 실재한다고 믿지 않을 것이다. 예컨대 꿈을 꾸는 것도 아니고 누군가의 악몽 속에 갇힌 것도 아니라고 생각되는 순간에도 살아생전에 그랬듯 계속 눈을 크게 뜨고 있을 것이다. 내 동의 없이는 내 눈꺼풀을 내리지 못할 것이다. 내 동의 없이 이미지들이 끊기는 일은 절대 없을 것이다. 내 의식은 그런 것, 그런 부정(否定)에는 절대 넘어가지 않을 것이다. 나는 저승이나 윤회 같은 헛소리를 늘어놓으면서 기운을 낭비하지 않을 것이다. 내 주의(主義)를 고집할 것이다. 유사 이래로 소멸이라는 현상을 내면에서 묘사한 그 어떤 신뢰할 만한 증언도 존재한 적이 없고, 따라서 소멸이라는 현상은 관찰 불가능하며 전적으로 허구임이 명명백백하다. 나는 죽음이라는 가설을 근거 없다고 강력히 부인할 것이다.

나는 돌진하는 급행열차가 레일을 긁어대는 소리를 들으면서, 기관차가 지척에 다가왔다는 말도 안 되는 생각을 부정하고 또 부정하면서, 어깨와 턱에 힘을 꽉 주고, 내 죽음의 철로 위에 누워 있을 것이다. 일이 잘못될 경우를 대비해 입장을 분명히 적어둔 쪽지를 꽉 움켜쥐리라는 점은 숨기지 않겠다. '무슨 일이 생기건 간에, 내가 살았다고 그 누구도 탓하지 마라.'

3

소피 지롱드

간밤에도 22년 전처럼 소피 지롱드의 꿈을 꾸었다. 그녀는 내 기질에도 능력에도 맞지 않는 모험에 나를 끌어들였다. 우리는 여객선 삼등 선실에서 암컷 백곰들을 분만시키고 있었다. 꼭두새벽이었고, 매우 잔잔한 바다인지 부두인지 몰라도, 오도 가도 못하고 있었다. 배가 움직이지 않았던 것이다. 햇살은 우리에게까지 잘 와 닿지 못했다. 전등은 작동하지 않았고 환기장치도 마찬가지였다. 선내의 좁은 통로에는 피 냄새가 짙은 구름을 지어 떠돌았다. 피 냄새가 야수의 악취와 겹쳐졌다. 우리가 바닥에 방수 시트를 깔아놓았지만 이미 곰들이 발톱으로 찢어발긴 상태였다. 자리가 모자랐다. 짐승의 발이 금속 벽에 부딪히는 둔탁한 충격음이, 발톱 긁는 소리가, 킁킁거리는 콧소리가, 숨소리가 들렸다. 백곰들은 몸부림쳤다. 곰들이 으르렁거리는 소리가 나에겐 위협적으로 느껴졌지만 소피 지롱드는 개의치 않았다. 그녀는 이런 종류의 상황에 나보다 경험이 많았고, 어쩌면 출산이라는 의식(儀式)이나 개념 자체에 나만큼 흥분하지 않았는지도 모른다. 우리를 도와주러 온 선원은 한 명도 없었다. 짐승들을 진정시키거나 짐승들과 놀아주려고 온 사람은 아무도 없었고, 심지어 구경하러 온 사람도 없었다. 그래도 사람이 있었으면 좋았을 것이다. 그랬다면 외부와 단절되어 동물원 뒷구석에 유폐된 기분이 들지는 않았을 것이다.

암곰은 세 마리였다. 한 놈은 다른 쪽으로 기어가 886호 선실 앞에 주저앉았다. 허리를 문에 기대고 뒹굴면서 하나뿐인 아기를 핥아주고 있었다. 다정히 새끼를 보살피는 모습에 우리는 진정이 되었다. 다른 두 놈은 거구로, 체중이 1톤은 나갔고 쉬지 않고 새끼를 낳았다. 소피 지롱드는 끈적끈적한 궁둥이와 뒷다리 사이로 두 손을 깊숙이 집어넣어 새끼를 끄집어냈다. 나는 새끼 곰들을 맡았다. 씁쓰레한 액체가 흥건하고, 주름투성이이며, 거의 눈도 못 뜨고 움직이지도 못하는 볼품없는 작은 생명들을. 나는 새끼들을 방수 시트에 올려놓고는 잘해보려고 애쓰면서 탯줄을 하나씩 집었다. 또한 어미가 코로 냄새를 맡고 혀로 침을 발라줄 수 있도록 새끼들을 지체 없이 어미 곁으로 데려가면서도 새끼가 어미에게 깔리거나 물리지 않게 해야 했다. 나는 이런 작업을 마지못해 수행했다. 분만은 결코 내 전문이 아니었다. 어미들은 거친 숨을 내쉬며 울부짖고 우악스럽게 누웠다 엎드리기를 되풀이했다. 놈들은 허공을 후려치고, 거대한 발로 금속 벽을 걷어차고, 페인트를 긁고, 다시 벽을 쳤다. 그런 동작들로 방수 천 표면이 엉망이 되는 바람에 우리는 발이 걸려 비틀거리곤 했다. 소피 지롱드는 분만을 돕다가 곰에게 깔리기도 했다. 그러면 나는 고깃살과 누런 털의 산사태에 깔려 숨을 못 쉬고 있는 그녀를 신속히 끄집어내야 했다. 그녀는 군말 없이 다시 일어나 일이 중단된 지점에서 분만 작업을 다시금 시작했다. 새끼 곰들이, 태반 웅덩이들이, 침과 피의 웅덩이들이 곳곳에 있었다.

우리는 더러웠다. 땀이 눈앞을 가렸다. 환기를 시켰어야 했을 것이다. 공기가 통하지 않는 잠수종 같은 분위기에 짐승들이 내뿜는 독기로 숨을 쉴 수 없다 보니 신경이 극도로 곤두섰다. 첫 번째 곰은 더 이상 아기의 냄새를 맡고 닦아주지 않았다. 녀석은 아기를 한구석, 방수 시트의 접힌 주름 사이에 버려두고는 오줌을 누더니 갑자기 몸을 쭉 펴 두 발로 섰다. 녀석은 방화문들 사이에서 으르렁거리면서 어슬렁거렸고, 가끔 다시 네발로 엎드려 다른 산모에게 머리를 비벼대거나 자기 새끼가 아닌 갓난아기를 혀끝으로 탐문하곤 했다. 녀석 때문에 선내 통로의 좁은 공간이 꽉 찼고, 우리는 녀석이 왔다 갔다 하는 게 거슬렸다.

나는 우리가 하고 있는 일이 지난번, 22년 전처럼, 그리고 소피 지롱드가 나더러 무슨 일을 같이 하자고 할 때면 종종 그런 것처럼, 뭔가 이상하다는 것을 그제야 깨달았다. 무언가가 우리가 함께 겪고 있는 현실을 비현실적인 것으로 만들고 있었다. 어미들의 배에서 끄집어내고 있는 새끼들의 숫자가 문제였다. 북극곰의 경우, 한배의 새끼는 보통 한두 마리이지 세 마리가 넘는 일은 절대로 없다. 그런데 우리 주위에는 벌써 열 마리 또는 열한 마리의 새끼가 있었고, 빛도 희미하고 사방이 혼잡해서 정확히 수를 세기가 어려워졌으므로 심지어 열서너 마리일지도 몰랐으며, 소피 지롱드는 또다시 세 번째 암곰을 상대로 분주히 움직이고 있었다. 나는 그녀에게 나의 의혹을 전했다. 왠지 모르게 나는 단어와 문장 면에서 평소에 쓰지 않던 표현들을 사용했다. 방수 시트 대신 방수포라고 했고, 무기력한 목소리로 자궁에 대해 장광설을 늘어놓았다. 그녀는 곁눈질로 나를 보았지만 아무 대꾸도 없었다. 나의 존재를 믿지 않는 게 뻔히 보였다. 목덜미에 뜨거운 거품이 한 방울씩 떨어지는 게 느껴졌다. 첫 번째 암곰이 내 쪽으로 다가와 뒷발로 서서 나를 내려다보며 으르렁거리고 있었다.

4

크릴리 곰포

동지(冬至) 직전 크릴리 곰포는 처음으로 관측 임무에 투입되었다. 훈련이 수십 년 차였으니 이제는 그도 투입될 때가 되었다. 귀환 전까지 허락된 무호흡 시간은 30초였다. 그 30초를 이용해 세상의 상태를 평가하고, 아직 그곳에 살고 있는 부족들과 그들 문화와 미래에 대한 정보를 수집할 것이었다. 그다지 넉넉한 시간은 아니었지만 작업 조건치고 최악은 아니었다.

해당 구역에 도착하자마자 크릴리 곰포는 무언가 단단한 것에 등을 기댔다. 알고 보니 문짝이었다. 멀리 도로 표지판이 아늘레 로(路)에 도착했음을 알려주었다. 구름이 많은 아침나절이었지만 비는 내리지 않았다. 크릴리 곰포는 공간 이동 중에 생긴 눈물로 흐릿해진 눈을 닦았다. 그러느라 3초가 허비되었다. 그는 정규 복장대로 탁발승 차림이었다. 골목에 인적이 거의 없었으므로 누군가가 자신에게 다가와 얼굴과 옷차림이 괴상한 것을 알아차리고 소리 지를 틈은 없으리라고 예측했다. 그는 이미 그런 얘기를 들은 적이 있었다. 가장 괴로운 일은 사람들이 주변에 모여들어 고래고래 소리를 지르면서 정체가 뭐냐고, 여기서 뭐 하는 거냐고 물어대는 거야.

그는 정체불명의 건물 문턱에 달라붙었다. 희끄무레한 건물이었다. 초등학교라고 생각할 수 있었다. 그는 대문 뒤에 빈 공간이 있을 거라고 추측했다. 틀림없이 복도일 터였다. 일렬로 늘어선 옷걸이들, 빨간 스카프를 상상했다. 어쩌면 9시 15분을 가리키는 괘종시계도 있을지 몰랐다. 아이들 목소리가 들렸다. 여자 선생이 음절과 숫자를 다 같이 따라 하게 했다. 철(鐵)자 하나가 바닥에 떨어졌다. 학생들이 웃었다.

맞은편 인도에서는 한 여인이 개를 산책시키고 있었다. 짐승은 터무니없이 포동포동했지만 자립성을 과시하는 게 귀여웠다. 여인이 개에게 무어라 말했다.

개는 시끄럽게 킁킁거리면서 벽 아래쪽의 냄새를 맡았다.

"또 뭐 하는 거야? 무슨 냄새 나?" 여인이 물었다.

개는 대꾸하지 않았다. 개는 몸을 비비 꼬기도 하고

바위처럼 꿈쩍하지 않는 몰로스 견종[3]으로 변신하려고 애쓰기도 하면서 목줄의 견인력에 저항했다. 개는 자기만의 권리로 선택한 우주의 어떤 수수께끼를 코끝으로 계속 관측하고 싶다는 뜻을 가능한 모든 수단을 동원해 표현했다. 개 주인에게는 60대의 우아함이 있었는데, 밤색 양털 외투 속에 감춘 검은색 추리닝이 그 우아함의 표현 수단이었다. 그녀는 노란색과 오렌지색 가죽끈 두 개를 엮어 만든 목줄을 세게 잡아당겼다. 개는 주둥이를 인도에 붙이기 힘든 상태였지만 단념하지 않았다. 여인이 가죽끈을 다시 한 번 당겼다. 그 순간 여인은 곰포와 시선이 마주쳤고, 곧 시선을 거두었다.

벌써 27초였다. 크릴리 곰포는 위에서 호흡 장치를 가동시켰음을 깨달았다. 가죽 목줄에 목이 졸리는 것만큼 창피한 일은 아니었지만 그보다 훨씬 고통스러웠다. 그는 얼굴을 찡그렸다. 주인의 노력에도 불구하고 개는 여전히 머리를 벽 밑에 처박고 있었다.

"그만해, 이제 가자!" 여인이 갑자기 짜증을 냈다.

여인은 다시금 곰포를 째려보았다. 목소리가 달라졌다.

"그만해, 이리 와!" 그녀가 중얼거렸다. "여긴 냄새 맡을 게 없다니까."

---

3. 체구가 큰 투견.

역사학자들이 최근의 연구에서 단언하는 바에 따르면 도크스족(族)의 발견은 어느 토요일, 5월 25일 토요일 오전 열한 시경에 이루어졌다.

원정대는 발타자르 브라보의 지휘 아래 그 전해에 출정했다. 11월의 폭풍이 닥치기 전에 도크스족에게 가는 길을 뚫으려 노력했지만 허사였다. 찬바람이 휘몰아치기 시작하자 탐사대원들은 겨울을 나기 위해 코르마탱 로(路) 12번지로 퇴각했다. 그 집에 세들어 있던 함장의 사촌 누이가 방 하나를 다시 세놓은 것이었다. 모두들 불운에도 사기를 잃지 않고 군말 없이 그 좁은 방에 꾸역꾸역 들어갔다. 하지만 물자 부족과 비좁은 공간에서의 공동생활 때문에 분위기는 곧 견딜 수 없게 되었다. 블리자드는 밤낮을 가리지 않고 신음했다. 블리자드의 신음 소리를 듣다 보면 미쳐버릴 것 같았다. 덧창들이 삐걱거렸다. 덧창을 고정하겠다고 집 밖으로 나간 이들은 돌아오지 않았다. 몇 주가 더디게 지나갔다. 괴혈병으로 여러 명이 죽었다. 어떤 이들은 배고픔에 화가 나 서로 죽여댔다. 다들 머릿속에선 반란에 대한 생각이 부글거렸고, 이를 진정시키거나 무마하려면 발타자르 브라보는 어디선가 마술처럼 고기를 구해 와야 했다. 사촌 누이와 어린 견습 선원은 얇게 썰려 사람들 입으로 들어갔다. 겨울이 끝났을 때는 애초의 서른두 사나이 중 열둘만이 살아남았다. 쇠약해진 채, 집에 돌아가고 싶다는 생각에 사로잡힌 채, 그들은 다시금 진군하기 시작했다. 발타자르 브라보는 초반의 열정을 잃은 상태였다. 이제 그를 지배하는 것은 냉소적인 우울이었다. 그들은 그렇게 줄어든 인원으로 정해진 루트도 없이 오랫동안 행군했다. 홧김에, 아니면 술기운에 오기로 길을 정했다. 단조로운 여정 도중 틈틈이 몇 건의 죽음이 있었다. 원래 허약 체질이기는 했지만 수병 하나가 공터에서 음식을 주워 먹고 중독사했다. 또 다른 수병은 계단에서 넘어져 두 다리가 부러졌다. 끝을 내줘야 했다. 발타자르 브라보의 부관은 흔적도 없이 사라졌다. 5월이 시작되고 이틀이 지난 뒤, 지도에 따르면 도크스족에게로 가는 길을 발견했는데, 한 불쌍한 자가 고통에서 헤어나지 못하고 목을 맸다.

5월 25일, 정오 한 시간쯤 전, 이즈마일 도크스는 약 여덟 개의 신원 미상 형체가 집 앞에 도착하는 것을 보았다. 더덕더덕 걸친 누더기만이 그들이 인류와 어떤 관계가 있음을 증언했다. 그날은 토요일이었다. 도크스는 쉬는 날이라 세차를 하던 중이었다. 그는 하던 일을 중단하고, 수도꼭지를 잠그고, 발타자르 브라보가 일행에서 떨어져 나와 자기 쪽으로 오는 것을 바라보았다. 발견자는 자신을 소개했다. 그는 언어 수준이 엄청나게 퇴보했고 입김을 뿜을 때마다 악취가 났다. 이즈마일 도크스는 입을 삐죽거리지도 벌리지도 않고 조금 뒤로 물러났다. 그는 천성적으로 수다스러운 편이 아니었다. 발타자르 브라보는 상대가 뒤로 물러선 이유를 오판했고, 환심을 사려고 부하들에게 이 대장정 중에 지극정성으로 운반해 온 선물을 풀게 했다. 깨끗한 내복, 아무도 사용법을 몰랐던 육분의, 색유리 귀걸이, 패 여섯 개가 모자란 마작 놀이판, 립스틱 샘플, 컬러 고무줄 한 상자. 그들은 이 모든 것을 도크스에게서 2미터 떨어진 곳에 놓았고, 도크스는 특별한 감정을 드러내지 않은 채 그들을 지켜보았다.

골목길 건너편에 도크스의 형인 파이드의 모습이 보였다. 그는 라이플총을 허리춤에 쥐고 있었다.

"이즈마일, 도와줄까?" 그가 물었다.

"아니." 도크스가 말했다.

잠시 후 그는 차고에서 자전거 타이어 하나를 찾아와서는 발타자르 브라보 앞에 놓았다. 타이어에는 아직 요철이 남아 있었고, 한 군데는 황갈색 내부 튜브 쪼가리가 덧대여 있었다. 모험가들이 가져온 것이 바로 이 물건이었다. 이것은 발견 박물관에 가면 볼 수 있으며, 오랫동안 도크스 가(家)로 가는 길이 존재한다는 것을 입증하는 유일한 증거였다.

발타자르 브라보와 이즈마일 도크스는 상대의 친절한 행동에 서로 답한 뒤 5분 동안 마주 보고 있었고, 서로 할 말이 전혀 없었으므로 헤어졌다.

역사에 따르면 레티시아 샤이드만이 곧 손자 하나를 만들겠다고 선언한 것은 그녀가 블레 무슈테[4] 양로원에서 200살 생일을 맞은 직후였다. 의료 담당 여자 간수들은 이를 즉시 금지했다. 노파들은 양로원 정원을 에둘러 서 있는 검은 잎갈나무들을 뚫어져라 바라다보고 그 나무들에게 말을 걸면서 시간을 보냈다. 노파들은 오염된 땅을 떠나 강제수용소 쪽으로 이주하는 솔잣새들과 갈까마귀들의 수를 세곤 했다. 수용소들은 다른 곳만큼 삶이 척박하진 않았다. 노파들은 미래를 위한 계획을 세우고 있었다. 자기들은 결코 죽지 않으리라는 것을 알고 있었고, 찬란한 혹은 그에 버금가는 현재가 도래할 수 있는 조건이 오래전부터 모두 갖춰졌건만 정작 인류는 황혼의 거의 최종 단계에 접어들었다는 사실을 슬퍼했다. 실험 양로원에서 감시하에 놓여 있던 노파들은 아직 사람이 사는 구역의 생존자들이 더 이상 동지애로 집결하지 못하며 자손을 낳지 못함을 알고 분노했다. 그들은 수도(首都)의 이데올로그들이 실패했으며, 잃어버린 평등주의의 낙원을 근본적으로 소생시키려면 그들 중 상당수를 제거해야 한다고 생각했다. 빌 샤이드만의 탄생은 이런 관점에서 계획되었다. 노파들은 자기들 대신 복수해줄 사람을 공동으로 제조하려 했다.

수의사들과 양로원 여자 원장의 위협이 거세지자 레티시아 샤이드만은 후손을 포기하는 데 서면으로 동의했다. 예전에도 그랬지만 적 앞에서 거짓 맹세를 하는 것 따위는 그녀에게 아무 일도 아니었다.

이후 몇 달 동안 그녀는 공동 침실들을 돌아다니면서 해진 천 조각과 공 모양으로 뭉친 보푸라기 실을 그러모았다. 그리고 자신에 대한 감시가 다시 느슨해지자 그동안 찾아낸 것들을

4. 블레 무슈테(blé moucheté)는 본래 깜부깃병에 걸려 끄트머리가 까맣게 변한 밀을 뜻하지만 여기서는 대문자로 표기되어(Blé Moucheté) 고유명사로 쓰였다.

정리하고 꼭꼭 눌러 십자수로 떴다. 그렇게 해서 배아를 얻었다. 그녀는 그것을 베개 속에 감춰 올메스 자매에게 맡겼고, 올메스 자매는 그것이 여물도록 달빛 아래 두었다.

밤이면 노파들은 침실과 공동 침실에 나뉘어 모였다. 그들은 서로 꼭 달라붙어 하나의 존재가 되려고, 단 한 명의 할머니가 되려고 노력했다. 그들은 마법의 주문을 웅얼거렸고, 그러는 동안 그들의 몸이 만들어낸 흰개미집 비슷한 구조물—그들은 이것을 인큐베이터라고 불렀다.—한가운데서는 레티시아 샤이드만과 그 최측근들이 손자를 수정시키고 교육시켰다. 중심부에서 멀리 떨어진 곳에 있는 노파들은 일제 소등 후 보초를 섰다. 이 조심스러운 잉태의 순간 야간 당직 여자 간호사 몇 명이 경솔하게도 복도에 들어섰다. 하지만 보고를 하려고 돌아갔을 때 그들은 이미 살아 있는 몸이 아니었다.

7
빌 샤이드만

사오십 년 뒤 레티시아 샤이드만은 손자를 단죄하기 위한 재판을 주재했다.

그곳은 높은 고원 위, 유배라는 것이 아직 의미 있는 지구상의 몇 안 되는 지역이었다. 구름들이 흘러가고 있었다. 구름은 인적 없는 작은 언덕들을 파고들었다. 대지에 몸을 비볐다. 대지를 긁어댔다. 거대한 아시아 피리와 걸걸한 파이프오르간의 휘파람 소리, 숨소리도 밤낮으로 들려왔다. 야영지는 하나도 보이지 않았다. 하지만 극소수의 돌출부가 시선을 끌었고 먼 곳까지, 스텝이 끝나고 타이가가 시작되는 곳을 표시하는 거무스름한 선까지 훤히 보였다. 오래전부터 그 어떤 유목민도 그 구역까지 양 떼를 끌고 간 적이 없었다.

법정은 유르트[5]들로부터 200미터 떨어진 노천에 있었다. 그곳에 가려면 짐승들이 뚫어놓은 오솔길을 따라가야 했다. 누리끼리한 작은 분지 한복판에 샤이드만을 묶어놓기 위한 기둥이 있었다. 샤이드만은 선고가 내려질 때 그 기둥에 기대도 된다는 허락을 받았다. 할망구들은 풀밭에 앉거나 쭈그리고 있었고 느긋이 재판을 했다. 공판이 계속 이어졌다. 사전에 모든 게 결정 난 상황이었으므로 공판은 지루했다. 재판은 봄부터 계속되고 있었다. 샤이드만은 복부와 어깨 밑이 결박되어 있었다. 밧줄에선 낙타 땀 냄새, 말린 야크 똥 태우는 냄새, 비계 냄새가 났다. 어렸을 때부터 앓던 피부병이 갑자기 악화되었기에, 낮에는 가끔 손의 포박을 풀어주어 가려운 곳을 긁을 수 있게 해주었다. 샤이드만은 스스로 자기 변론을 맡았다.

"그렇습니다, 자본주의를 복원하고 마피아들이 다시금 경제를 지배할 수 있게 한 시행령들 하단에는 제 서명이 있습니다." 그는 설명했다.

그는 평결 때 호의적으로 작용하기를 바라며 후회하는

5. 몽골 유목민들이 주로 쓰는, 해체하기 쉬운 천막. '파오'라고도 부른다.

태도로 두 팔을 벌렸지만, 노파들은 그런 쇼에 관심이 없음을 보여주었고, 그는 팔을 다시 늘어뜨린 뒤 말했다.

"끔찍한 얘기지만, 오래전부터 많은 사람이 그것을 바라고 있었습니다."

그는 그렇게 거짓말을 한 뒤 입에 침이 다시 돌 때까지 몇 초를 기다렸다. 그는 일을 저지르기 전에 누구와도 상의하지 않았고, 인간에 의한 인간의 착취를 재도입하는 것을 옹호한 유일한 권력자였으며, 이 범죄의 주모자였다. 그는 같은 말을 반복했다.

"끔찍한 얘기지만요."

하늘에서는 구름이 푸르스름한 가죽끈 모양, 찢어진 원피스 모양, 긴 스카프 모양으로 흩어지고 있었고, 뒤쪽에서는 연무층이 더욱 짙게 뭉쳐 납빛 회색을 띠었다. 어쩌다 독수리가 눈에 띄어도 독수리는 사냥을 하지도 마멋 굴 위를 맴돌지도 않은 채 그냥 일직선으로 순식간에 지나가 예전 강제수용소들이 있던 지역으로 향했다. 아마 그곳엔 아직 먹이가 풍족하기 때문이리라. 날씨는 더 따뜻해졌지만 할망구들은 여전히 양가죽으로 몸을 감싸고 있었다. 카빈총[6]을 무릎에 얹은 채 책상다리로 앉아, 파이프에 채워 넣은 대마와 버섯의 냄새를 음미하는 데에만 정신이 팔린 듯 말없이 연초를 피웠다. 할망구들의 꼬질꼬질한 외투 자락에는 바로크풍 자수가 또렷이 보였고, 손과 뺨의 피혁 같은 피부에도 자수가 또렷이 보였다. 아직 몸단장이라는 개념을 완전히 잊어버리지 않았던 것이다. 군데군데 몇 명은 사슬뜨기로 화장을 했다.[7]

그렇게 노파들은 샤이드만 앞에서 아무 감정도 드러내지 않은 채 자리를 지켰다. 노파들은 햇볕에 그을어 까무잡잡했고, 한 세기밖에 살지 않은 여인들보다 주름도 그다지 많지 않았다. 레티시아 샤이드만은 가끔 피고인에게 질문을 했고, 피고인에게 거리낌 없이 말하라든지 더 분명히 말하라고 권하기도 했으며,

---

6. 소총보다 총신이 짧고 가벼운 총. 기병총이라고도 한다.
7. 옷감에 자수를 놓듯 피부에 자수를 놓아 일종의 반영구 화장을 한 것.

방청객들이 숙고하는 데 방해가 되지 않도록 몇 시간 동안 입을 다물라고 명령하기도 했다.

"기억하시겠지만," 한동안 말이 끊겼던 샤이드만은 다시 진술을 시작했고, 무표정한 얼굴들을 훑어보았다. "기억하시겠지만 어느 도시든 빈 건물들과 시커메진 건물터 말고는 서 있는 게 없었습니다. 숲과 들에는 초목이 접시꽃, 라일락, 빌베리의 색을 띠는 구역이 하나도 남지 않았고요. 기억하시겠지만 가축들은 죽음과 역병의 바람에 휩쓸려 사라진 것 같았죠. 여러분만 해도…."

돌풍이 불어 그의 말을 쓸어 갔다. 바람은 목초지로부터 암낙타 울음소리와 양 떼의 기름진 냄새를 끌고 왔다. 인민재판의 배심원단은 일제히 눈을 가늘게 떴다. 샤이드만은 그들의 불투명한 은회색 시선에 맞서려 했지만 그 어떤 감정의 동요도 포착할 수 없었다. 할머니들에게 눈길을 보냈지만 그들은 받아들이기를 거부했다.

"어찌 되었든 간에," 그는 하던 말을 마무리했다. "남은 게 아무것도 없었습니다. 분명 무언가를 재건해야 했습니다."

조모(祖母)들은 어깨를 으쓱했다. 그들은 연초 연기의 환각에, 자본주의 복원 이전의 노조 집회와 양로원 저녁 모임의 추억에 빠져 있었고, 빌 샤이드만의 총살을 위한 남은 총알 개수 계산에, 문득 떠오른 어릴 적 노래에, 그리고 오후의 마무리를 위한 꼼꼼한 앞일의 계획에, 다시 말해 양젖을 짜러 가고, 양의 똥을 모으고, 나중에 불 피울 때 쓸 수 있도록 그 똥을 말리고, 유르트 안을 청소하고, 발효유를 젓고, 난롯불을 다시 피우고, 차(茶)를 준비하는 일을 계획하는 데 빠져 있었다.

거의 아무것도 보이지 않아서 누군가가, 아마 바그다슈빌리였던 것 같은데, 내게 창문을 열어달라고 했다. 나는 미세한 직사각형 윤곽 덕에 뚫린 곳임을 짐작할 수 있는 쪽으로 걸어갔고, 어둠을 더듬어 창문을 열었다. 처음에는 별로 조심하지 않았지만 곧 급히 뒤로 물러섰다. 덧창을 만졌는데 덧창이 이상해 보였던 것이다. 손가락이 끼었다.

"부비트랩이야?" 바그다슈빌리가 긴장한 목소리로 물었다.

"모르겠어." 내가 말했다.

바로 그때 덧창들이 뒤쪽으로 넘어갔다. 철제 부품은 삭았고, 목재는 부스러진 것이었다. 천천히 틈이 커지면서 빛이 들어왔다. 판자들이 오두막 바깥으로 떨어지면서 둔탁한 소리가 났다. 실외에는 먼지뿐이었는데, 곧 창문 앞으로 맥없는 빨간색이 구름이 되어 올라왔다. 소용돌이는 흩어지지 않고 일종의 장막이 되어 팽창하더니 둔중하게 비비 꼬여 부풀어 올랐다. 그 뒤의 풍경은 여전히 보이지 않았다.

군데군데 오렌지색과 불그스레한 회색이 섞인 조명을 받으니 에밀리안 바그다슈빌리와 라리사 바그다슈빌리는 더욱 초라해 보였다. 핏빛 점토 속에서 한참을 끌려다니다가 뜨거운 햇볕 아래 버려져, 건조되어 거죽이 갈라지고, 그 후에야 겨우 인간의 겉모습 비슷한 것을 얻어 걸친 것 같았다. 우리도 그다지 나을 게 없었다. '우리'란 내가 사랑하는 여인 소피 지롱드와 나를 뜻한다. 달갑진 않지만 우리는 터널 입구서부터 바그다슈빌리 남매와 동행하고 있었다.

벽은 전나무 재질로, 톱질을 한 군데도 하지 않은 통짜 벽이어서 바깥으로 나가는 통로가 없었다. 그러니까 우리는 문이 없는 장소에 있었던 것이다. 출구는 단 두 개로, 우리가 침입한 바닥 뚜껑문과 이 창문이었다. 이 오두막에 살던 사람은 나갈 일이 있으면 가끔은 이 창문을 넘어 다녔을지도 모르지만 아마 보통은 터널로 드나들었을 것이다.

이 오두막에 살던 사람의 이름은 프레드 젠플이었다. 그는 몇 달 전 자살했다. 그 이상은 우리도 아는 게 거의 없었다. 바그다슈빌리가 작전 이전에 우리를 모이게 했는지는 기억나지 않는다. 그가 우리에게 젠플에 대해 말한 건 터널 속, 앞이 보이지 않는 어둠 속에서 전진하던 도중이었다. 바그다슈빌리도 자기가 젠플에 대해 아는 건 남들에게 들은 왜곡되고 신뢰할 수 없는 정보뿐임을 인정했다. 프레드 젠플의 인생은 눈에 띄지 않게 흘러갔다. 그는 생애의 대부분을 감옥에서 보냈는데, 감옥에서 두리뭉실한 교재들에 의존해 독학으로 여러 신기한 외국어를 익혔다. 그는 지극히 어두운 톤의 짧은 텍스트들을 집필했다. 휴머니즘의 붕괴를 견딜 수 없었던 것이다. 그래서 그의 경력에는 자전적 내용의 변변찮은 미완성 단편집이 몇 편 있었다. 사실 젠플은 창작자라기보다는 언어학자였다. 그는 소설보다 사전을 좋아했다. 석방된 뒤 그는 수용소 은어 사전을 편찬할 계획을 세웠다. 그가 자살하기 직전에 작업하던 게 바로 그것이었다. 바그다슈빌리의 정보원들은 젠플의 또 다른 특기를 언급했다. 본의 아니게 잔인한 현실을 겪어야 했던 젠플은 경계심에 자신의 몽상적 공간들을 오롯이 수호하려고 불청객 대비용 부비트랩, 형이상학적 끈끈이,[8] 통발 등을 설치했다는 것이다.

바그다슈빌리는 오두막을 한 바퀴 둘러보았다. 오두막은 거의 텅 비어 있었다. 가구라고는 수용소 침대 하나, 의자 하나, 메모장과 공책 두 권이 놓인 탁자 하나가 전부였다. 바그다슈빌리가 지나갈 때마다 조잡한 장치들이 작동해 침입자에게 거대한 타란툴라 거미들을 발사했다. 놈들이 은신처에서 오래전부터 미라 상태가 되어 있지 않았다면 몸에 들러붙어 불쾌할 수도 있었을 것이다. 거미만 보면 어김없이 어떤 심연과도 같은 것에 목소리를 내어주는 소피 지롱드는 시커먼 것들이 바그다슈빌리의 다리에 부딪혀 튕겨 나오는 것을, 시커먼 것들이 마룻바닥에서 솟아 나오는 것을 보고 입술을 깨물었다.

---

8. '형이상학적 끈끈이'란 본래 분석철학자 힐러리 퍼트넘의 용어로, 존재와 제 속성을 묶어주는 연결 고리를 뜻한다. 여기서는 일종의 신기한 부비트랩을 의미하는 것으로 보인다.

바그다슈빌리의 누이는 창틀에 팔꿈치를 괴었다. 먼지구름이 환해지고 있었다. 젊은 여인의 진회색 머리칼 너머로 마침내 실외 풍경이 보였다. 수용소에서 돌아온 뒤로 프레드 젠플이 매일같이 신물 나게 본 광경이었다. 녹슨 쇠 색깔의 모래언덕, 메마른 땅, 철길, 누군가가 바람개비를 달아놓은 신호기.

"오지 말걸 그랬어." 바그다슈빌리가 말했다.

우리는 모두 실망했다. 바그다슈빌리는 젠플의 탁자에 앉아 젠플의 공책들을 넘겨보았다. 피로에 전, 우울증에 걸린, 수십 년의 수감 경험에도 불구하고 철이 들지 않은 옛 도형수의 글이었다.

천장에 숨겨놓은 용기에서 전갈 떼가 바그다슈빌리의 대머리 위로 비 오듯 떨어져 내렸다. 한동안은 바그다슈빌리가 손으로 공책을 만지는 소리와 절지동물들이 부딪히는 소리밖에 들리지 않았다. 절지동물들이 부딪혀 울리는 소리가 꼭 개수대의 물 빠지는 소리 같았다. 벌레들은 휴면 상태로 조금도 움직이지 않았다. 놈들도 아마 죽은 모양이었다. 놈들은 바그다슈빌리의 몸이나 탁자 위에 널브러졌다. 바그다슈빌리는 그놈들을 다른 놈들 쪽으로, 오그라든 거미 사체들 쪽으로 밀어버렸다.

어떨 때는 전갈들이 바그다슈빌리의 스웨터 코에 걸리기도 했다. 바그다슈빌리는 그놈들을 힘차게 떼어냈다. 그는 전갈들을 쳐내면서도 읽는 것을 멈추지 않았다.

그는 우리에게 등을 돌리고 있었다. 잠시 후 그의 목소리가 다시 나오는 게 들렸다.

"가시철사에 대해서는 은어를 하나밖에 적어두지 않았네." 그가 중얼거렸다.

"무슨 단어인데?" 라리사가 물었다.

그녀의 오빠는 더 대답하지 않았다. 그는 어깨를 으쓱하더니 몸이 마비되기라도 한 듯 중간에 동작을 멈췄다.

우리도 얼어붙어 한참 동안 아무 말도 생각도 하지 못했다. 몇 분이 흘렀다.

사체들 일부가 마룻바닥 위에서 어설프게나마 소생하기 시작한 것이었다. 아마도 햇빛과, 으스러진 부싯돌 냄새와, 우리 입에서 나오는 소리에 생체 조직이 반응한 모양이었다.

바닥에서 움직이는 그 짐승들은 어딘가 석연치 않았다.

"소피." 내가 말했다.

말이 잘 안 나왔다. 혀에서는 내가 거의 알지 못하는 언어인 크메르어의 편린들만이 돋아나고 있었다. 나는 소피 지롱드에게 다가가고 싶었다. 달아나고 싶었다. 그녀를 포옹하고 싶었다.

그녀는 어디론가 사라지고 없었다. 어디인지는 모른다.

9
에본 즈보그

크릴리 곰포는 로피탈 대로의 아케이드에 관측 자세로 똑바로 조용히 서 있었다. 서점 앞에 떨어질 거라고 들었는데 정작 근처에 있는 건 신발 가게였다. 이제는 첫 임무가 아니었기에 3분의 다이빙 시간을 허락받았다. 낡았지만 화려한 탁발승 옷에서 공간 이동의 냄새가 풍겼고, 그의 앞을 지나치는 사람들은 뭔가 거북해하면서 냄새에 주목하는 것 같았다. 그는 쇼윈도에 전시된 호화로운 구두 한 켤레의 가격을 살피는 척했다. 이중 밑창에, 발목에는 안감을 댄 천문학적 가격의 구두였다. 쇼윈도에 비친 영상 가운데 가게 내부도 보였다. 여자 점원이 손님 발치에 쭈그리고 앉아 그가 있는 쪽으로 냉소적인 눈길을 보내더니 곧 시선을 돌렸다. 점원은 다리가 통통했고, 처음 봤을 때는 피부병 같고 다시 봐야 장식임을 알 수 있는 호피 무늬 팬티스타킹을 신고 있었다. 크릴리 곰포는 할인판매 표시된 가격표들을 훑어보는 데 빠져들었다. 벌써 19초가 흘렀다.

우측에서 에본 즈보그가 도착했다. 그는 쇼윈도 앞에 멈추더니 손목시계를 들여다본 뒤 기다리기 시작했다. 모습을 보아하니 응용심리학 진료소에서 일한다고 해도 믿을 지경이었다. 단, 분석자보다는 실험용 쥐로. 누군가와 약속이 있는데 상대가 늦는 모양이었다. 그는 30초가량 기다리다가 다시 시계를 보았다.

51초에 앰뷸런스 한 대가 요란한 소리를 내면서 병원 쪽으로 달려갔다. 에본 즈보그는 쇼윈도에서 떨어지더니 안절부절못하면서 아케이드 끄트머리까지 걸어갔고, 간호사나 환자를 알기라도 하는 듯 앰뷸런스를 계속 쳐다보았다.

크릴리 곰포는 2미터 떨어진 곳에 조용히 서 있었다. 그는 남자의 어깨에 신경질적인 경련이 일어나는 데 주목했다. 돌연 남자가 신음 소리를 내며 뒷걸음치더니 허리를 숙여 아케이드를 방패 삼아 상반신을 가리는 게 보였다. 보통 총알이나 화살에 맞은 사람이 고통과 놀라움에 휩싸여 그렇게 행동한다.

에본 즈보그는 얼굴에 군용 탄환을 맞은 게 아니었다. 대신 녹색 물질이 이마를 더럽히고 있었다. 이마선부터 왼쪽 눈썹까지 이마의 표면이 끈적끈적한 것으로 뒤덮였다. 무언가 그런 재질의 것이 수직 궤도를 따라가다가 에본 즈보그의 턱에 잠깐 튄 다음 그의 재킷 앞쪽에 달라붙었다.

에본 즈보그는 잠시 비틀거리더니 손을 얼굴로 가져갔다. 그는 더욱 격하게 신음 소리를 내더니 지체부자유자 같은 동작으로 화장지를 찾기 시작했다. 이제는 손가락에도 더러운 게 묻었고, 손가락을 옷에 닦고 싶진 않았던 거였다. 조심스럽게 한쪽 주머니를 뒤지면서도 그는 분노를 감추지 않은 목소리로 욕설을 해댔다. 도시 지자체는 사회민주주의파로, 그에게 호되게 욕을 먹고 있었다. 하지만 그의 욕설은 무엇보다 사회민주주의 일반과 바보같이 아케이드 위에 돌출 처마를 설계한 건축가들을 향했다.

의아하게도 에본 즈보그는 가장 명백한 가설, 즉 비둘기가 위에서 똥을 싼 것이라는 가설을 받아들이지 않으려 했다. 그가 역겨움에 신음 소리를 내고 화장지로 몸을 닦으면서 어떤 짐승의 짓인지 자문하는 게 들렸다. 그는 새들과 포유류들의 이름을, 심지어 현직 장관들의 이름까지 열거했다. 몇몇은 징그러운 것들이었다. 그는 자리를 옮겨 새가 앉아 있던, 똥이 떨어진 곳을 살펴보았다. 흉수를 찾지 못하자 그는 다시 아치 밑으로 피신해 또 다른 불평을 늘어놓았다. 그는 정신 나간 표정이었고, 계속 몸을 닦으면서 점점 자기가 어떤 음모의 희생자라고 느꼈으며, 이를 소리 높여 주장했다.

마침내 그는 크릴리 곰포와 시선을 교환했다. 비통한 눈길 뒤에는 무언가에 동의해달라는 간청의 눈길이 감춰져 있었다. 어쩌면 차후에 저지를 일련의 살인극에 동의해달라는 것일 수도 있었고 닭장과 관공서 건물에 대한 야심찬 방화 계획에 동의해달라는 것일 수도 있었다.

“어떤 새끼인지 봤어요?” 그가 말했다.

벌써 169초였다. 미리 받은 지침에 따르면 크릴리 곰포는 짧은 문장이나 감탄사의 형태로 한 번은 숨을 내쉴 수 있었다.

“비둘기들이에요…!” 곰포가 말했다.

상대가 펄쩍 뛰었다. 그는 말라붙은 화장지를 도랑에 던진 참이었다. 그의 입술이 증오로 떨렸다.

“비둘기인지 암소인지 어떻게 알아요…? 아니면 우리를 다스리는 마피아 자본가들일 수도 있잖아요!”

그는 곰포에게 바싹 다가와 있었다. 그가 외쳤다.

“아니면, 혹시 외계인일지도 모르잖아요?”

크릴리 곰포는 그 사건에 가담하지 않았고, 그 누구에게도 배설물을 투척하지 않았으며, 엄밀히 말하면 외계인이 아니었다. 하지만 그는 악랄한 비난을 받기라도 한 것처럼 얼굴이 붉어졌다.

얼굴이 붉어지지 않을 수 없었다.

다행히, 다이빙 시간이 끝나가고 있었다.

여기 니콜라이 코치쿠로프, 일명 아르티옴 베시올리가 잠들다,
여기 그를 구타한 개새끼들과 그를 살해한 개새끼들이 잠들다,
여기 짭새들이 축제를 중단시켰을 때 콤소몰[9] 행진곡을 연주하고
있던 아코디언이 잠들다, 여기 피 웅덩이가 잠들다, 여기 누구도
다 마시지 않았고 누구도 주워 담지 않아 오랫동안 벽 밑에
남아 몇 주고 몇 달이고 탁한 빗물이 차고 약 1년 뒤 1938년
5월 6일 말벌 두 마리가 익사한 찻잔이 잠들다, 여기 죽어가는
화자가 캠프파이어 옆에 앉아 있고 싶다고 소원을 토로하는,
애간장 녹이게 아름다운 멜로디에 소박하면서도 비범한 정취가
담긴 러시아 노래를 부르는 군인들과 도로변 숲가에 앉아 있고
싶다고 토로하는 베시올리의 소설이 잠들다, 여기 체포된 날의
하늘 모습이, 거의 티끌 한 점 없는 하늘 모습이 잠들다, 여기
베시올리의 잊을 수 없는 소설 『피에 씻긴 러시아』가 잠들다,
책은 난투극 동안 땅에 떨어졌다, 베시올리는 시시한 작가가
아니었고 입으로만 공산주의자 행세를 하는 게 아니었고
사무실이나 밀실에 틀어박힌 겁 많은 쥐새끼가 아니었고
아직 경찰에게 맞아 탈골되지 않았으므로 걸작은 베시올리가
싸우는 동안 핏속에 떨어졌고 망각되어 계속 거기 있었다, 여기
베시올리의 글이라고는 퉁퉁 부은 얼굴로 피 흘리던 베시올리가
서명하기를 거부했던 자술서 타자본들과 짧은 텍스트들밖에
읽어보지 않은 간수 새끼들이 잠들다, 여기 베시올리의 용기와
의지가, 동지애에 대한 그의 채워지지 않는 욕구가 잠들다,
여기 베시올리가 상상하고 경험한 서사시들이 잠들다, 여기
독방의 악취 나는 희미한 빛이, 철창의 냄새가, 구타당해
만신창이가 된 자들의 냄새가 잠들다, 여기 뼈관절 꺾이는 소리가
잠들다, 여기 자동차가 다가오자 전나무 숲에서 날아올라 울던
까마귀들의 소리가 잠들다, 여기 꾀죄죄한 동토(凍土)를 향해
땟국물과 장독(瘴毒) 속에서 뒹굴며 지나간 수천 킬로미터가

9. 1918년 조직된 전연방 레닌주의 청년 공산주의자 동맹.

잠들다, 여기 베시올리의 길들인 까마귀가, 멋진 검은색의 의연한 암까마귀가, 자동차가 도착하고 떠나는 것을 보았고 이후 7일간 높은 나뭇가지를 떠나지 않았으며 돌이킬 수 없는 현실을 받아들이고는 날개도 펼치지 않고 땅으로 돌진해 박살난 까마귀 '고르가'가 잠들다, 여기 이 오만한 자살이 잠들다, 여기 베시올리의 남녀 친구들이, 나중에 복권된 망자들과 복권되지 않은 망자들이 잠들다, 여기 그의 감방 형제들이 잠들다, 여기 당의 동지들이 잠들다, 여기 동지의 죽음을 애도하던 동지들이 잠들다, 여기 백군(白軍)과 싸우던 시절 아직 소년이었던 그의 살갗을 관통한 탄환들이 잠들다, 여기 러시아어로 절대 기죽지 않는 쾌활한 성격을 떠올리게 하는 이름을 필명으로 사용했던 베시올리의 낙담이 잠들다,[10] 여기 아르티옴 베시올리 식 웅장한 문학의 황홀한 페이지들이 잠들다, 여기 그가 작별을 고할 시간이 없었던 아름다운 마리나 쿠발가이가 잠들다, 여기 마리나 쿠발가이가 죽기 전의 재회를 더 이상 믿지 않게 된 날이 잠들다, 여기 얼음으로 뒤덮인 선로 변경 분기기에 긁히는 바퀴들의 굉음이 잠들다, 여기 그가 죽은 뒤 그의 어깨를 만진 이름 모를 사람이 잠들다, 여기 자동차가 다가오자 자기 입에 총알을 박아 넣을 힘이 있었던 용감한 이들이 잠들다, 여기 눈[雪]의 밤들과 해의 밤들이 잠들다, 여기 인간에 대한 늑대[11]의 밤들과 버러지의 밤들, 잔인한 작은 달의 밤들, 추억의 밤들, 빛 없는 밤들, 보기 드문 고요의 밤들이 잠들다.

마리나 쿠발가이는 "여기 잠들다."라는 말을 할 때마다 자기 이마를 가리켰다. 그녀는 손을 들었고, 손가락은 기억이 솟아나는 머리의 특정 부위를 가리켰다. 나는 그 이야기가 세세하게 정확하리라고는 믿지 않았다. 그녀는 두 세기째 동일한 레퍼토리를 읊으면서 겉멋과 시적 열정으로 매번 전과는 다르게 이야기했기 때문이다. 하지만 떠올린 추억을 수놓기 위해

---

10. Весёлый(Vessioly)는 러시아어로 '쾌활한', '명랑한'이라는 뜻의 형용사이다.

11. "인간은 인간에 대해 늑대이다."라는 토머스 홉스의 말을 인용한 것.

그녀가 사용하는 천의 품질에 대해서는, 그 진실성에 대해서는 추호의 의심도 없었다. 나는 향수에 젖어 마리나 쿠발가이의 주름진 얼굴을, 기형인 두 손을, 돌보다 딱딱해진 뼈를, 나처럼 거칠어진 살을, 반들반들한 갈색 피부로 덮인 살을 바라보았다. 향수에 젖은 건 이 여인이 스무 살, 서른 살이었던 시절을, 그녀가 환상적으로 매력적이었던 시절을 생각했기 때문이다. '나'라고 말하면서 지금 나는 레티시아 샤이드만의 이름으로 말한다. 나는 양젖 짜기를 끝마친 뒤였고, 이 시간이면 흔히 그러듯 마리나 쿠발가이가 내 옆에 와 쪼그리고 앉아 수다를 떨었다. 오후가 끝나가고 있었고, 저녁이 될 때까지는 이제 해야 할 집안일이 없었다.

마리나 쿠발가이는 입을 다물었다. 그녀는 석양의 미광을 바라보았다. 기울어가는 햇빛 속에서 그 눈은 마법처럼 투명했다.

얼마 후 그녀는 여전히 두개골 안쪽을 가리키면서 이야기를 다시 시작했다. 여기 아르티옴 베시올리가 끝낼 수 없었던 책들과 그가 쓸 수 없었던 책들이 잠들다, 여기 압수된 그의 원고들이 잠들다, 여기 아르티옴 베시올리의 찢어진 셔츠와 피로 얼룩진 바지가 잠들다, 여기 베시올리를 겁먹게 하지 못한 폭력이 잠들다, 여기 베시올리의 열정이 잠들다, 여기 취조자들 앞에서의 첫날 밤이, 발 디딜 틈 없었던 첫날 밤이, 사람들의 육신에 들어 있는 액체가 모조리 흘러내렸던 감방에서의 첫날 밤이, 치아가 모조리 날아간 한 공산주의자 앞에서의 첫날 밤이 잠들다, 여기 기차 여행의 첫날 밤이, 그리고 얼음장 같은 기차간에서의 모든 밤들이, 시체들 곁에서 꾸벅꾸벅 졸던 밤들이, 그리고 광기와 접촉한 첫날 밤이, 그리고 진정한 고독의 첫날 밤이, 마침내 모든 약속이 이행된 첫날 밤이, 땅속에서의 첫날 밤이 잠들다.

보로딘[12]은 암컷 생쥐 한 마리를 구해주었다. 그는 생쥐들을 언제나 높이 평가했고 누군가를 구해준다는 게 마음에 들었다. 이후에 생긴 일은 고통받는 이들의 운명에 대한 그의 영향력이 미미했음을 보여주었지만, 그는 서생원으로 하여금 끔찍할 수도 있었을 단말마의 순간을 잠시나마 면하게 해주었다. 그는 생쥐를 적갈색 고양이의 아가리에서 구해냈다. 고양이를 개수대와 휴지통 사이의 막다른 구석으로 몰아넣은 뒤였다. 시계가 막 아침 일곱 시를 알렸다. 주방에서는 밤 시간의 평온함이 계속되고 있었다. 아무 일도 일어나지 않고, 산 자들은 졸고 있고, 사물들은 모든 빛으로부터 벗어나 정적 속에서 삭고 썩어가는 시간이었다. 낡은 냉장고의 모터 소리와 냉장고가 죽어가며 괴롭게 덜그럭거리는 소리만이 정적을 해치고 있었다. 보로딘과 두 짐승을 제외하면 모든 것이 아직 잠자고 있는 듯했다. 고양이는 뚱뚱하고 털에는 윤기가 흘렀으며 흰색 호랑이 무늬의 포동포동한 뺨에, 오만하게 모든 것을 비웃는 표정이었다. 고양이는 잠시 반항하면서 일단 보로딘의 손을 피했지만 돌연 인간들이 종종 타인에게 불러일으키는 경외감에 사로잡히기라도 했는지 곧 저항을 포기했다. 보로딘의 손바닥이 구걸이라도 하듯 고양이 아가리 밑으로 향했고, 고양이는 적선이라도 하듯 손바닥에 회색의 동냥을 남겼다. 생쥐는 펄떡거렸고, 침과 공포로 젖어 있었으며, 곧 날카로운 이빨을 보로딘의 제3 지골에 박았다. 코앞에 있던 오른손 집게손가락이었다. 보로딘은 항의하며 주먹을 좀 더 세게 쥐었다.

곧이어 보로딘은 이 포로를 어떻게 해야 할지 몰라 집 밖으로 나갔다. 집 앞은 골목길이었고, 그는 그 길을 건넜다.

때는 가을로, 보리수가 노랗게 물들고 밤나무에서는 밤송이가 떨어졌으며 제비들은 이미 대부분 다른 하늘로 떠난

---

12. 이 책 저자의 이름은 'Volodine'이고, 이 장(章)의 주인공 이름은 'Borodine'이다.

뒤였다. 성년의 수컷들도 마찬가지였다. 대로의 통행량은 이제 성수기 같지 않았다. 몇 안 남은 승용차들은 겨울을 위해 덩치가 커지고 개조되기 시작했다. 핸들은 이미 좌측에도 우측에도 없었고 운전석은 차내의 중앙 쪽으로 옮겨졌다. 일반적으로 이 승용차들을 운전하는 것은 거대한 눈, 반짝이는 금빛 눈동자, 반투명 또는 회색 머리칼의 여성들로, 이들은 눈도 깜박이지 않고 미소도 짓지 않으면서 도로를 주시했고, 운전이 다소 낯선 일이기라도 한 듯 차도 위를 천천히 표류했다.

이런 여자 중 하나가 약 50미터를 미끄러지더니 보로딘 앞에 급정차했다. 범퍼에 나사로 고정한 인식표가 명시하듯 여자의 이름은 드잘리야 솔라리스였다.

차가 미끄러지는 바람에 아스팔트는 번들번들해졌고, 차량은 보로딘에게서 한 걸음 옆, 인도 위에 멈춰 있었다. 밸브의 은은한 소음이 들렸다. 소리를 들어보건대 엔진 점화장치는 이상이 없어 보였다. 헤드라이트에는 곤충들을 상감해놓았고, 보닛에는 최근에 부엉이가 부딪힌 흔적이 있어, 다른 상황이라면, 시내가 아니라면, 차가 초고속에 도달할 수 있음을 알 수 있었다. 운전자는 지극히 무표정한 얼굴로 보로딘의 내부에 있는 한 지점을 뚫어지게 쳐다보았다.

우주 속에서 자신의 자리가 어디인지 잘 알고 있는 보로딘으로서는 자신과 운전자의 접점을 상상하기 어려웠다. 그는 그녀가 등장하는, 자신과 그녀 둘 다 등장하는 이야기를, 평범하든 특이하든 둘이 같이 연루되는 상황을 생각해보려 했지만 머릿속에 구체적으로 그려지는 게 전혀 없었다. 거대한 금빛 눈에 반투명한 긴 머리를 하고 부엉이를 살해하는 여인들은 보로딘과 같은 세계에 속하지 않았다.

드잘리야 솔라리스는 핸들을 잡고 있던 손을 들어 그녀 입장에서는 명백한 초청일 수밖에 없는, 뻔한 신호일 수밖에 없는 손짓을 했다. 보로딘은 자동차 앞쪽을 돌아 다가갔다. 앞 유리창 안쪽에서 드잘리야 솔라리스의 눈이 그로서는 어찌 해석해야 할지 알 수 없는 호박(琥珀)색 파동을 쏘아대면서 내내 그를 바라보고 있었다. 그는 그것을, 그 진동을, 그로서는 리듬도 강도도 이해할 수 없는 뇌우와 마주쳤고, 고개를 숙였다.

그가 보기에 그 얼굴은 너무 많은 미지의 감정을, 확인할 수 없는 기분을, 어떤 자유로움을, 어쩌면 감정적 자유로움을, 혹은 애원을, 혹은 반대로 분노를, 혹은 어쩌면 거부감을, 혹은 곤충학자의 냉랭한 호기심을 표현하고 있었다.

그 점에 대해 아무리 작은 것도 확신할 수 있는 게 없다 보니 보로딘은 자기가 정신적으로는 손안의 생쥐와 다를 바 없다는 생각이 들었다. 생쥐는 그의 손안에서 초조해하면서 이제 손가락 끝의 연한 살을 할퀴고 있었다. 하지만 거기서도 진정한 의사소통은, 관계는, 심지어 관계라는 개념은 처음부터 퇴색하고 있었다. 생쥐의 주둥이는 긁힌 자국 하나 없이 깨끗했다. 하지만 고양이가 이빨로 물고 있던 등께에는 피 한 방울이 맺혀 있었다. 간수의 입과 눈이 다가오자 생쥐는 격렬히 꿈틀거렸고, 다시금 혼수상태에 빠진 척했다. 불쌍한 멍청이, 보로딘은 생각했다.

드잘리야 솔라리스는 버튼을 눌렀다. 보로딘 쪽의 차창이 내려갔다. 보로딘은 따끔한 불안을 느끼며 인적 없는 대로를 바라보고는 열린 창문 쪽으로 몸을 기울였다. 열린 틈으로 고급 목재의 향기가 새어 나왔다. 회화나무 껍질과 자단나무 향이었다.

"안녕하세요, 드잘리야. 드잘리야라고 불러도 되나요?" 보로딘이 물었다.

"그거 저 주세요." 드잘리야 솔라리스가 말했다.

그녀는 누구라도 이해할 수 있는 말로 얘기했지만 어조에는 그 어떤 해독 가능한 생각도 담겨 있지 않아 보로딘은 겁을 먹었다. 보로딘은 열린 차창 쪽으로 손을 내밀고는 작은 짐승을 좌석에 놓아주었다. 드잘리야 솔라리스는 자그마한 네발이 몰스킨 인조가죽에 닿은 지 정확히 0.1초 만에 너석을 낚아챘고, 지체 없이 차창 올리는 장치를 작동시켰다. 보로딘에게는 이제 관심이 없는 듯했다. 자동차는 벌써 전진하고 있었다. 벌써 1미터는 나아간 상태였다. 왼쪽 앞바퀴는 매끄럽게 인도를 다시 내려갔다.

보로딘의 증언은 여기서 중단된다. 드잘리야 솔라리스는 생쥐와 개인적인 관계를 맺었을까? 생쥐를 먹었을까? 보로딘을 없애버렸을까? 다시 생각한 뒤 그를 차 안으로 끌어들였을까? 만약 그랬다면 그와 개인적인 관계를 맺었을까? 아니면 그도 먹었을까?

12
바르발리아 로덴코

바르발리아 로덴코는 소총을 내려놓고 숨을 크게 들이마시더니 말했다.

"무뇌아 놈들! 얼빠진 년들!"

우리 앞에는 부자들이 부를 독점하는 빈자들의 땅이,
헐벗은 대지와 재만 남을 때까지 고혈을 짜낸 숲들의 행성,
쓰레기 행성, 쓰레기 들판, 부자들만이 건널 수 있는 대양,
부자들의 장난감과 잘못으로 오염된 사막들이 펼쳐져 있소.
우리 앞에는 마피아 다국적기업들의 손아귀에 있는 도시들이,
광대들이 부자들의 꼭두각시 노릇을 하는 서커스들이, 그들의
오락과 우리의 지능 저하를 위해 만들어진 텔레비전들이 있소.
우리 앞에는 빈자들이 흘렸고 흘릴 피땀으로 이루어진 권세 위에
앉아 있는 그들의 거물들이 있소. 우리 앞에는 화려한 스타들과
박학다식한 유명인들이 있소. 그들이 말한 그 어떤 의견도,
그들이 행한 그 어떤 엄청난 반항도 부자들의 장기적 전략과
상충하지 않는다오. 우리 앞에는 그들 자신의 영구적 갱신과
우리의 영구적 무기력을 위해 만들어진 그들의 민주주의적
가치들이 있소. 우리 앞에는 그들의 충실한 시종이며, 빈자들에게
그 어떤 유의미한 승리도 허락하지 않는 민주주의 체제가 있소.
우리 앞에는 우리의 증오를 풀라고 그들이 정해준 표적들이,
언제나 섬세한 방식으로, 우리 빈자들의 이해력을 넘어서는
지력으로, 우리 빈자들의 교양을 무력화하는 애매모호한 화술로
지정해준 표적들이 있소. 우리 앞에는 그들이 벌이는 빈곤과의
투쟁이, 빈자들의 산업에 대한 그들의 원조 계획이, 그들의 긴급
구호 프로그램이 있소. 우리 앞에는 우리의 가난과 그들의 부를
영속화하기 위한 달러 무상분배 정책이, 우리를 바보 취급하는
그들의 경제 이론이, 그들이 내세우는 노력의 윤리학이, 나중에는
모든 사람이 부유해지리라는 그들의 약속이, 스무 세대 후나 2만
년 후에는 모든 사람이 부유해지리라는 약속이 있소. 우리 앞에는
곳곳에 자리한 그들의 조직들과 여론 조작 요원들이, 자진해서
그들의 이념을 전파하는 선동꾼들이, 그들의 무수한 미디어들이,

자식들에게 저울의 좋은 쪽 자리가 보장되는 한 사회정의라는 가장 명철한 원칙을 양심적으로 준수하는 그들의 가장(家長)들이 있소. 우리 앞에는 너무나 번지르르한 냉소주의가 있어 그것을 암시하기만 해도, 그 메커니즘을 분석하기는커녕 단지 암시만 해도 눈에 띄지 않는 구석진 주변부로 밀려나, 그 누구의 인도도 지원도 받지 못하고 거의 광인 취급을 받는다오. 나는 욕설에 무방비로 노출된 채, 내 연설 때문에 범죄자 취급을 받으면서 그 앞에 있다오. 우리는 그것과 마주하고 있소. 이론상으로는 그것이 온 세상을 폭풍으로 뒤덮어야 할 거요. 적어도 100년 동안은 부자들의 모든 종교적 논리나 금융 논리를 멀리하고, 그들의 정치철학과 단절하며, 마지막으로 남은 앞잡이들의 아우성은 무시하면서 우리 규칙에 따라 모든 것을 무자비하게 재편하고 재건하는 냉혹한 극단주의 운동을 일으켜야 할 거요. 우리는 이미 수백 년 전부터 그것과 마주하고 있소. 그리고 우리는 도대체 어떻게 해야 평등을 위한 봉기라는 생각이 동시에, 동년 동월 동일에, 아직 그 생각이 찾아오지 않은 수십억의 빈자들을 찾아가 그들의 머릿속에 뿌리내리고 마침내 꽃피울 수 있는지 여전히 모르오. 그러니 방법을 찾읍시다. 그리고 실행합시다.

바르발리아 로덴코는 거기서 연설을 마쳤다. 유르트 뒤에서는 암양들이 뒤척이고 있었다. 심야의 말소리가 처음에는 방해가 되더니, 다음에는 자장가가 되었고, 이제 목소리가 없어지자 잠이 깬 것이다.

할망구들은 유르트에서 몇 미터 떨어진 곳에 모닥불을 피워두었다. 그들의 구릿빛 살갗에, 크게 뜨고 있어도 거의 감긴 것처럼 보이는 그들의 눈 깊은 곳에 불꽃이 비쳐 어른거렸다. 6월의 아름다운 밤이었다. 양쪽 지평선 사이로 별자리들이 뚜렷이 보였고, 낮의 열기는 별들에게까지 올라가 스텝의 향기를 담은 채 일렁였으며, 우리의 얼굴에는 향쑥 부스러기와 밤파리들이 내려앉고 있었다.

바르발리아 로덴코는 여행 복장으로, 청색 실크 재킷, 마멋 모피 카술라, 레티시아 샤이드만이 선물한 자수 장식 속바지를 입고 있었다. 히바로족의 전담반이 줄여주기라도 한 것처럼 자그마한 머리통이 옷 위로 봉긋 솟아 있었다.[13] 한편 올메스 자매는 그녀가 너무 미라처럼 보이지 않게 하려고 순대 속을 채우듯 몽골 펠트 뭉치를 뺨은 물론이고 눈꺼풀에까지 채워 넣었다. 팔다리도 균열이 보이는 곳은 보강 공사를 했다. 대결 상황에서 카빈총의 무게와 격발의 반동을 감당해야 할 오른팔에는 팔찌들을 둘렀고, 마리나 쿠발가이는 팔찌에 까마귀 깃털과 곰 털을 달아주었다.

"그래요. 이게 제가 서론으로 할 말이에요." 바르발리아 로덴코가 탄식하며 말했다.

노파들은 괜찮다고 웅성거렸고, 곧 침묵이 다시 깔렸다. 모여 있는 할망구들은 이제 한두 시간 동안 숙고하고, 바르발리아 로덴코의 연설을 마지막으로 곱씹으면서 미처 깨닫지 못한 논지의 결함을 찾아볼 것이다. 할망구들은 정성껏 함께 선언문을 다듬고 있었지만 바르발리아가 광활한 불행의 세상을 향해 출발하기 전에 오류들을 수정할 기회가 또 있음을 알고 있었다. 예컨대 문체에 힘이 없다든지, 너무 딱딱하다든지.

바르발리아 로덴코는 모닥불 위로 허리를 기울였다. 불에 잔가지 하나를 더 넣었다.

그녀는 쪼글쪼글하고 자그마한 모습이었다. 하지만 모든 게 계획대로 진행된다면 들판을 다시 불사를 불똥은 바로 그녀로부터 솟아오를 것이었다.

---

13. 페루 인근 지역 원주민인 히바로족의 전사들은 적의 수급(首級)을 건조시켜 작게 오그라들면 전리품으로 전시한다.

13
벨라 마르디로시안

돌연 8층에서 암탉들이 꼬꼬댁거리기 시작했다. 처음에는 약한 톤이었다가 곧 히스테릭하게 째지는 소리로 변했다. 누군가가 접근하고 있는 것이었다. 아니면 여우나 족제비일 수도 있었다. 하지만 개는 짖지 않았다.

벨라 마르디로시안은 알몸을 가린 행주들을 치우고 침대가에 앉았다. 땀에 젖어 있었다. 방에는 새벽빛이 스며들고 있었고, 여명이 가까스로 어둠을 물리친 참이었다. 현실이나 그녀의 꿈에서 흔히 그러하듯 도마뱀붙이 두 마리가 천장에서 꼼짝 않고 망을 보고 있었다. 날은 따뜻했고, 습기 때문에 손동작이 서툴렀다. 겨드랑이 밑에서는 소금물이 가늘게 흐르고 있었고, 엉덩이도 마찬가지였다. 숨이 막혔다. 숨이 막힌다고 하면서 내가 생각하는 이는 그녀, 벨라 마르디로시안이지 당연히 다른 누구도 아니다. 그녀가 사는 큰 건물에서 그녀는 유일한 거주자였던 것이다.

잠을 설친 참이었다. 숨 막히는 어둠과 정적 속에서 여러 번 눈을 뜬 게 기억났다. 5월부터 10월까지 밤은 그렇게 결코 오지 않을 휴식과 서늘함을 기다리면서 흘러간다. 이제 창문에는 유리가 없지만 창문 앞에 설치된 방충망의 그물코가 너무 촘촘해서 공기가 부족했다.

벨라 마르디로시안은 자리에서 일어나 잠시 옷을 걸치지 않은 채 서 있었다. 전날 평소 욕실로 쓰던 4층 수도꼭지에서 깨끗한 물을 받아놓은 석유통을 아쉬운 마음으로 바라보았다. 간단하게라도 씻을 수 있으면 좋겠지만 시간이 없었다. 암탉들의 잔소리 때문에 최대한 빨리 내려가야 했다. 마지못해 전날과 전전날 입었던 속옷을 입고, 갈색 포플린 외투를 잘라 만든 민소매 원피스를 걸쳤다. 단추가 몇 개 없다 보니 가슴 쪽이 많이 벌어져 있었다. 벌어진 곳을 끈으로 조였다.

밑에서는 암탉들이 겁에 질려 난리를 피우고 있었다. 조금 전부터 꼬꼬댁 소리와 비명 소리가 계속 커지고 있었다. 벨라 마르디로시안은 고무장화를 신고 등 뒤로 방문을 닫았다.

좁은 복도를 지나 계단으로 접어들었다. 그녀가 있는 곳은 완전히 망가지지는 않은 꼭대기 층, 12층이었다. 지난주에는 비가 내렸다. 발 디딜 때마다 계단에서 물 튀기는 소리가 났다. 장화 속 뒤꿈치에서 피 묻은 진흙이 새어 나오고 움직일 때마다 뒤꿈치가 부서지기라도 하는 양 장화 빨판의 소음이 다리에 전해졌다. 습기가 없는 곳이 없었다. 벽을 타고 물방울이 맺혔다. 부서진 지붕 잔해 속에 물이 잔뜩 고여 있는 게 분명했다. 승강기 샤프트 안쪽에 파놓은 배선망에서도 물 흐르는 소리가 들렸다. 층계참에는 커다란 검은 물웅덩이들이 가로누워 있었다.

벨라 마르디로시안이 두 층을 지나자 마침내 멀리서 그녀의 개가 부르는 소리가 들렸다. 소리는 다른 곳에서, 다른 건물에서 났다. 개는 가끔 다른 건물에 갔다가 2주 뒤에 굶주리고 녹초가 되어 물린 자국투성이로 벌레를 잔뜩 달고 나타나곤 했다.

배설물 냄새, 닭 냄새가 진해졌다. 햇살도 강해졌다.

두 층을 더 내려가 닭장 앞에 섰다.

암탉들은 서로 부대끼면서 사방으로 날고 있었고, 닭들이 그렇게 휘저어대는 바람에 지독한 뭉게구름이, 악취가 피어올랐다. 이제 철창 뒤로 광분한 눈, 들썩거리는 엉덩이, 볼품없는 날개를 알아볼 수 있었다. 그 모든 것이 까닭 모를 공포를 드러내고 있었다. 똥 무더기 횃대들이 쉬지 않고 흔들렸다. 더러운 깃털들이 눈처럼 떨어지거나 비스듬히 부유하다가 똥투성이 바닥에 맞고 튀어올라 다시금 회오리바람에 쓸려 갔다. 달걀 세 개가 깨졌지만 피나 사체는 그 어디에도 없었다. 육식동물이 침입했을지도 모른다는 가설은 곧 지워졌다. 부랑자의 침입이라는 가설은 여전히 가능성이 희박했다. 이 도시에서는 1년 넘게 새로운 사람을 본 적이 없었다.

혹시 엔초는 아닐까? 벨라 마르디로시안은 문득 자문했다. 혹시 엔초가 드디어 건강을 회복한 거라면? 날 만나러 올 방법을 찾은 거라면?

“엔초?” 그녀는 중얼거렸다.

그녀는 별 기대 없이 승강기의 무너진 문을, 그리고 702호의 입구를 바라보았다.[14] 횃대 일부가 그곳에 기대어 있으므로 엄밀히 말하면 누군가가 숨어 있을 수도 있었다. 암탉들은 진정하지 못했다. 아무도 대답하지 않았다.

복도 끝의 작은 창문은 예전에 괭이와 곡괭이로 넓혀놓았고, 중간쯤 높이에는 벽이 벌어져 있었다. 그 너머로 태양이 태어나는 중이었다. 벨라 마르디로시안은 다가가 햇살 속에 섰고, 눈이 부시는 즐거움을 맛보려고 눈을 떴다가 다시 감았다.

혹시 엔초의 유령이 날 찾아오려 한 거라면? 그녀는 그 생각을 멈추지 않았다.

그녀는 눈에 들어오지 않는 풍경 앞에, 장엄한 태양 앞에, 사람이 살지 않는 폐허 앞에, 아침의 정적 속에 검어지는 커다란 건물 외벽들 앞에, 문명의 종말 뒤의 메갈로폴리스 비슷한, 심지어 야만의 종말 뒤의 메갈로폴리스 비슷한 광활한 잔해 앞에, 엔초 마르디로시안의 추억 앞에, 햇빛만큼이나 눈부신 추억 앞에 서 있었다. 눈꺼풀 밑으로 벽돌 색깔의 반점이 떠다녔다.

매일 그러듯 창밖으로 뛰어내릴 생각을 했다. 그러지 말아야 할 이성적인 이유가 없었다.

"엔초." 그녀는 중얼거렸다. "엔초 마르디로시안. 내 사랑. 네가 정말 필요해. 보고 싶어. 정말 보고 싶어."

---

14. 프랑스에서는 1층을 층수에 넣지 않고 우리가 말하는 2층을 1층으로 본다. 그래서 프랑스어의 '7층(7e étage)'은 한국어로는 8층에 해당하며, 702호는 8층(프랑스어로는 7층)에 있다.

5월 10일 자정 정각에 — 그러니까 5월 11일에 — 탐험대는 출범했다. 키잡이는 바람에 맞서지 말라고 미리 지시를 받았다. 이처럼 늦은 시간에는 돌풍만 몇 번 인색하게 불고 마는 게 보통이지만 그럼에도 우리는 곧 항구의 좁은 입구를 빠져나와 서쪽으로 항로를 잡기 시작했다. 우리는 지난해 새로운 항로를 개척하려 했던 불행한 뱃사공들처럼 출항하자마자 뿔뿔이 흩어져 돌이킬 수 없는 상황에 빠지지 않으려고 밧줄로 서로의 몸을 묶었다.

네 명의 건장한 사내가 선수(船首)에 서 있었다. 마양주 광장을 건너 데조비보스 대로 쪽으로 방향을 돌리자 그들은 모자를 벗고 열렬히 팔을 흔들었다. 누구도 발코니에서 그들의 동작에 응답하지 않고 환호 비슷한 것이 우리를 뒤따르지도 않자 네 명의 사내는 잠잠해졌고 우리는 과묵하게 어둠 속으로 접어들었다. 얼마 되지 않아 우리는 세트라간 로(路) 부근에 이르렀다. 하지만 모퉁이에 있는 중국인 세탁소를 끼고 도는데 무시무시한 굉음에 귀가 멍멍해졌다. 굉음에 뒤이어 그에 못지않게 무시무시한 정적과 즉각적인 부동(不動)의 감각이 우리를 덮쳤다.

밤은 칠흑같이 어두웠다. 우리는 트인 곳으로 몸을 내밀고는 서로를 연결한 밧줄을 당기며 극심한 두려움에 서로를 소리쳐 불렀다. 몇 명이 부싯돌을 부딪쳐 약간의 빛을 만들었지만 불빛에 보이는 건 아무것도 없었다. 시각은 오전 1시 40분, 우리는 어떤 장애물에 충돌한 것으로, 선체는 좌초하여 우려스러울 만큼 옆으로 기울어 더 이상 전진하지 못하고 있었으며, 주변의 모든 것이 부동 상태였다. 다행히 선의(船醫)가 즉시 확인해주었듯 승무원 중 부상당한 사람은 아무도 없었다.

함장직을 맡은 드제노 엡스타인은 세트라간 로 3번지 방향으로 고참병 하나를 보냈다. 피해 상황을 파악하고, 무슨 일이 일어났는지 밝히며, 새벽녘 전후로 우리가 어떻게 하는 게 좋을지 판단하는 일이 그의 임무였다.

고참병은 항구에서는 라자르 글로모스트로라는 신원으로 알려져 있었다. 우리는 그가 돌아오기를 기다리면서 인도에 둥글게 앉아 있었다. 불안 때문에 대화는 이어지지 않았고, 1분 뒤 혀들은 제 집에서 깡충대기를 멈췄다. 원정이 시작부터 꼬이고 있다는 생각을 떨칠 수 없었다. 순조로운 상황이라면 식은 죽 먹기였겠지만 깊은 어둠 속에 잠겨 있다 보니, 평정을 되찾기가 쉽지 않았다.

얼마 후 우리는 암흑으로부터 우리 쪽으로 흘러나오는 메아리에 주의를 기울였다. 상상력과 청각이 함께 작업했다. 상상력과 청각은 끊임없이 서로를 돕고 있었다. 때로는 정찰 임무를 맡아 파견된 수병의 혼잣말이나 공포의 비명이 멀리서 들리는 것 같았다. 선로 변경 분기기로 접어들면서도 속도를 줄이지 않고 재무부 방향으로 계속 달리는 전차의 마찰음이 데조비보스 대로로부터 들려왔다. 마양주 광장 언저리에서 경찰차 한 대가 사이렌을 가동시켰다. 어쩌면 앰뷸런스인지도 몰랐다. 우리가 떠나온 연안에서는 과연 속세의 소란과 불운이 계속되고 있었고, 평범하지만 이제 다시 접할 수 없는 것이 된 이 소음들 앞에서 사념에 빠져 가슴이 답답해지는 사람이 한둘이 아니었다.[15] 어둠 덕에 감정을 감출 수 있었음에도 불구하고 무리 중 몇몇은 무뚝뚝한 남자 특유의 눈물, 콧물을 숨기지 못했다.

우리의 기분이 악화되고 있었으므로, 대원들의 사기 관리가 자기 책임이라고 여겼던 드제노 엡스타인은 흥을 돋우려 했다. 그가 다소 나른한 전래 비가(悲歌) 서너 곡을 툴툴거리자, 대원 몇 명이 그를 도와 저음부를 웅얼거렸다. 하지만 합창 소리는 조금 커지는 듯하더니 곧바로 잦아들었고, 마지막 곡을 부르는 동안 함장님께서는 세상 만물에게, 만인에게 버림받았다는 기분이

15. 이 작품에서 모든 여행은 한 세계에서 다른 세계로의 이동, 일종의 평행 우주로의 이동이고, '속세적'인 것과 대비되는 성스러운 마술적 여정이다. 따라서 이 모험가들은 이미 '다른 세상'에 와 있는 것이며, 출발지에서 들려오는 일상적 소란은 비록 가깝게 들리지만 이제 쉽게 돌아갈 수 없는 고향 땅의 향수를 불러일으킨다.

들어 2절을 읊기를 단념했다. 목소리가 약해지더니, 그는 곧 침묵했다.

시계의 문자반이 몇 바퀴를 돌도록 이제 그 누구도 곡조나 말을 보태지 않았다.

라자르 글로모스트로가 다시 나타난 건 바로 그때였다. 그는 폭삭 늙어 있었고, 버스 터미널 남자 화장실 냄새를 풍겼으며, 옷은 너덜너덜했다. 그는 드제노 엡스타인 가까이 자리를 잡고는 무슨 일이 있었는지 힘없이 털어놓았다.

앞서 우리는 홀수 번지를 따라 표류 중이던 종이 상자에 부딪힌 것이었다. 이 판잣집에서는 크릴리 곰포라는 자가 졸고 있었는데, 충돌로 인해 아스팔트 위로 튕겨 올라가 세트라간 로 7번지 앞까지 날아갔다. 곰포가 그곳에서 발버둥 치고 있는 걸 라자르 글로모스트로가 구해주었다. 그들은 서로 통성명하고, 함께 종합병원을 찾아 나섰다. 크릴리 곰포는 지체 없이 이동식 침대에 뉘였고, 그 부상을 입고도 살아남을 수 있을지 진단받기 위해 전신국으로 실려 갔다.[16] 곰포의 고집으로 라자르 글로모스트로도 사진을 찍었다. 이렇게 이온화 방사선 전등 밑에서 형제처럼 포즈를 취하고, 심야에 함께 방사선을 쐬면서 그들 사이엔 우정이 싹텄다. 중환자실에서 약 15주를 보낸 뒤 레지던트들의 예후가 여전히 비관적이었음에도 불구하고 크릴리 곰포는 병원이라는 세상을 떠나기로 결심했다. 안절부절못하면서 근방에서 야영하고 있던 라자르 글로모스트로의 도움으로 그들은 퇴원 허가도 받지 않고 야반도주했고, 몇 달 동안 레알 지구에서 근근이 살았다. 글로모스트로는 예전에 레알 지구에서 레아라는 여인을 만난 적이 있었다. 그들은 이 여인과 재회했고, 여인은 겨울에 땔나무를 베어다주고 먹을 것은 알아서 해결하는 조건으로 그들을 곳간에 묵게 해준 거였다. 크릴리 곰포는 천천히 회복되었지만 강풍이 몰아치던 어느 날 증발해버렸다. 겨울과 봄이 지났지만 곰포의 소식은 전혀

---

16. 곰포는 엑스선 사진(radiographie)을 찍어야 하는데 방사선과가 아니라 전신국(Service des radiogrammes)으로 실려 간다. 이는 실수가 아니라 작가의 의도적인 표현이다.

들려오지 않았다. 그러자 라자르 글로모스트로는 본대로 복귀해 보고하기로 결심했다.

그는 함장 옆에서 찢어진 봇짐들과, 배낭 대신 목에 건 주머니들을 뒤졌고 엽서들, 여인 레아가 묵던 지하실 열쇠를 보여주더니, 돌연 곰포와 자신이 방사선 검진대 위에 해골 형태로 나란히 노출된 금이 간 방사선 사진을 펼쳤다. 사진에는 매우 건강하고 흠잡을 데 없는 라자르 글로모스트로의 골격이 보였고, 그의 왼쪽에는 도저히 알아볼 수 없게 뒤엉킨 골질(骨質)과 장기 뭉치가 보였다.

라자르 글로모스트로는 떨리는 손가락으로 사진을 짚으면서 설명했다. 이게 내 몸이야. 이게 그 친구 몸이고. 우리는 비슷한 또래였어. 사진이 조금 흐릿하지. 그 친구가 꼼지락거렸거든. 웃는 중이라 움직였어. 농담을 자주 했어. 끔찍한 일을 같이 겪는 동무로는 훌륭했지. 우리는 굉장히 친했어. 그 친구는 죽을 거라고 생각하면서도 웃긴 얘기를 하면서 꼼지락거리지 않고는 못 배겼어.

계단을 걸어 올라가야 한다. 승강기가 고장이다. 승강기 모터는 약 30년 전에 누군가가 지하층에서 태워먹었다. 부랑자들이었는지 군인들이었는지, 실수였는지 악의적 행동이었는지는 모르겠다. 어쩌면 어떤 놈들이 지금이 전시(戰時)나 복수극의 와중이라고 상상하면서 전쟁에서 승리하거나 분을 풀겠답시고 불을 지른 것일지도 모른다. 기름 탄내와 방사능 증기는 흩어져 없어졌고 건물은 다시금 몸에 해롭지 않게 되었다. 나는 피해가 가장 경미한 15층에 산다.

집에 가느라 10층 층계참에 도달하면 다음 층 계단에 접어들기 전에 906호 문 앞을 지나야 한다. 나는 거기서 잠시 쉬면서 숨을 고른다. 다섯 달 전부터 906호에는 사람이 살고 있다. 문은 말이 존재하던 옛 시절의 마구간처럼 중간 높이에서 톱으로 잘라놓았고, 위쪽 문틀에는 한 여인이 몸을 기대고 있다. 거대한 두 팔을 기대고 있다. 바바이아 슈테른이다. 슬립 차림으로 불철주야 그곳을 지키고 있다. 아프리카가 존재하던 시절의 하마처럼 땀으로 번질거리고, 어깨가 널찍하고 배가 불룩하고, 지방이 많아 피부에 주름이 없다. 자식들이 들통을 비우려고 문에서 떼어놓거나, 씻기거나 밥을 퍼 먹이려고 아파트 안쪽으로 데려가는 짧은 시간을 빼면 늘 그곳에 상주한다.

그녀는 꺼질 듯한 한숨이나 뱃속이 끓는 소리나 오줌이나 설사를 찍찍거리는 소리 말고는 아무 소리도 내지 않으면서, 어머니가 들통 위에 편하게 앉아 오가는 사람들을 볼 수 있도록 자식들이 쌓아놓은 낡은 타이어 뼈대 위에서 꼼짝도 않는다. 사실 지나다니는 사람은 거의 없다. 위쪽에는 나 말고는 사는 사람이 없는 것이다. 전장에서 멀리 떨어진 연병장에 혼자 남아 모두에게 잊힌 초병처럼 바바이아 슈테른은 몇 시간씩 그쪽으로 오는 건 아무것도 보지 못한다. 그녀는 먼지 이는 층계를, 나 말고는 아무도 쓰지 않는 계단을 주시한다. 그 아들들은 다른 쪽, 9층과 통하는 사다리로 드나든다. 그녀는 사건의 전적인 부재를 관찰하면서, 미동도 없이, 우울한 얼굴로, 흐르는 땀방울도 닦지 않고, 몸 안에서 지방이 천천히 젤리가 되어감을 느끼면서, 근육량의 감소를 예상하면서, 눈도 거의 깜박거리지 않고, 때로는 벌레들의 공격을 받고 때로는 나비들이나 파리들에게 괴롭힘을 당하면서 그렇게 그곳에 있다. 무(無)는 냄새가 좀 역하다. 그녀는 콧구멍을 조금씩 벌렁거리면서 무의 냄새를 맡는다. 무를 탐사한다. 그녀와 마주한 벽의 갈라진 틈에는 도마뱀붙이들이 산다. 그녀는 그 도마뱀들을 속속들이 알고 있다. 한 놈 한 놈의 특징을 알고 있다. 놈들 중 누가 뒤퉁스러운지, 누가 어학에 재능이 있는지, 누가 유년기의 트라우마를 극복하지 못할 것인지 알고 있다. 그녀는 놈들을 사랑한다.

내가 건물을 나서면 그녀의 위쪽에는 움직이는 게 전혀 없다. 그래서 바바이아 슈테른은 건물의 저층부와 골목으로 관심을 돌린다. 재와 모래를 헤치고 짐을 끌고 가는 유목민들의 발소리나 목소리처럼 가끔은 흥미로운 소음이 스며들 때도 있는 것이다. 그녀는 또한 빈집의 공기 소리, 바람의 노래, 벨라 마르디로시안이 사육장을 운영한다는 집에서 나는 암탉들의 꼬꼬댁 소리에도 귀를 기울인다. 시간은 흘러간다. 그래서 족히 반나절이나 온종일을 기다려야 사람 얼굴을 볼 때도 많다. 내 얼굴 말이다.

906호 문 앞을 지나갈 때마다 나는 바바이아 슈테른과 시선이 마주친다. 그녀의 시선은 두려움과 갈망에 사로잡혀 나의 시선을 찾는다. 나는 눈을 내리깔지 않는다. 그 앞에 몇 초간 멈춰 서서 인생의 근본적 추잡함에 대한 무언의 연설을 듣는다. 나는 침묵한다. 그녀의 질문에 줄 수 있는 대답이 없다. 인생이라는 것이 왜 그토록 잔혹하게 추잡한 것의 주위를 맴돌아야 하는지 답할 수 있는 사람은 오래전부터 아무도 없다. 나는 고개를 끄덕인다. 미소를 짓는다. 내 입술이 떨린다. 나는 이 여인에게 연민을 느끼지만 해줄 수 있는 게 없다. 그녀는 내게 말을 하려 하고 나는 들을 준비가 되었음을 표시하지만, 그러자마자 그녀는 미안한 듯 뒤쪽을, 아들들이 살고 있는 집 쪽을 돌아본다. 그녀는 막 무언가를 말하려는 참이었지만 하지 않기로 한다. 어마어마하게 무거운 한숨을 내쉰다. 그녀의 슬픔이 돌연 비곗살로 녹아들고, 그 아들 하나가 부엌 어딘가에서 마른기침을 하는 게 들린다. 다른 아들은 경쇠[17]를 울린다. 바바이아 슈테른은 912호의 무너진 입구를 긁고 있는 도마뱀붙이들을 다시 침울하게 응시하기 시작한다.

나는 슈테른 집안의 아들들에게 의례적인 인사 이상으로는 알은체하지 않는다. 이제 이웃이긴 하지만 그들에게는 관심이 없다. 가까이 살아 유감이다. 그들에게는 전혀 호감이 가지 않고, 우리는 서로 맞지 않는다. 어머니를 나중에 잡아먹으려고 비육하는 게 뻔히 보인다. 몇 주 안에 멱을 따서 요리할 것이다. 인생이 근본적으로 추잡한 건 사실이다. 그래도 그 짓을 다른 데 가서 할 수도 있지 않은가?

---

17. 불교 문화권에서 승려가 경을 읽을 때 사용하는 놋 종지 모양의 방울.

소녀는 내게 왔다. 나를 계속 뚫어지게 쳐다보면서 곧장 내 쪽으로 왔다. 분노가 내비치는 시선으로, 무언가 처절하게 강렬한 것이 비명보다 쩌렁쩌렁하게 작열하는 시선으로 나를 노려보았다. 그녀는 인파를 헤치고 다가왔고, 우리는 험상궂은 천민들에게 둘러싸여 있었다. 그녀와 나 사이에는 구멍 난 재킷과 너덜너덜한 외투, 또는 더러운 원피스와 허름한 옷을 걸친 수십 명의 남녀가 있었고, 인파의 압박으로 앞으로 나아가는 게 거의 불가능해 보였다. 두 시였다. 햇볕이 몹시 내리쬐고 있었고, 시장 바닥의 냄새는 점점 심해졌고, 부패하기 쉬운 식품들 사이에서는 썩은 내가 진동했고, 손님들의 살아 있는 몸에는 먼지가 달라붙고 있었고, 슬라이스 형태나 가죽을 (반쯤 혹은 전부) 벗긴 사체의 형태나 바닥에 떨어져 발에 밟힌 살점의 형태로 육류 코너에서 판매 중인 죽은 짐승들의 죽은 몸에는 먼지가 부슬비처럼 내렸고, 고기들은 황토색과 마대 색깔이었고, 고기가 그런 색일 수는 있는데 여기서는 실제로 그런 색이었다. 더 멀리에는 더러운 차양 밑에 고물들이 전시되어 있었다. 주로 실용적인 기능의 물건들로, 수백 년 전부터 땜질을 거듭한 낡을 대로 낡은 도구들과 기구 들이었다. 판매자들은 단골의 주의를 끌려고 까마귀 울음소리 같은 후두음이나 끔찍하게 날카로운 두성으로 가격을 불렀다. 그 수많은 목소리에 손뼉 치는 소리가 동반되었고 뚜껑, 양철통, 상자 등 되는대로 아무거나 타악기 삼아 두들기는 소리까지 끼어들면서 곧 견디기 힘들어졌다. 군중은 용케 그 소리에 신경 쓰지 않고 다른 규칙을 따르고 있었다. 인파는 아무 리듬 없이 거의 촘촘하게 붙어 독자적으로 굽이쳤고, 내부에서 본류와 지류를, 크고 작은 소용돌이를 만들면서, 모든 비(非)집단적 이동을 강력히 억제하고 있었다. 상인과 거래를 하려면 굳세게 인파에 저항하며 진열대를 꽉 붙들어야 했고, 아니면 진열대 밑에 쭈그려 앉아야 했다. 하지만 거지 고물상 대부분이 몰리는 곳이다 보니 그냥 지나치기에는 찜찜했다. 예컨대 육류 코너에서는 비계 찌꺼기와 곱창, 돼지

껍데기를 팔겠답시고 내놓았고, 중고 철물을 다루는 쪽에서는 반쪼가리 못, 편자 조각, 줄밥이나 녹 부스러기 등을 상자에 담아 팔았다. 가장 좋은 방법은 쪼그린 자세로 전선(戰線)을 돌파한 다음 몸을 일으키는 것이었다. 푸줏간 진열대 너머에서는, 물론 푸주한에게 즉시 쫓겨나지 않았을 때의 이야기이지만, 업신여김당할 각오를 하고 일단 점원에게 가격을 불러본 뒤 고기 질과 근수를 두고 언쟁을 시작할 수 있었다. 그곳은 칼이 난무하는 시끌벅적한 어둠 속에서 도축의 달인들과 허드레 고기 장수들이 지배하는 구역이었다. 공기 중에는 피 냄새, 짐승 사냥꾼 냄새, 고기를 싼 더러운 천 냄새가 진동했다. 나는 상인도 손님도 아니었다. '나'라고 하면서 내가 생각하는 것은 당연히 크릴리 곰포다. 나는 12분을 허락받았다. 소녀는 내 쪽으로 왔고, 그게 무슨 뜻인지는 너무나 분명했다. 소녀는 마치 나를 알기라도 하는 것처럼, 오래 기다리기라도 한 것처럼, 열렬히 사랑하고 기다렸던 것처럼, 평생 사랑했던 것처럼, 명백한 증거와 친지들의 잔소리에도 불구하고 내가 죽지 않았고 언젠가는 내가 죽음에서 탈출해 돌아오리라고 줄곧 믿었던 것처럼, 내가 기나긴 부재 뒤에, 기나긴, 매우 긴 여행 뒤에 마침내 그녀에게 돌아오기라도 한 것처럼 내게로 왔다. 나는 어느 가게 옆에 서 있었다. 그곳에서는 콘크리트 기둥 덕에 군중의 거칠고 예측 불가능한 움직임을 피할 수 있었다. 이 조촐한 상점에서는 한 남자가 닭 머리와 라이터, 배터리 같은 다양한 보물들을 두고 흥정하고 있었고, 그중에는 바르발리아 로덴코의 격문이 녹음된 카세트테이프도 있었다. 나에겐 아직 8분이 남아 있었다. 형편없는 음질의 휴대용 카세트에서는 바르발리아 로덴코가 선동적인 언사를 토해내고 있었다. 소녀는 인파를 가르고 내 앞에 도착했다. 그녀는 깡마르고, 동작이 민첩했으며, 나이가 어려 뼈가 아직 굳지 않았고, 남방계의 신경질적인 얼굴이었으며, 경계하는 눈빛의 날카로운 두 눈은 새까맣고 초롱초롱했다. 그녀는 그때까지 무엇에 홀린 듯한 단호함을 보여주었지만 내 곁에 오자 감정에 휩싸이는 게 보였다. 그 입술은 지독한 침묵을 웅얼거렸고 뺨은 소스라치듯 떨렸으며 눈길은 눈물에 젖어 있었다. 곧 그녀는 마음을 가다듬었다. 잠시 망설였다. 말하지 않으려 했고, 기적을 깨뜨리지 않으려 했다. 어쩌면 지금 이뤄진 이 만남이 현실인지 의심하고 있었는지도 모른다. 갑자기 우리 두 사람의 존재가 더 이상 믿어지지 않는 모양이었다. 그녀는 인파에 밀려 삼사 미터 물러났고 군중 속에 빨려들어 내 손이 닿을 수 있는 범위를 벗어났다. 하지만 거의 즉시 돌아왔고, 이번에는 내게 몸을 붙였다. 걸친 옷이라고는 인파 속에서 다른 누더기들과 부딪혀 해지고 때와 먼지에 더러워진 누더기 원피스 하나가 전부였다. 원피스는 단추가 대부분 떨어져 나갔고, 천은 비스듬히 타졌다. 그녀는 타진 부분을 마저 찢어내더니 옷을 벌리고 내게 달라붙었다. 나도 누더기 속의 상체는 맨몸이었다. 그녀는 한숨을 내쉬더니 두 팔로 내 허리를 감았다. 그녀의 손은 움직이지 않았고 나를 꽉 안았다. 우리는 말없이 얼싸안았다. 내 가슴에 맞닿은 그녀의 뜨거운 가슴이 느껴졌다. 나는 셔츠 자락을 걷었다. 천이 너무 까칠까칠해 브래지어를 하지 않은 유두가 긁힐까 걱정스러웠다. 그녀는 내가 옷자락을 치우게 두더니 더욱 다정하게 몸을 붙였다. 그녀의 숨소리는 잠든 사람의 소리 같았다. 우리의 땀이 하나로 합쳐졌다. 시장의 떠들썩한 소음과 귀를 괴롭히는 고음의 호객 소리에도 불구하고, 곧 우리의 몸이 서로 눌리고 살의 울룩한 부분과 불룩한 부분이 서로 스치고 땀이 뒤섞이는 바람에, 닻 내린 보트가 삐걱거리는 듯한 소리가 들렸다. 잔물결이 찰랑이는 소리가, 뒤엉켜 정사 중인 몸뚱이들이 찰랑이는 소리가 들렸다. 그런 소리가 들렸다. 우리 옆에는 바르발리아 로뎬코의 카세트테이프를 파는 상인이 있었다. 그는 300살 먹은 노파가 맛이 간 확성기로 지칠 줄 모르고 내지르는 반란 선동을 들어보라고 내 소매를 잡아당겼고, 눈치도 없이 갑자기, 자기도 아내를 애무하면서 아내의 몸 위에 엎드려 있을 때면 그 독특한 소리가, 야음(夜陰) 속 카누의 속삭임이 좋았다고 털어놓았다. 내 시간이 흘러가고 있었다. 벌써 10분이 사라졌다. 나는 상인에게 대답하지 않았다. 나는 상인에게 대답하지 않았고, 나를 다른 사람으로 착각한 이 여인을 어떻게 위로해야 할지 알지 못했다. 나는 어떻게 해야 그녀의 믿음을, 실수를 우롱하지 않을 수 있을지 몰랐고, 그녀를 어떻게 보살펴야 할지 몰랐다. 나는 질문을 하나 하기로 했다. 나는 아직 폐에 공기가 있었고, 문장

하나를 발음하는 건 어려운 일이 아니었다. 넌 누구니? 말해봐. 나는 그녀의 목덜미에 속삭였다. 그녀는 소스라치지 않았다. 내 얼굴을 마주 보려고 얼굴을 뒤로 뺐고, 내 눈을 찾았으며, 경악한 표정으로 내 눈을 살펴보았다. 그녀가 말했다. 나 리디아야, 리디아 마브라니. 근데 너는… 어떻게 그럴 수가… 너 이츠하크 마브라니 아니야…? 네가 나를… 네가 이츠하크 마브라니인 게 기억이 안 나…? 나는 아무 말도 하지 않았다. 그 고통을 어떻게 달랠 수 있을지, 그 혼동을 어떻게 줄여줄 수 있을지 상상이 되지 않았다. 이제 무슨 일이 벌어질지 알 수 없었다. 소녀는 끔찍하게 떨기 시작했다. 내게는 1분이 넘게 남아 있었다. 적지 않은 시간이었다.

우리 뒤에서는 바르발리아 로덴코가 왜 자본가들의 목을 자르고 달러화 유통을 종식하고 동지애의 사회를 복원해야 하는지 청취자들에게 계속 설명하고 있었다.

리디아 마브라니는 터질 듯한 눈으로 나를 쳐다보고 있었다.

극도로 긴 1분이었다.

레티시아 샤이드만은 손자 빌 샤이드만이 의연하게 총살을 견딜 수 있도록 그의 입에 낙타 젖 발효유 두 잔을 붓게 하고는 뒤로 물러나 사격 지점에 합류했다. 얄리안 하이페츠를 비롯한 다른 할머니들은 사형수에게 다가가 마실 것을 주었다. 빌 샤이드만은 싫은 내색을 하지 않고 그들이 떨리는 손으로 건네준 것들을 받아들였다. 암양 술 한 잔, 얄리안 하이페츠가 내놓은 암말 술 한 잔, 다음엔 낙타 젖을 세 번 증류해 얻은 독한 증류주 한 잔. 술은 그릇을 넘치거나 입아귀에 흘렀고, 가슴과 엉덩이와 심지어 다리까지 적셨다. 그는 매운 트림이 나와 기침을 했고, 한 차례 딸꾹질을 하더니 허리띠까지 이미 더러워져 있던 셔츠에 요구르트 같은 걸쭉한 액체를 엄청나게 토했다. 그러자 할망구들은 레티시아 샤이드만을 따라 했다. 노파들은 그의 맞은편 꽤 떨어진 곳으로 가 카빈총을 들고 풀밭에 엎드렸다.

술의 도움이 없었다면 샤이드만은 미래를 비관적으로 바라보았을지도 모른다. 하지만 목에 들이켠 것들이 작용하여, 그는 몸부림치고 요란하게 기도와 욕설을 내뱉는 대신 술꾼의 몽롱한 상태로 주위를 살펴보았다. 운명론자처럼 근심이 없어지면서 얼굴 표정이 풀어졌다. 아직은 약간 잿빛인 하늘을 바라보았고, 자신의 몸 냄새와 옷 냄새에 겹쳐진 발효유 냄새를 들이마셨다. 그 냄새는 온통 분변(糞便)적 불안과 땀에 젖어 있었다.[18] 그리고 그는 갓난아기처럼, 더 정확히 말하면 그 무엇도 중요치 않은 것처럼 눈을 깜박였다. 술기운 때문인지 피부병으로 인한 가려움이 줄어들어 잊을 만했다. 그는 가려움을 잊었다. 몸을 긁으려 하지 않았고 밤사이 쇄골에 자란 기생충 같은 길쭉한 혹을 떨어뜨리려고 포박당한 몸을 비틀지도 않았다. 그는 거의 움직이지 않았다. 그가 처형용 기둥에 몸을 기댄 채로

18. '실존적 불안(angoisses existentielles)'이라는 말을 비틀어 '똥의 불안(angoisses excrémentielles)'이라는 표현을 만든 것으로 보인다.

축 늘어지는 게 보였다. 기둥은 수개월에 걸친 끝없는 재판 동안 그를 지탱해주었으며 이미 오래전부터 몸의 자연스러운 일부가, 본래의 척추보다 훨씬 믿음직스러운 단단한 제2의 척추가 되어 있었다. 그는 늘어져 있었고 트림을 했다.

창궁은 쾌청했고, 구름 한 줌과 최후의 별 두셋이 보였다. 스텝이 끝없이 펼쳐져 있었다. 아직은 다소 생기가 없고, 끝에서 끝까지 단조로운 풍경이기는 했지만 스텝은 각자에게 삶에 대한, 영원한 삶에 대한 근사한 서사시적 의욕을 전해주었다. 풀밭과 안개구름 사이 어디선가 보이지 않는 새 한 마리가 울었고, 매서운 바람이 몇 차례 불었으며, 그다음에는 모든 게 침묵했고, 조금 뒤 해가 나타났으며, 곧 해가 떴다.

빌 샤이드만은 이제 선고가 집행되기를 기다리고 있었다. 어둑새벽 때보다는 동트기 직전일 것이라 했다.

그는 몇 달이 지나면서 입장을 누그러뜨려 결국은 판사들의 관점을 100퍼센트 받아들였으며, 막바지에는 전혀 자기 행동을 정당화하거나 정상참작 사유를 대려 하지 않았다. 오히려 그는 검사 측 의견에 전적으로 동의했다. 그가 발언을 할 때면 자기비판이 점점 심해졌다. 자신을 낳아준 이들을 배신했고, 인간 사회 전체를 배신했음을 인정했다. 블레 무슈테 양로원에서 노파들은 그에게 구세주의 운명을 계획해두었고, 자기들이 이제 할 수 없는 것을 실현하라고 그를 탄생시켰다. 여러분은 침몰 시계를 리셋하라고 저를 탄생시켰습니다. 그는 말했다. 여러분은 제가 새로운 제도를 만들고, 시스템의 막힌 톱니바퀴를 풀기를 바랐습니다. 여러분은 세상에 번성하고 있는 괴물들의 시스템을 정화하라고 저를 세상으로 보냈습니다. 원수의 부활을 조장하라고 그를 둥지에 품고 교육시킨 것이 아니었다. 자본주의의 기구들을, 불의와 불행의 전근대적 메커니즘을 재건하라고 그런 것은 결단코 아니었다. 그 메커니즘의 작동을 영원히 중단시킨 건 바로 과거의, 젊은 시절의 노파들이었다. 제가 피고인에게 극형 중에서도 가장 극심한 형을 언도할 것을 요구하는 것은 바로 그 때문입니다. 그는 말했다. 빌 샤이드만이 여러분에게 저지른 배은망덕을 죄목으로 저를 처벌하십시오. 그는 힘주어 요청했다. 저를 자본주의 마피아들의 두목이나 총사령관이라고 생각하고 유해물 목록에서 제거하십시오.
하지만 노파들은 그를 무엇보다 반인도적 범죄로 처벌했다. 그로 인해 인류는 다시 한 번 시장경제 사회라는 흉측한 길을 걷고, 다시 한 번 마피아, 은행가, 늑대 같은 전쟁광 들의 속박을 겪어야 했던 것이다. 저는 인류를 야만의 단계로 후퇴시켰음을 자각하고 있습니다. 그는 탄식했다. 저는 자본주의의 잔혹한 혼돈을 복원했습니다. 인류가 이미 위기에 처하고 거의 멸종한 시점에, 적어도 우리만큼은 부자들과 그들의 공모자들을 완전히 떨쳐낸 시점에, 저는 가난한 자들을 부자들과 그 공모자들의 손아귀에 던져버렸습니다. 그는 말을 계속 이어갔다. 수세기에 걸친 해방을 위한 희생과 필사적 투쟁을, 그 모든 희생을 저는 몇 년 만에 망쳐버렸습니다.

익명의 여성 순교자들과 무명의 남성 순교자들이 노파들의 목소리로, 이제는 빌 샤이드만의 목소리로 말하고 있었다. 모두가 일벌백계를 요구했다. 샤이드만은 이미 자신에 대해 구형을 하면서 모든 정상참작의 여지를 배제한 터였다.

설사 오줌 구덩이에서 곡괭이에 맞아 죽는다 해도 단번에 죽는 건 저에게 과분한 일입니다. 그는 말했다. 그토록 중대하고 그토록 노골적인 역사적 파렴치 범죄의 장본인에게 신속한 처벌은 너무 약소합니다. 돌로 때려 죽이거나 총살하는 건 제가 저지른 것과 같은 범죄를 다스리기에는 너무 미약합니다. 저를 위해 죽음보다 고통스러운 형벌을 고안해주십시오. 저를 위해 영원히 후회하며 방랑하는 고통보다 더 지독한 고통을 만들어주십시오. 저를 지옥에 가두고 어떤 구실로도 나오지 못하게 하십시오. 별들이 최종적으로 식어버릴 때까지 어느 누구도 저를 불쌍히 여기지 못하게 해주십시오.

재판 막바지에 노파들이 발언권을 주었을 때 그가 하고 또 한 이야기는 이런 것이었다. 외피가 점점 탈태하는 동안, 기둥에 묶여 자신의 양 기름 냄새, 내장 분비물 냄새, 오줌 냄새에 뒤덮인 채 그가 한 연설은 이런 것이었다.

처형 임무를 맡은 노파들은 약 250미터 밖 사격 지점에 자리를 잡았다. 그들은 저격수의 엎드려쏴 자세를 취했다. 빌 샤이드만의 위치에서는 무채색 머리칼, 평면형 목걸이, 빨간 머리띠, 몇몇이 머리에 쓴 깃털과 진주 장식 보닛 등을 분간할 수 있었지만 풀밭에 가려 얼굴은 구별할 수 없었다. 그 너머, 여러 유르트에는 햇빛이 비쳐 근사한 문양이 더욱 선명히 보였다. 샤이드만은 또한 노파들 뒤로 평온히 지나가는 낙타들, 암양들도 볼 수 있었다. 갑자기 반짝이는 빛에 금속판을 알아보았다. 레티시아 샤이드만이 주술의 날이나 인터내셔널[19] 축제 때 이마 한복판에 달았고 블레 무슈테 양로원에서 손자의 잉태가 시작된 날에도 달았던 금속판이었다. 그다음에는 얄리안 하이페츠의 카빈총과 올메스 자매의 두 소총을 알아보았다.

7월 10일이었다.

새 한 마리가 암양들 위를 맴돌고 있었고, 간간이 울음소리를 내거나 휘파람으로 짧은 곡조를 불었다.

곧 첫 총성이 울렸다. 사격을 개시한 이는 십중팔구 얄리안 하이페츠였을 것이다.

흐브스글호(湖)는 여기서 멀리, 지평선 뒤, 막대한 면적의 타이가 뒤에 숨어 있었다. 하지만 물새들이 길을 잃고 여기까지 올 수도 있었다. 물새들은 무사태평하게 탐색을 하면서 그렇게 짧은 곡조를, 매우 분명하고 매우 아름다운 곡조를 휘파람으로 불었다.

19. 사회주의 국제노동자협회.

빌 샤이드만의 처형을 참관한 짐승으로는 유르트 근처를 지나던 반추동물들을 꼽을 수 있다. 가끔 이들은 빌 샤이드만이 기둥에 자기들 젖을 토하는 것을 무심히 쳐다보곤 했다. 하지만 무엇보다 흐브스글호 출신의 새 한 마리를 빼놓을 수 없다. 개인주의적 행동 때문에 동족들에게 욕을 먹는 쾌활한 성격의 섭금류였다. 이날 새벽 녀석은 작전지역 위에서 재미 삼아 계속해서 작은 원을 그리며 날았고, 때로는 암낙타들과 수직으로, 때로는 올메스 자매와 수직으로 공중에서 정지하곤 했다. 빈약한 꼬리 깃털 때문에 우아한 체형이 빛을 잃고 있었지만, 그런 건 아무래도 좋다. 녀석은 간밤에 그곳에서 4킬로미터 떨어진 작은 늪 주변을 지났다. 녀석이 그렇게 사냥 자세로 나는 데는 먹이를 찾기보다는 호기심을 달래려는 이유가 컸다. 녀석은 청다리도요로 지금껏 이미 두 번의 연례 여행을 완수한 바 있었다. 가을 동안 몽골과 중국의 끝없는 영토를 비스듬히 가로질러, 예전엔 번창했지만 지금은 펄에 묻혀 인적이 없는 옛 항구들 근처 남국의 누런 진창 해변에서 겨울을 나고, 한봄에는 평소 자기가 좋아하던 풍광을 찾아 돌아왔던 것이다. 강제 노역장에서 도망친 탈옥수들과 붉은 가슴 곰들에게 사랑받는, 폐허가 된 공업 도시를 버리고 떠난 방랑자들에게 사랑받는 황량한 호수들과 고지대 타이가가 바로 그곳으로, 녀석의 동족들은 둥지를 짓지 않는 지역이었다. 그해 여름 적당한 짝을 찾지 못하자 녀석은 다시금 메콩강이나 주장강 방향의 연례 여행에 앞서 고원지대로 가서 7월을 보내기로 했다. 청다리도요들 사이에서 이 녀석은 율가이 토타이라는 별명으로 알려져 있었다.

녀석은 얄리안 하이페츠의 카빈총이 포효하는 소리를 들었다. 즉시, 빌 샤이드만의 뺨 근처에서 나무 파편 하나가 튀었다. 올메스 자매가 즉각 따라 쏘았고, 레티시아 샤이드만, 릴리 영, 솔랑주 부드, 에스터 분더제, 사비하 펠레그리니, 마그다 테치케와 다른 수백 살 노파들의 일제사격이 터졌다. 풀은 길이가 짧은데도 노파들의 모습을 가렸다. 이어서 마지막 총성이 있었다.

나야드자 아가투란의 단독 사격이었다. 총알이 파공음을 내며 몇 데시미터 옆을 지나갔지만 사형수는 움직이지도 딸꾹질을 하지도 않았고, 분명 술에 취했으면서도 지금 자기가 잊지 못할 순간을 경험하고 있음을 의식하고 있었다.

율가이 토타이는 서쪽으로 움직였고, 선회하듯 천천히 날개를 흔들면서 깔때기 모양으로 미끄러지듯 활공했고, 도중에 급제동해 정지한 것처럼 허공에 떠 있곤 했다. 너석은 말똥가리의 동작을 관찰해 이러한 비행술을 익혔고, 이처럼 동족들과는 완전히 다르게 나는 법을 자신의 몸집과 골격에 맞게 숙달시켰다. 너석은 릴리 영의 위쪽에 정지해 있었고, 그녀가 질문을 던지는 것을 들었다. 특별히 누군가에게 말하는 것 같지는 않았다.

노파들은 노리쇠에서 뜨거운 탄피를 배출한 뒤, 소위 저격 자세로 엎드려 있었다. 하지만 총알이 빗나가 모두들 당황한 기색이었고, 두 번째 일제사격에 앞서 망설이고 있었다. 그들의 콧구멍 밑에서는 흑색 화약 연기가 어린 향쑥 향기와 암양, 암낙타의 끈덕진 오줌 냄새에 섞여 떠돌았다. 노파들이 엎드린 곳은 몇 달 동안 밤마다 양과 낙타 들이 잠자던 곳이었다.

릴리 영은 빌 샤이드만에 대해 이야기했고, 이제 공백과 균열투성이가 된 노파들의 기억력에 대해 이야기했다. 그 공백과 균열은 시간이 흐르면서 점점 커지고 있었다. 갑자기 그녀는 자기들의 추억이 완전히 사라지게 될 때 오직 샤이드만만이 이를 짜 맞출 수 있으리라고 주장했다.

"옳거니, 릴리가 또 시작이네." 누군가가 말했다.

"우리가 누구인지 우리 자신도 그 누구도 더 이상 알 수 없을 때 누가 그것을 얘기해주겠습니까…?" 릴리 영이 질문했다. "의인(義人)들의 문명에서 우리가 어떻게 살았는지, 우리가 그 문명을 어떻게 발전시켰는지, 그 문명이 완전히 몰락할 때까지 우리가 그것을 어떻게 수호했는지 누가 우리에게 이야기해주겠습니까…?"

"맞아, 그러게, 또 시작이야." 에스터 분더제가 평했다.

"끝나려면 멀었지, 릴리인데." 솔랑주 부드가 덧붙였다.

"누가 우리 대신 우리 인생을 결산해주겠습니까…?" 릴리 영은 말을 이어나갔다. "빌 샤이드만 말고 어느 누가 우리의 긴 생애에 대한 일화들을 서술할 수 있겠습니까…? 그 누가 우리의 청춘을 소생시킬 수 있겠습니까? 몰락을, 재앙을, 양로원에 갇혀 있던 우리 신세를… 저항을, 양로원의 파괴를, 반란 선동을… 누가 그것을 묘사할 수 있겠습니까?”

율가이 토타이는 이제 지표면에 닿을 듯이 떠 있었다. 녀석은 그 모든 이야기를 들었고, 노파들의 냄새를 맡았고, 스텝의 메뚜기들과 무당벌레들이 실수로 노파들의 목덜미와 허리에 뛰어드는 것을 보았다. 노파들은 자기들끼리 토론하고 있었다. 네다섯 명은 벌써 소총을 내려놓고 바닥에 뒹굴면서 야생 보리 이삭을 씹고 있었다. 나야드자 아가투란은 파이프에 불을 붙였다. 빌 샤이드만은 처형용 기둥에 몸을 기대고 조는 것처럼 고개를 꾸벅거리고 있었다.

“우리가 죽지 않고 여기서 무엇을 하는지 그 누가 생존자들에게 설명할 수 있단 말입니까…?” 릴리 영은 물었다.

“하기야 릴리는 한번 시작하면 절대 안 끝나지.” 마그다 테치케가 말했다.

19
바슈킴 코르치마즈

그 즉시 바슈킴 코르치마즈는 잠자기를 멈추고 눈을 떴다. 달이 하늘에 자리를 잡아 주위의 어둠은 깜깜하지 않았다. 그는 조금 전 꿈에서 본 것을 어떻게든 더 볼까 싶어 자잘한 세부 사항을 되새기면서 침대에서 일어났다. 그는 까마득한 옛날, 자본주의 재건 이전의 시기로 돌아갔었고, 꿈에서 일생일대의 연인을, 솔랑주 부드를, 젊고 매력적이었던 272년 전의 솔랑주 부드를 보았다. 그는 다시금 그녀를 사랑했고, 전처럼 그녀의 옷을 벗겼다. 그러면서 그는 관계의 첫날부터 마지막 날까지 둘 사이에 내내 유지되었던 거의 고통스러울 정도로 완벽한 속궁합을 다시 느꼈고, 둘이 한편이라는 아찔한 쾌감과 사랑을 나누는 동안 빠져들곤 했던 짜릿한 무언의 소통을 재차 경험했다. 잠에서 깨어나기 직전, 그는 몽정으로 배를 더럽혔다.

그는 시계를 보았다. 작은 추시계는 새벽 두 시를 가리키고 있었다. 말총 매트리스에서 나와 몇 발짝 걸어가 창유리를 대신하는 네모난 걸레를 걷어내고 창밖으로 몸을 내밀었다. 왼쪽 허벅지를 타고 정액 두 방울이 서늘하게 몇 센티미터 흐르다가 응고했다. 목이 칼칼했고, 바싹 마른 느낌에 괴로웠다. 머리 근처의 걸레가 거추장스러웠다. 걸레는 지독히 뻣뻣했고, 조금만 닿아도 지금껏 방 안에 들어오지 못하던 광물 입자와 쇳가루가 떨어져 나왔다. 그는 잔기침을 했다. 저녁 무렵, 황혼녘을 전후해 골목에는 막대한 양의 먼지가 떨어졌다. 발정 난 고양이들이 다섯 층 아래 어둠 속에서 야옹거렸고, 가끔은 서로 달려들어 교미나 죽음에 이를 때까지 격렬히 싸웠다. 시멘트 벽은 아직도 가마솥 같은 열기를 내뿜고 있었다. 해가 진 뒤에도 기온은 3도 이상 떨어지지 않았다. 건너편 집에는 부랑자 하나가 최근에 자리를 잡았고, 어떤 활동의 흔적이, 청소하는 소리, 쇠붙이 소리가 들렸다. 남자는 집을 정돈하고 있었다. 아마 코르치마즈의 집보다 모래가 심하게 들어온 모양이었다.

전등이 켜진 곳은 하나도 없었다. 인구 급감의 결과였다. 마지막 정전 이후 누구도 전력을 복구하지 못한 탓이기도 했다.

건물들 위로 달이 둥글어졌다. 달빛이 제2 브루벨가(街)와 무너진 건물 외벽들과 제1 브루벨가의 쩍 벌어진 구멍들을 비추었다.

코르치마즈는 아랫배의 끈끈한 것을 닦으려고 창문에서 물러섰다. 몸을 닦았다. 창피했다. 기억을 더듬어보면 아무리 옛날에도, 심지어 자포자기하여 그 어떤 신체적, 지적 가치도 중요치 않았던 강제수용소와 감옥 시절에도, 몽정은 늘 그를 우울하게 했다. 의식이 없는 동안 정자를 잃는 것을 과학적이면서도 장난스럽게 용서할 이유를 그럭저럭 찾아내는 이들도 있지만, 바슈킴 코르치마즈는 자기 몸이 성적 궁핍을 주기적으로 이렇게 해소하는 게 화가 났다. 솔랑주 부드를 꿈에서 다시 만났다고 해서 정액 누출의 치욕감이 상쇄되는 건 아니었다.

솔랑주 부드를 만난 꿈의 기억은 뿔뿔이 흩어져 이제는 어떻게 해도 붙잡을 수 없었다. 그는 꼼짝 않고 있었지만 그리움을 제외하면 벌써 거의 모든 것이 달아난 후였다. 그는 다른 꿈에서 본 솔랑주 부드의 모습들을 떠올렸다. 성적인 분위기가 전혀 없는 꿈이었다. 272년 전의 젊은 여인은 그를 만나기 위해 안개 속을 걷고 있었고, 야쿠트족 공주처럼 옷을 입어 두건에 덮인 얼굴을 알아볼 수 없었다. 진짜 솔랑주 부드가 맞는지, 아니면 바슈킴 코르치마즈의 기억이 다른 여자를 솔랑주 부드와 혼동했는지 알 수 없었다.

골목 건너편에서는 미지의 부랑자가 계속 삽으로 모래를 쓸어 담고 있었다. 빛이 없는 깊은 정적 속이다 보니 무언가 비정상적인 것처럼 신경이 쓰였다.

저 잠도 없는 놈에게 이름을 붙여주면 어떨까? 코르치마즈는 생각했다. 쇳소리 나는 가루로 덮인 창틀에 다시 팔꿈치를 얹고 가능한 이름들을 생각하기 시작했다. 걸레가 어깨를 덮어 목덜미를 더럽히고 있었다.

저자에게 예컨대 로비 말류틴이라는 이름을 붙이면 어떨까? 그는 생각했다. 당장 저자를 방문해서 솔랑주 부드라는 이름을 들어본 적이 있는지 물어보면 어떨까?

그는 옷을 입고 문 쪽으로 가다가 주저했다. 또 다른 고양이 무리가 계단에서 야옹거리고 있었다. 그리고 오랫동안 정적이 흘렀다.

손은 문손잡이를 잡고 있었지만 문을 열겠다는 결심이 들지 않자 코르치마즈는 방 안쪽으로 다시 몸을 돌렸다. 걸레가 내려져 있지 않다 보니 달이 지극히 단출한 공간과 그나마 그 공간을 어지럽히고 있는 몇 안 되는 물건들—못이나 빨랫줄에 걸린 옷가지, 배낭 몇 개, 얇은 매트리스 두 겹의 침대 틀, 플라스틱 대야들—을 은빛으로 물들이고 있었다. 창문은 침대 옆에 귀퉁이가 잘린 뿌연 사각형을 투영하고 있었다.

아, 잠깐! 코르치마즈는 생각했다. 로비 말류틴에 대해 아는 게 뭐가 있다고 이러는 거야? 그자가 나에게 물 한 잔을 대접하고 같이 솔랑주 부드에 대해 수다를 떠는 게 아니라 어둠을 틈타 내 내장을 꺼내고 내 몸뚱이를 찬장에 넣어 건조시키면 어떡해?

창문 앞에서는 규사 안개가 바람에 날렸다. 규사 안개는 왼쪽에서 오른쪽으로, 오른쪽에서 왼쪽으로 떠다니면서 현미경으로나 보일 미세한 잿빛 섬광을 포착해 반사했다. 마법 같은 풍경이라기보다는 비위생의 징후였지만, 그래도 그 움직임에 관심을 갖고 그 미세한 섬광에서 핑계를, 무언가에 매혹된 바람에 더듬더듬 골목으로 내려가 모르는 사람과 담소하지 않아도 될 핑계를 찾을 수 있었다.

코르치마즈는 다시 침대에 앉았고, 먼지의 춤을 바라보고 밤의 소음을 들으면서 한 시간을 보냈다. 고양이들은 사라지고 없었다. 로비 말류틴은 더 이상 아파트 청소를 하지 않았다. 이제 그는 조용했다. 제2 브루벨가에서는 미친 놈 하나가 누가 자기를 물었다고 소리를 질렀고, 잠시 울먹이며 화를 내더니 다시금 소멸해갔다. 멀리서 한 졸부의 발전기 모터 소리가 들렸다. 코르치마즈는 272년 전의 솔랑주 부드를 가급적 고통 없이 떠올리려 노력했다. 그리고 카날 로(路)의 고층 빌딩들 뒤로 달이 졌을 때 그는 다시 잠들었다.

내가 잠시 상상했던 바와 달리 로비 말류틴은 식인(食人)을 하지 않았고, 곧 나는 그가 졸부도 아니며 졸부들과 자본주의의 지지자도 아님을 확신하게 되었다. 사귈 만한 사람인 것이다. 열흘 남짓 밤낮으로 그의 습관을 엿본 끝에 나는 건너편 건물 3층에 있는 그의 집을 찾아갔다. 내가 일인칭을 쓸 때는 기본적으로 나 자신, 즉 바슈킴 코르치마즈를 생각하고 있음을 독자는 이미 눈치챘으리라.

우리의 관계는 처음부터 공격성이라고는 전혀 없었고, 우리 사이에는 우주적 대재앙 이후나 세계혁명 오래전에 거지들 사이에 빚어지는 것과 같은 툭 터놓지 않는 동지애가 싹텄다.

말류틴은 지구상의 수많은 이상한 곳을 가보았고 그로부터 적지 않은 경험을 얻었지만 대화를 나눌 때면 진부한 얘기만 하거나 신중하게 말을 돌리거나 기억이 나지 않는다면서 자신의 지식을 숨겼다. 그는 자신을 드러내지 않는 쪽을 선호했고, 자기 머릿속에 가득한 압도적으로 화려하거나 끔찍한 추억을 남들에게 강요하지 않는 편이었다. 말을 아끼는 것은 오지나 벽지의 여러 천국이나 지옥을 여행하면서, 그리고 거기서 살아 돌아온 뒤로 그가 얻은 교훈 중 하나였다. 그는 말이란 살아남은 자들에게 상처를 주고 살아남지 못한 자들을 화나게 한다는 것을, 이미지는 남과 공유하기 쉽지 않다는 것을, 타지(他地)에 대한 이야기는 언제나 자기 자랑이나 신세타령으로 여겨진다는 것을 알고 있었다. 하지만 그 지식을 혼자만 갖고 있는 게 답답했고 사실 누가 발설하지 말라는 것도 아니었으므로, 그는 월 2회 간격으로 강연회를 열었다.

말류틴은 흐브스글호 서쪽에서 사용되는 몽골어 방언으로 이야기했는데, 그 언어를 굉장히 변형시켜 사용했다. 그는 300년 전에 자기가 여러 수용소에서 썼고 종국에는 그의 모국어 — 아무래도 다르하드어로 추정되는데 — 를 대신해버린 러시아어, 한국어, 카자흐어에서 어휘를 차용하곤 했다. 그는 이렇게 정교한 혼성어로 강연했다.

강연 제목은 '루앙프라방, 나비와 사원'과 '광주(廣州) 여행' 두 개였는데 한 번의 강연회 때 두 강연을 연달아 했으며, 그 와중에도 강연을 들으러 온 사람에게 차를 대접했다. 그는 이 흥미로운 프로그램으로 많은 청중을 모으고 싶어 했고, 내가 이를 흥미롭다고 하는 건 진심이지만(이 두 도시는 아마 예전에는 가볼 만한 곳이었을 테고 지금도 언어로 소생시킬 가치가 있으니까), 그의 노력은 무위로 돌아갔다. 참석 의사를 표한 사람은 아무도 없었고, 당일 저녁 강연장은 텅 비어 있었다.

나는 정기적으로 강연을 들으러 갔다. 그는 행사를 위해 자기 방을 편집증적으로 꼼꼼히 청소해두었지만 그곳에는 우리 둘뿐이었다. 그는 아파트 문을 활짝 열어두었고, 관심을 유도하고 청중이 길을 잃지 않게 하려고 빨간 리본과 천 조각으로 화환을 만들어 건물 입구에 걸어두었지만 계단은커녕 골목에도 누구 하나 발을 들이지 않았다.

강연회를 제대로 할 만한 상황이 아니어서 말류틴은 한참을 기다린 끝에야 말을 시작하곤 했다. 내가 깨끗한 널빤지에 앉아 그가 벽에 붙여둔 인화지 조각들—인화지들은 짙은 흑갈색의 단색으로 아무 정보도 담겨 있지 않았다.—을 빤히 쳐다보면서 조용히 기다리고 있었으므로, 그는 결국 결심을 하고 목청을 가다듬은 뒤 청중에게, 즉 나에게 말을 걸어 차를 지금 마실 것인지 나중에 마실 것인지 질문했다. 그 문제에 대해 내가 뚜렷한 의사 표명을 하지 않고 그가 편한 대로 하도록 선택권을 넘기자 그는 루앙프라방에 대해 길게 설명하기 시작했다. 그는 라오스에 직접 침투하지는 못했으며, 자기가 아는 것은 간접 정보임을 미리 밝혔다. 하지만 예컨대 몇몇 사원에서는 신도들이 난초나 데이지 꽃, 연꽃, 일랑일랑 꽃 등을 봉헌할 때 꽃다발을 꽂으려고 포탄 탄피를 사용하는 게 확실하다고 했다. 그는 포탄의 구경을 명시하지 않았지만 손을 벌려 구리관의 크기가 대략 어느 정도인지 보여주었다. 그는 다시 꽃 이름을 나열하기 시작했는데, 여러 언어가 뒤섞여 다투다 보니 그 어휘를 숙달하기가 어려웠다. 그는 곧 강연의 중심 주제로 돌아왔다. 그가 말했다. 루앙프라방에는 포탄을 제기로 쓰는 사원들이 있습니다. 그의 논지를 따라가려면 노력이 필요했다. 그는 말을 골랐고 때로는

15초, 20초 뒤에야 한국어 은어나 알아들을 수 없는 카자흐어 표현을 내뱉었고, 다시 침묵했다. 사진들은 단색이었다. 수십 년 동안 뇌우 방사나 태양광 방사를 겪어 판독 불가 상태가 되었음을 알 수 있었다. 하지만 로비 말류틴은 자기가 말로 설명한 것을 눈으로 보여주고 자신의 장광설을 더 생생하고 이해하기 쉽게 만들려고 그 사진들을 이용했다. 그는 사진들을 언급하고 논평했지만 고개를 돌려 사진을 직접 보는 건 아주 잠깐뿐이었다. 자기가 잠시 눈을 돌린 사이 청중이 사라질까 두렵기라도 한 것 같았다. 그 사진들은 극도로 어렴풋하다 보니 귀에 걸면 귀걸이, 코에 걸면 코걸이가 되어 루앙프라방 사진이 되기도 하고 광주 사진이 되기도 했으며, 사원 내부 사진이 되기도 하고 강기슭 사진이 되기도 했으며, 메콩강 사진이 되기도 하고 주장강 사진이 되기도 했다. 그렇게 두 번째 강연은 자연스럽게 첫 번째 강연과 연결되었다. 광주는 광저우라고 발음해야 합니다. 말류틴은 이 점을 무척 강조했고, 어떨 때는 청중에게 적극적인 참여를 요구하여 두 중국어 음절을 다 같이 따라 하라고 시키기도 했다. 한 음절은 상성(上聲)으로, 다른 음절은 음평성(陰平聲)으로 해야 했는데, 그는 그것을 여러 번 따라 하게 했다. 그러다 보면 별 의미 없는 사교적 잡담을 나누며 차를 마시는 시간이 되었다. 우리는 이제 목소리를 쓸 가치가 있는 생각은 일절 내뱉지 않았다.

처음에는 소피 지롱드가 다시금 내 옆에 있다는 게 믿어지지 않았다. 꿈 같은 조우를 기다리거나 느리고 어두컴컴한 지옥의 아귀도를 뚫고 3000년을 여행하지 않아도 그녀를 만날 수 있다는 게 믿어지지 않았다. 몇 미터만 움직이면 그녀 곁에 갈 수 있고, 손만 뻗으면 만질 수 있었다. 그러니 내가 놀랄 수밖에. 내가 그녀에게 손을 내밀고 춤을 권하듯 팔을 벌리자, 즉시 경이롭도록 진부한 그 데이트의 동작들이 되살아났다. 수없이 되풀이했던 동작, 하지만 두 사람 다 거짓말을 하지 않는다면 아찔한 쾌감을 무궁무진 제공하는 동작이. 평생을 애타게 기다리지 않고도 그녀를 욕망한 지 단 1초 만에 지금 나는 그 어깨와 허리 밑을 쓰다듬을 수 있었고, 꿈속에서도 감히 꿈꾸지 못할 행복감을 맛보며 마침내 그녀를 내게로 끌어당길 수 있었다. 부재의 기나긴 심연으로 인해 불신자(不信者)가 되어버린 나의 입과 몸으로 그녀를 끌어당길 수 있었다. 소피 지롱드는 내게 몸을 바싹 붙였다. 불길한 기미는 전혀 없었다. 갑자기 무언가가 우리를 거칠게 떼어놓지도 않았다. 우리의 호흡이 하나가 되면서 나는 우리 사이에 두꺼운 천이 있다면 천을 뚫고서라도 그녀의 살갗을 만질 수 있으며 심지어 그녀의 기억에도 접근할 수 있음을 느꼈다. 육체적 합일은 부차적인 것이 되었다. 망설이는 동안, 말이 혀끝에서 맴돌고 있는데도, 당장이라도 서로의 정신 속으로 들어갈 수 있는 것처럼, 우리는 아무 말도 하지 않고 함께 전율하고 있었던 것이다. 믿어지지가 않았다. 예전에 그랬듯 행복이 예고 없이 눈 깜짝할 사이에 철회될 수 있을 것 같았다. '나'라고 말하면서 나는 특히 소르고프 모룸니디안의 신원을 떠맡는다. 나는 현재를 일련의 환상이라고 해석했다. 이 환상들은 서로 논리정연하게 얽혀 있으며, 잠의 순간과 이별의 순간이 포함되어 있고, 그중에는 일상생활의 지극히 평범한 사건들도 있었다. 요컨대 이 환상들은 완벽히 있을 법하지만 운명이 조금만 비우호적으로 흔들려도 사라질 수 있는 취약한 현실을 만들어내고 있었다. 초반에는 매 순간 모든 것을 잃을까 무서웠다. 그래서 나는 울지 않으려고 입술을 깨물면서 소피 지롱드에게 이를 알리고, 나의 두려움을 설명했다. 그녀는 내 말에 웃었다. 그러다 나는 이 상황에 익숙해졌고, 의심에서 완전히 해방되지는 못하면서도 일단은 회의적 태도를 접어두었다. 소피 지롱드와의 생활은 평탄히 흘러갔다. 우리는 아주 오래전부터 버려져 있던 오두막들, 아무도 소유권을 주장하지 않는 집들을 거처로 삼았고, 우리와 멀지 않은 곳에서 우리처럼 쇠약해져가는 흉한들과 무명소졸들을 마주치곤 했으며, 찰나의 시간 동안, 혹은 반대로 몇 넌 동안, 긴 세월 동안 절대 고독의 상황을 겪을 때도 있었다. 우리는 집을 나서는 일이 거의 없었고, 그 뒤론 몇 안 되는 곳만 맴돌았다. 우리는 적도 지방의 강변에 도달해 있었으므로 새로운 도피처를 찾는 건 무의미했다. 종종 수량 증가로 늪지의 도랑이나 석호에서 떨어져 나온 식물, 튼튼한 거대 공심채, 수련이 갈색 물 위로 떠내려오곤 했다. 동틀 무렵이면 우리는 침수된 강기슭에 가곤 했다. 지척에 도착한 우리 때문에 물뱀이 마지못해 물웅덩이를 떠나갔다. 우리는 그 물웅덩이를 피해 돌아갔고, 다시 더워지기 전의 그나마 서늘한 마지막 순간을 즐기며 찰랑이는 잔물결 앞에서 명상에 잠기곤 했다. 하늘이 더러운 파란색으로 변하기 시작했다. 우리는 손을 잡고 서서 고약한 부유물 더미들, 까마득히 먼 곳까지 강을 메운 초목의 파편들이 흘러가는 것을 바라보곤 했다. 강둑은 낮았으며, 밤의 끝 무렵에 우리가 얼마나 많이 걸었느냐에 따라 가두리는 진흙 없이 깨끗할 때도 있고 수초가 빽빽이 뒤엉켜 있을 때도 있었다. 대지는 퇴비와 바나나 밭의 악취를 뿜었다. 우리는 계속 그곳에 남아 잠에서 깨어나는 분홍색 홍학들과 하루를 시작하는 나룻배들을 구경했다. 멀리 강물의 굽이는 아직 안개로 뿌예지지 않아 호상(湖上) 촌락 하나를 알아볼 수 있었다. 마을을 굽어보는 위치에 그다지 휘황찬란하지 않은, 매우 초라하다고 해도 과언이 아닌 사원 하나가 있었다. 소피 지롱드는 침묵을 깨고 말했다. 루앙프라방에는 포탄을 제기로 쓰는 사원들이 있어. 나는 그 주제에 대해 강연을 들은 적이 있었고, 소피 지롱드는 그 자리에 없었음을 알고 있었다. 따라서 내 기억이 어딘가에 홀린 게 아닌 이상 그런 종류의 문장이 내 연인의 입에서 나올 수는 없을 것 같았다. 그것만으로도 다시 불안이 생겼다. 우리를 둘러싼 세상을 지탱하는 확실성이 전무하다는 생각이 다시 들기 시작했다. 소피 지롱드의 존재와 우리의 재회라는 현실은 의심의 대상이 되어야 했다. 나는 침을 삼켰고, 그녀와 공유하고 있는 듯한 이 현재에 대해 즉시 의문을 제기하면서 소피 지롱드의 손을 쥐었다. 나는 전에 일어났던 일들의 연대기를 만들려고 내 내면의 달력을 열람했다. 적어도 현재의 위치를 어떤 과거와의 선후 관계 속에서, 내 기억에 새겨진 임의의 과거와의 선후 관계 속에서 확정할 수 있어야 했다. 하지만 그 어떤 계산법도 통하지 않았고, 심지어 검토 대상을 바로 직전의 과거로 제한해도 결과는 마찬가지였다. 무서운 일이었다. 달리 어쩔 도리가 없어서 나는 소피 지롱드에게 질문했다. 쉿, 그녀가 대답했다. 우리 코끼리들이 겁내잖아. 코끼리라니? 내가 물었다. 나는 뒤를 돌아보았다. 우리의 조그만 집이 서 있는 작은 언덕이 우리 뒤로 보였다. 숲을 파서 만든 공간이었는데, 내 손으로 나무를 베어낸 기억은 없었다. 정원에는 풀이 우거져 있었지만 우리가 조미료로 쓰는 고수와 박하를 재배한 기억은 없었다. 코끼리들이 귀를 흔들며 우리의 작물을 짓밟았다. 소피 지롱드는 코끼리들의 무사태평한 파괴 행위에 완전히 매료된 것 같았고, 일출의 햇살 속에서 돌연 내가 알 수도 없고 알지도 못하는 낯선 생각과 추억에 빠져 신이 난 것처럼 보였다. 그리고 모든 것이 다시금, 처음에 그랬듯, 믿기 힘들었다.

하늘이 종일 불탔다.

새 한 마리 보이지 않았고, 더위에 녹초가 된 초원은 침묵했으며, 심지어 파리들도 사라지는 추세였다. 펠트 천막들 근처에서는 짐승들이 조용히 그늘을 찾고 있었다. 자리를 잘못 잡으면—빌 샤이드만이 바로 그런 경우였는데—속눈썹만 떠도 눈이 멀 위험이 있었다. 용융 주석 호수의 수면에는 암낙타들과 암양들이 떠다녔고, 열기의 막 뒤에서는 유르트들이 일렁였다. 한편 할망구들은 지면과 뒤섞여버려, 반짝이는 누런색이나 진회색의 이삭과 새싹 틈에, 두더지가 파놓은 흙 둔덕 한복판에, 매우 단단한 짐승 똥 위에, 총을 들고 엎드려 꼼짝도 않고 있었다. 할망구들은 화염에 망막이 파괴된 기분이 들어 서둘러 눈을 감곤 했다. 그러다 눈꺼풀을 더 꽉 감았고, 그러면 천천히 시력이 되돌아왔다. 자기만의 어둠 속에서 시력이 되돌아왔다.

이제 밤이 된 덕에 더 편하게 이미지들을 만들어낼 수 있었다. 스텝 위로는 미풍이 돌아다니고 있었다. 바람은 서늘한 공기를 실어 오지는 않았지만 적어도 눈을 멀게 하지는 않았다.

빌 샤이드만의 처형은 3주째 진행 중이었다. 첫 일제사격이 무위로 돌아간 뒤 사형수는 노파들이 자신을 죽여주기를 기다리고 있었다. 반면 노파들은 그에게 기관총 세례를 퍼붓는 대신, 사격 지점을 기둥에 더 가깝게 옮겨 작전을 원점에서부터 다시 시작해야 할지, 아니면 샤이드만을 사면한 뒤 다른 종류의 형벌—예컨대 건망증 때문에 점점 줄어드는 그들의 유년기 꿈들을 낭독해 아카이빙하도록 강요하는 식으로—을 가하는 게 나을지 논의했다. 결정을 내리기는 불가능해 보였다. 할머니들은 의견을 교환하고 긴 침묵을 교환하면서도 불철주야 엎드려쏴 자세를 풀지 않은 채 향초(香草) 파이프를 태웠다. 때로는, 특히 밤에 자리에서 일어나 근처의 작은 계곡에 똥을 누러 가기도 했고, 젖이 퉁퉁 불어 고통스러워하는 양의 젖을 짜러 가기도 했지만 그렇게 자리를 비우는 시간은 매우 짧았다. 얼마 되지 않아 저격조에 다시 합류하는 게 보였다. 노파들은 요깃거리로 치즈를 분배했으며, 곧 늙은 야수처럼 민첩하게 포복했다.

3주.

21일.

그것은 또한 죽음 앞에서 빌 샤이드만이 상상하고 곱씹은 스물한 개의 이야기이기도 했다.[20] 지금 당장이라도 사격 개시 명령이 레티시아 샤이드만이나 얄리안 하이페츠의 입에서 다시 나올 수 있음을 상기시켜주려는 듯 고운 별밤이든 대낮이든 그의 할머니들이 상시 카빈총을 겨누고 있었던 것이다. 하루 한 개가 넘지 않게 당신들 앞에서 빌 샤이드만이 지어낸 스물한 개의, 그리고 곧 스물두 개가 될 이상한 '나라(narrat)'들. 빌 샤이드만이라고 하면서 내가 생각하는 것은 당연히 나 자신이다. 즉 지금 그는 위기에 처한 생존자의 망상에 빠져 죽음 앞에서 짐짓 태연한 척하면서 스물두 번째의 요약 불가능한 즉흥곡을 혼자 지껄이고 있었고, 나는 이 글을 이전의 글들과 같은 마음으로, 나뿐 아니라 당신들을 위해서도 빚고 있었다. 당신들을 등장시킨 건 수세기의 마멸에도 불구하고 당신들의 기억이 보존되고 당신들의 치세가 도래하기를 염원하는 마음에서였다. 비록 당신들의 뜻을 제대로 따른 적은 없지만 당신들의 성품과 신념에 대해 굳건한 애정을 품고 있었던 것이다. 그리고 나는 당신들, 할머니들 모두의 불멸을, 아니 적어도 나의 불멸보다는 우월한 불멸을 소망했다.

나는 입을 다물었다. 메뚜기 한 마리가 내 다리로 뛰어올랐다. 내 몸은 계속된 시련으로 탈태했다. 신경 질환 때문에 피부 여러 군데가 기생충처럼 변했다. 몸 여기저기서 목질(木質)의 커다란 비늘과 혹이 굵어졌다. 메뚜기는 혹에 발을 걸어 매달려 있었다.

나는 눈을 떴다. 한밤의 스텝은 별들을 외투 삼아 걸치고 있었고, 곧 달이 떴다. 누군가와 말을 했으면 좋았을 것이다. 누군가가 내가 그려낸 남자들과 여자들에 대해 말해주었으면, 그에 대해 애정과 형제애와 연민을 갖고 말해주었으면 좋았을 것이다. "리디아 마브라니와는 잘 아는 사이였어, 그녀가

---

20. 이 책의 1장부터 21장까지를 가리킨다.

살아남은 뒤에 어떻게 되었는지 얘기해줘."라든지 "벨라 마르디로시안의 소식을 알려줘."라든지 "바르발리아 로덴코의 모험을 계속 들려줘!"라든지 "우리도 네가 묘사하는 죽어가는 인류에 속해, 우리도 그 단계에, 뿔뿔이 흩어져 비존재가 되는 마지막 단계에 이르렀어."라든지 "우리가 세상을 개조하는 기쁨을 영영 박탈당한 것 같았다는 점을 보여주길 잘했어." 같은 말을 해주었으면 좋았을 것이다. 하지만 그 누구도 이야기를 계속하라고 곁에서 귓속말로 용기를 북돋워주지 않았다. 나는 혼자였고, 문득 그 점이 아쉬워지기 시작했다.

메뚜기가 내 오른쪽 엉덩이에서 뻗어 나온 혹 하나에 걸터앉았다. 녀석은 두 번 찍찍거리며 울더니 내 가슴을 결박한 밧줄 위로 뛰어올라 다시 찍찍거렸다.

노파들은 내 앞에서 평균 233미터 떨어진 곳에 자리를 잡고 무관심한 태도를 유지했다. 나는 내가 왜 순수하고 착한 일화가 아닌 다른 이야기들을 만들었는지, 왜 이상하게 결말이 맺어지지 않는 '나라'들을 남기고 싶었는지, 그들의 무의식에 박혔다가 나중에 명상을 하거나 꿈을 꿀 때 다시 떠오를 이미지들을 어떤 기법으로 만들어냈는지 설명해주고 싶었다.

그때 나야드자 아가투란이 나를 불렀다. 그녀는 200살이 된 지 겨우 27년밖에 되지 않아 정예 사수들 중 가장 젊었다.

내가 "나중에 꿈을 꿀 때 다시 떠오를"이라고 말하고 있을 때였다.

그녀는 몸을 일으키더니 그때까지 인삼과 부다르간[21]의 수풀 속에 쭈그리고 있던 몸을 달빛 아래서 똑바로 폈다. 구릉 위로 그녀의 남루한 마멋 외투가 떠오르는 게 보였다. 역암(逆暗)[22] 때문에 외투의 수없이 기운 자국과 주홍색 장식물들과 위구르어로 된 마법의 슬로건들을 자세히 살피기는 거의 불가능했다. 노령으로 인해 동결건조된 것 같은 그녀의 자그마한 머리가, 오돌토돌하고 머리칼이 없는 그 작은 가죽 뭉치가 보였다. 그녀는 금속 틀니로 보강을 해서 입 밖으로 말이

21. 몽골어로 '수송나무'를 뜻한다.

22. 역광(逆光)의 반대말.

튀어나올 때면 두부(頭部) 하단에 별빛이 반사되었다.

나는 나야드자 아가투란에게 각별한 애정이 있었다. 양로원에서 내가 잉태되어 있었을 때, 불완전하게 수태되어 음모에 가담한 노파들의 침대 밑에 숨겨져 있을 때, 나에게 마르크스주의의 고전들만 들려주기보다는 동화도 들려줘야 한다고 생각한 할머니가 오직 그녀뿐이었음을 나는 잊지 않고 있었다.

"샤이드만," 그녀가 외쳤다. "우리를 구슬리겠답시고 늘어놓는 그 이상한 '나라'들은 도대체 뭐야? 왜 그렇게 이상한 것들을…? 그 '나라'들은 왜 이상한 거야?"

나는 피곤했다. 아무런 대꾸도 하지 않았다. 피로 때문에 입을 뗄 수 없었다. 나는 가려워 죽을 것 같았지만 온몸을 뒤덮은 채 달의 인력으로 인해 점점 커져가는 누더기 같은 피부 덩어리를 움직이지 않았다. 열기가 폭발해 하늘에 줄무늬가 그어졌고, 한순간, 노파들이 다시 일제사격을 개시해 이놈의 짓거리를 끝장내리라는 절대적 확신이 들었다. 곧, 안타깝게도 그런 일은 일어나지 않으리라는 것을 깨달았다. 기다림이 다시 시작되었다. 나는 나야드자 아가투란에게 대답하고 싶었다. 후덥지근한 어둠을 꿰뚫고 소리치고 싶었다. 이상함은 아름다움이 가망이 없을 때 취하는 형태라고. 하지만 나는 입을 계속 다물고 있었고, 기다렸다.

양로원에서는 시력이 약해지거나 밤이 캄캄하면 후각이 시각을 대신한다. 블레 무슈테의 두 건물은 양쪽 모두 썩은 양배추와 양파로 만든 요리 냄새가 난다. 두 건물에서는 또한 대강당에 빽빽이 들어찬 오줌 지린 안락의자들 위의 말총 방석 냄새가 나며, 또한 머리맡 탁자에 얹어놓은 치아 교정기와 갈색 굽도리널을 따라 난 갈색 땟자국 냄새와, 눅눅해진 흑빵 냄새와, 여기서 디저트로 먹는 시큼한 사과 냄새와, 또한 화창한 날이 돌아올 때마다 1층 마룻바닥에 칠하는 흑비누 냄새와, 대청소 도중 복도의 양탄자가 말리는 바람에 이는 먼지 냄새가 나며, 또한 아침마다 공동 침실에서 건조시키는 침대 고무 패드 냄새가 나며, 겨울에는 뚱보 류드밀라 마트로시안과 딸 로자 마트로시안이 강설기(降雪期) 동안 수요일마다 만드는 튀김 요리 냄새가 나고, 두 건물에서는 가을철에 원장이 나무버섯에서 증류한 약제 냄새가 나며, 수도에서 온 수의사용 의료 기구 냄새는 점점 맡기 힘들다. 처음에는 노파들의 영생에 대해 여러 실험이 진행되었지만, 이후로는 연구자들이 더 이상 이곳을 방문하지 않거나 죽었으며, 어쨌든 노파들에 대한 관심은 서신으로만 유지했고, 결국에는 타이가 지역을 벗어나려 하면 발포하라는 명령을 받은 특별 간호사들과 함께 노파들을 세상에서 수천 킬로미터 떨어진 곳에 처박아둔 탓이다.

두 3층 건물에는 다른 냄새가 잔뜩 들어온다. 그곳에서는 예컨대 사진이 많은 월간지들의 냄새를 맡을 수 있다. 이 월간지 표지들은 수확용 콤바인과 궤도 트랙터의 아름다움을 찬양하거나, 끝없는 숲속 어딘가 지리학자들의 뗏목에서 찍은 안가라강이나 아바칸강의 경치를 보여주며, 혹은 다양한 무리의 노동자 처녀들—탄탄한 몸으로 어장이나 유정(油井) 앞에서 포즈를 잡고 있거나, 쾌활한 표정으로 원자력발전소 앞에 서 있거나, 매혹적이고 열정적인 모습으로 도축장 앞에 서 있는—의 모습을 담기도 한다. 또한 두 건물에는 우리 각자의 머리카락과 류드밀라 마트로시안의 푸른 앞치마 잔흔이 뿌옇게 떠돌고, 오이 껍질 냄새와 개숫물 구린내가 감돌며, 완전히 뚫린 적도 막힌 적도 없는 변기의 끈덕진 냄새가 왼쪽 복도 깊숙한 곳으로부터 구불구불 흘러나오며, 그 변기 냄새에는 연마제와 쥐약을 보관해두는 붙박이장 냄새가 뒤섞이고, 두 개의 커다란 공동 침실에서는 4도 인쇄 잡지 냄새보다 끈적끈적한, 사진 없는 문예지 냄새도 느낄 수 있다. 평등의 이상을 향해 나아가는 사회를 위해 타고난 영웅적 기상을 바쳤고, 그 모든 전쟁에도 불구하고, 그 모든 학살과 궁핍에도 불구하고, 그 모든 강제수용소와 수용소 간수들에도 불구하고, 벽돌을 하나씩 쌓아 올려 그러한 사회를 건설했으며, 그 사회가 더 이상 작동하지 않을 때까지, 심지어 절대 작동하지 않을 때까지 그 사회를 영웅적으로 건설했던 우리 세대와 이전 세대들의 한심한 위업을 월급쟁이 작가들이 탄탄한 구성의 이야기를 통해 (그 문학적 효력은 문학의 종말 이래 분명히 입증된 바 있다.) 감동적으로 기술하고 있는 문예지 말이다.

하지만 그게 전부가 아니다. 예컨대 한가을에 중앙난방을 켜면 층마다 맹렬히 번지는 숯 먼지 냄새라든지, 봄철에 실수로 공동 침실에 들어와 발광하다 벽 위쪽에 충돌해 양로원 설립자들의 초상화에 두려움과 구아노[23]를 촘촘히 박아놓는 새들의 냄새처럼 어쩌다 나는 냄새들도 꼽을 수 있으니까. 또한 바깥에서 스며드는 식물들 냄새와, 특히 검은 잎갈나무와 근방의 전나무에서 새어 나와 보초 없는 감시탑 — 그 감시탑들은 좌표를 잃지 않으려고, 노년에 갇혀 있다고 해서 우리 젊은 날의 세상과 너무 단절되어 보이지 않으려고 우리가 요청해 채소밭 깊숙한 곳에 세운 것이었다. — 에 방울지는 송진의 강력한 존재감은 언급해둘 필요가 있다.

블레 무슈테의 향기 도록에는 이처럼 수백 개의 장(章)이 있다. 여기에 보편적이지 않고 보다 은밀한, 개개인의 운명과 밀접히 연결된 향기들을 덧붙일 수도 있을 것이다. 예컨대 얄리안 하이페츠가 종이 상자를 열 때 콧구멍으로 올라오는 냄새가 있다. 그 상자에는 남편 드조르기 하이페츠의 편지들이, 각기 다른

23. 바닷새의 배설물이 바위에 쌓여 굳어진 덩어리.

날짜에 발송되었지만 같은 날에 도착했으며 그로써 마지막이 된 네 통의 편지가 근 190년 전부터 담겨 있다. 당시에는 사피라 울리아긴이 우편물을 담당했다. 그녀는 분류 사무실 뒷방에서 일하면서 오가는 서신들에 문제의 소지가 있는지 감시했다. 그녀는 편지 봉투 네 개를 특별히 얄리안 하이페츠에게 직접 갖다주었다. 어느 6월의 토요일이었다. 그녀는 아무 말도 하지 못한 채 얄리안 하이페츠에게 봉투들을 건네주었다. 그녀의 손은 떨리고 있었고, 두 여인은 피가 나도록 입술을 깨물었다. 당시 아직 정식으로 행정구역에 편입되지 못했고 이후 삭제되어버린 한 지방의 이름을 봉투에서 읽을 수 있었다. 예니세이강 좌안에 있는 퉁굴란스크라는 곳이었다. 편지의 글귀에 따르면 1차 막사 건설에 진전이 있고, 벌목은 호조를 보이고 있으며, 곰 두 마리가 호이바 호수 근처를 어슬렁거리는 것이 목격되었고, 벌써 9월인데도 기온이 영하로 내려가는 일은 거의 없으며, 괴혈병에 대비해 겨울 동안에는 잣과 솔잎을 잔뜩 먹을 것이고, 어떤 이들은 밥이 나오지 않으면 벌써부터 잣과 솔잎 씹는 연습을 하고 있다고 한다. 예니세이의 수용소에서 연필로 쓴 글이 늘 그렇듯 글씨는 서툴고 글자의 획들이 흐트러져 있다. 얄리안 하이페츠는 종이 상자를 열고, 사피라 울리아긴이 자기 방 벨을 울렸던 6월 오후를 회상한다. 하이페츠가 작성했다는 서신들을 사피라 울리아긴이 창백한 얼굴로 전해주던 게 눈에 선하다. 옛날 종이 냄새와 옛날 잉크 냄새가 나는, 또한 사피라 울리아긴이 당시에 뿌리던 오드콜로뉴 냄새가 나는 이 부스러진 종이를 펼친다. 향기 입자가 전연 붙어 있지 않은 종잇장을 주의 깊고 애정 어린 손길로 만진다. 냄새가 있었다면 호이바 호수의 전나무 냄새를 그려보거나, 퉁굴란스크의 차후 부지를 표시하려고 인부들이 원목을 굴렸던 동결 충적토의 진짜 색깔을 알아볼 수 있었을 텐데. 지금은 누렇게 바랜, 부스러지기 직전의 봉투와 종잇장은 후각 정보를 조금도 전해주지 않는다. 단 한 번도 전해준 적이 없다. 이상한 일이다. 그러니 그 편지들은 의심스러울 수밖에 없다. 190년 전 얄리안 하이페츠가 숨을 헐떡이고 몸을 떨면서 편지들을 개봉했을 때도 이미 냄새의 부재는 이상해 보였다. 사피라 울리아긴이 곁에 있었다. 그녀도 감정이 복받쳐 있었고 눈에는 눈물이 가득했다. 나를 위로하려고 네가 그이 대신 이 편지들을 쓴 거 아니야? 얄리안 하이페츠는 친구에게 물었었다. 실제로 사피라 울리아긴은 우편실 뒷방에서 일하면서 편지 봉투를 위조하고, 소인을 조작하고, 하이페츠의 망가진 필적을 모조할 수 있었을 것이다. 사피라 울리아긴은 고개를 저었다. 검은색의 근사한 땋은 머리를 흔들었다. 눈물이 모든 대답을 대신했다.

얄리안 하이페츠는 종이 상자를 무릎에 올려놓고 몇 시간을 주시한다. 오래 기다리지 않고 상자를 여는 것을 스스로 허락할 수 없는 것처럼. 그리고 상자를 연다. 부스러진 종이를, 달달 외고 있는 글을, 이제는 읽을 수 없는 단어들을 샅샅이 검토한다. 그리고 최후의 잔향(殘香)을 살핀다. 종이는 평소에 보여주던 것 이상 드러내지 않는다. 종이는 손으로 잡고 펴고 접었음이 분명하다. 단, 그녀의 손과 사피라 울리아긴의 손으로만.

그리 멀지 않은 곳에 사피라 울리아긴이 앉아 있다. 두 세기 전처럼 그녀는 바들바들 떨고 있다. 이 편지 네가 안 쓴 게 확실해? 얄리안 하이페츠가 다시 한 번 묻는다. 아니야, 내가 쓴 게 아니야. 사피라 울리아긴은 1만 번째로 부인한다. 맹세해? 얄리안 하이페츠가 끈질기게 계속한다. 그럼, 맹세해, 알잖아. 사피라 울리아긴이 말한다. 그 목소리가 떨린다.

24
사라 퀑

나는 요 몇 주 수업을 빼먹곤 했다. 아침마다 카날 로(路)에 있는 코리아긴 타워의 교육 센터에 가는 대신 시장에서 풀 다발과 몇 가지 야채를 팔려 하는 중국 여자 옆에 앉아 시간을 보냈다. 중국 여자라고 할 때 내가 생각하는 이는 당연히 이미 1년 전부터 나와 보잘것없는 운명을 같이하고 있는 매기 퀑이다. 나는 자본주의를 언제나 경멸했지만, 우리의 장사는 그런 경멸을 받을 정도도 못 되었다. 이 장사는 아무 노력이 필요 없었고, 매기 퀑을 도와 우리가 전날 7층이나 옛 철도교에서 따 온 약초 다발을 발치에 우아하게 진열하고 나면 나는 몇 시간씩 빈둥댈 수 있었다. 매기 퀑은 나와 동거했던 여느 중국 여자들처럼 매우 예쁘고, 지독하게 근면하며, 굉장히 내성적이었다. 우리는 둘 다 예순을 바라보는 나이였고, 팔려고 늘어놓은 물건들 앞으로 퉁구스와 독일의 난민들, 혁철(赫哲)족, 비참한 러시아인들, 부랴트인들, 투바인들, 티베트 난민들, 몽골인들이 지나가는 것을 바라보곤 했다. 사람이 많은 것도 아니어서, 여기저기 몇몇 몽유병자뿐이었다. 한가할 때는 시장이 완전히 텅 비었다.

나는 학교를 그만두기로 결심한 터였다. 공부가 점점 싫어졌다. 이제는 새로운 분야를 익히는 게 잘되지 않았고, 애초 갖고 있던 지식이 개선되지도 않았다. 이런 식이다. 갑자기 학습 욕구가 사라지고, 호기심이 무뎌지며, 노쇠가 시작되지만 그게 슬프지도 않은 것이다. 시금치 한 다발 앞에 앉아 파슬리를 지켜보고 그걸로 만족한다. 독자는 눈치챘으리라. 내가 지금 얘기하는 게 야샤르 돈도그임을, 그러니까 나 자신이지 다른 누구도 아님을.

매기의 언니, 사라 퀑은 교육 센터를 이끌고 있었다. 나는 그녀와 잘 맞지 않았다. 그녀의 수업을 듣는 건 고역이었고, 내가 생존하기 위해 지금까지 의지해왔던 분명한 사실에 의문을 제기하는 그 과격한 교육 방식은 마음에 들지 않았다. 말하기 수업을 예로 들어보자. 그녀는 우리에게 바깥에서 일어나는 일에 관심을 기울이게 한 뒤 그것을 바탕으로 말을 하게 했다.

수업에는 학생이 두세 명을 넘는 일이 거의 없었다. 우리는 창문까지 걸어가 몸을 숙였다. 우리는 대리석 무늬의 우중충한 하늘과 폐허가 되어 인적 없는 골목에 쌓여 있는 건물 잔해를 관찰하곤 했다.

"원하면 눈을 감아도 돼요." 사라 쿵이 알려주었다.

나는 눈을 감았다. 배경은 바뀌기도 하고 바뀌지 않기도 했다. 때로는 적도 지방의 강변이었고, 때로는 그 무엇에도 아무 감흥이 없었고, 때로는 죽음의 경계 너머로 침울하게 몸을 움직이기도 했다. 그다음에는 사라 쿵 앞으로 돌아와서 질문을 하거나 질문에 대답해야 했다.

"여기가 어디예요?" 내가 물었다.

사라 쿵은 질문이 충분히 울려 퍼지기를 기다린 다음 대답했다.

"내 꿈속이야, 돈도그, 우리는 내 꿈속에 와 있는 거야."

그녀는 전혀 교육자답지 않은 부정적인 시선으로 나를 째려보면서 의심의 여지 없이 매정한 투로 말했다. 마치 내 존재는 이제 전혀 중요하지 않고, 내 실재는 추잡한 가설에 불과한 것처럼.

학교가 싫은 건 그 때문이었다. 세상만사에 대한 나의 아무리 작은 확신도 허물어버리는 그 오만한 태도.

사라 쿵은 이렇게 덧붙였다.

"돈도그, 내가 내 꿈이라고 할 때는 네 꿈을 생각하는 게 아니야. 내 꿈, 오직 사라 쿵의 꿈만을 생각하는 거야."

이런 말 역시 내가 학교와 화해할 수 없었던 이유 중 하나였다.

안 그래도 오래전 기억들을 떠올리던 참이니 차라리 내 기억 어딘가를 뒤지려 할 때마다 내 앞에 솟아나는 괴로운 이미지들의 원류로 거슬러 올라가는 게 낫겠다. 안타깝게도 그 이미지들은 어제 일인 것처럼 매우 뚜렷하다. 나는 두려움과 혼돈 속에서 탄생했고, 나를 빙 둘러싸고 울부짖는 노파들 한가운데서 출현했다. 탄생이니 출현이니 하는 말은 허투루 하는 게 아니다. 다른 사람이 아닌 나의 탄생을 말하는 것이니까. 개인적으로 흉일로 여기는 그날 이후로 나는 모든 일이 안 풀리기 시작했다. 물론 늘 아주 나쁜 건 아니었고 가끔은 다른 때보다 덜 파멸적일 때도 있었지만 전반적으로 안 풀리는 편이었고, 꾸준히 최악과 실패를 향해 흘러간 끝에 결국엔 원점으로 돌아와 다시금 이 수다스러운 노파 무리에, 내 할머니들이 전원 배석한 이 지겨운 재판에 이르렀다. 재판정에서 나는 회개한 죄인으로서 전력을 다해 검사 측 의견에 동의해야 했고, 달이 갈수록, 계절이 갈수록 자아비판을 더욱 혹독히 밀어붙여 결국 항소 불가의 사형선고를 받기에 이르렀으며, 그 즉시 사형 집행이 뒤따랐으니, 사형 집행은 절대 시늉이 아니었지만 앞서 본 것처럼 노파들은 이를 제대로 수행하지 못했다. 하지만 나는 인생의 짐으로부터 비로소 벗어나기를, 암양들과 암낙타들 앞에서 명예롭게 총살당하기를 바라고 있었다. 지상에 남은 것이라고는 이제 숨 막히는 추상적 관념들, 숨 막히는 하늘, 척박한 방목장뿐인 그곳에서 말이다. 나는 불발이 아닌 다른 식으로 세상을 떠나고 싶었다. 하지만 응당 기대할 수 있을 시작이나 끝이 삶의 어느 순간에도 허락되지 않는 것이 나의 운명이었다. 이는, 이 좌절스러운 현상은 먼 옛날부터 시작된 것으로 아기가 눈을 뜬 첫 순간부터 깨닫게 된다. 예컨대 내가 의식 없는 상태를 벗어나 출현하던 순간을 보자. 불현듯 나는 너무나 쾌적하게 무(無)를 연장하고 있던 잠재 상태를 떠나 죽음이 올 때까지 평생토록 끔찍하고 따분하게 계속되는 격동의 상태에 빠졌다. 이렇게 전자의 상태에서 후자의 상태로 이행하는 것을 사람들은 '깨어남'이라고 부른다. 나는 내

안의 정신이 깨어나게 하려고, 내가 즉시 살아 꿈틀거리게 하려고, 내가 1분도 허비하지 않고 자기들이 정해둔 길에 투신하게 하려고 나의 열일곱 또는 스물아홉 또는 마흔아홉 명의 할머니가 내는 음울한 함성을 청각적 배경으로 깨어났다. 음울한 함성이라는 말은 농담이 아니다. 지금도 그 리드미컬한 곡성과 주문(呪文)을 언급하기만 하면 내 몸은 즉시 새로운 혹들로 뒤덮이고 땀투성이가 된다. 나를 낳아준 이들은 숨을 헐떡이면서 귀를 찢는 고음의 비가(悲歌)를 합창했고, 그 노래는 무덤에서 나오는 듯한 저음의 목소리에 겹쳐졌다. 레티시아 샤이드만은 자정부터 이미 접신해 무아지경에 빠져 있었고, 암말 모양—몸은 암말인데 머리는 야크나 어린 무녀인—의 종과 방울이나 곰 모양의 종과 방울로 장식한 북을 두드렸다. 레티시아 샤이드만 옆에서는 솔랑주 부드와 마그다 테치케와 노파 대여섯 명이 춤을 추고 있었다. 하지만 내게 지금 가장 먼저 떠오르는 건 그 둘이다. 할머니들은 주간(週間) 압수 수색 때 들키지 않으려고 나를 열두 개의 베개 속에 분산시켜 숨겨놓았는데, 솔랑주 부드와 마그다 테치케는 초자연적 힘으로 베개들로부터 나를 끌어냈고, 무(無)로부터 머리와 살색의 육화된 신체 부위와 장기를 끄집어냈으며, 그 와중에도 내 뇌를 눌러보면서 뇌가 잘 여물었는지, 앞으로도 약해지지 않고 자기들의 계획에 봉사할 수 있을지 확인했다. 오전 여덟 시였다. 분만의 춤사위는 밤새 계속되었다. 올메스 자매의 바느질 때문에 나는 온몸이 흉터와 꿰맨 자국으로 덮였고, 그 자국들은 무른 내장과 합성 유기물 주머니들로 퍼져 나가 경조직[24]까지 이르렀다. 감침질로 꿰맨 탓에 내 몸 표면 전체에 따가운 열꽃이 잔뜩 돋았고, 열꽃은 아물기는커녕 살 속으로 파고들기 시작했다. 나는 아직 완전히 깨어나지 않았음에도 불구하고 가까운 시일 내에 육신이 내게 고통을 가져다주리라 예감했다. 솔랑주 부드와 마그다 테치케가, 또는 사비하 펠레그리니나 바르발리아 로덴코가 발광하면서 내뱉는 선율 없는 저음의 음조는 내 깊은 곳에 있던 끈적끈적한 보호막들과 깍정이들을 파괴했다. 나의 죽음은 그때까지

24. 뼈, 연골, 치아 등이 경(硬)조직에 해당한다.

무해하게 그 보호막과 깍정이 뒤에 웅크린 채 내 실존의 절대영도를 보존하고 있었고, 이건 꼭 짚고 넘어가야 하는데, 나에게든 다른 무엇에게든 그 어떤 해악도 끼치지 않았던 것이다. 그런데 사비하 펠레그리니는 몽골인들이 짐승이 사는 걸 멈추고 먹을거리가 되기를 바랄 때 하는 것처럼 내 흉곽에 이미 오른손을 집어넣은 상태였고, 그녀의 손은 내 속을 더듬으며 전진하고 있었다. 그녀는 이미 내 죽음의 언저리에 손톱을 박아 넣었고, 지극히 검은 장애물들을 능숙히 탐색했으며, 갈고리 같은 손가락들이 내 죽음을 가차 없이 집어 제거하려고 접근하고 있었다. 돌연, 그리고 그것으로, 그때까지 누구에게도 해를 끼치지 않고 존재할 수 있었던 나의 어둠 속 체류는 끝났으니, 내 두개골 속에서 섬광이 발했고, 그 순간 나는 생애 첫 날숨의 타는 듯한 뜨거움을 경험했다. 나온다, 나와! 누군가가 으르렁거렸다. 굿판의 타악기 소리가 더욱 요란해졌다. 역한 냄새의 가스가 내 허파로 몰려들어 낭(囊)들을 학대했으며, 수천의 불덩이가 기관지를 태웠다. 나는 눈을 떴고, 생애 최초의 이미지들을 경험했다. 내 위에서는 원피스들과 알록달록한 펠트 모자들이 내리꽂혔다 날아올랐고, 상상을 초월하게 늙은 노파들이 무시무시한 노래를 부르고 소름 끼치는 춤을 추면서 나를 쥐고 흔들어대어 내게서 무호흡을 앗아 갔으며, 레티시아 샤이드만 할머니는 미친 사람처럼 우짖고, 솔랑주 부드 할머니는 저승의 음절들을 울먹였으며, 마그다 테치케 할머니는 내게 팔을 내밀고 울부짖었다. 바르발리아 로덴코는 시기가 적당하다고 판단해, 평등 사회를 구해내고 아직 이 행성 여기저기를 떠돌고 있는 비렁뱅이 유민들을 동지애로 결집하기 위해 내가 완수해야 할 과업들을 길게 낭송하기 시작했다. 나는 진공을 찾으며, 벌써부터 진공의 평온으로 돌아갈 길을 찾으려고 몸부림치며, 내게 맞지 않는 이 공기를 배출했다. 하지만 생(生)이 이미 나를 깔고 앉았고, 내 허파를 조작해, 다시금 내 의사에 반해 내 몸이 부풀게 만들었다. 두려움과 고통은 끔찍했다. 내 기억의 맨 끝까지 가보라고 할 때, 혹은 예컨대 왜 검은 천국에 대한 향수가 나를 따라다니며 떠나지 않느냐고, 내 이상한 '나라'의 공간에서 움직이고 말하는 이들은 왜 언제나, 왜 언젠가 한번은 검은

천국의 향수에 휩싸이느냐고 당신들이 물을 때 떠오르는 게
그것이다. 나는 본의 아니게 태어났고, 당신들은 내게서 비존재를
앗아갔다. 내가 당신들을 원망하는 게 바로 그 점이다. 나의
'깨어남'은 악몽이었다. 그 또한 내가 기분이 나쁜 이유다.
레티시아 샤이드만의 북소리가 지금도 귀에 선한 게 짜증 난다.
그녀 곁에서 그녀의 수용소 친구이자 일생의 동지였던 솔랑주
부드와 마그다 테치케가, 육중한 다른 새를 흉내 내는 새들처럼,
혹은 자신의 전락(轉落)을 드러내는 것 말고는 주변으로부터
존중받을 수단이 없는 천사들처럼, 7박자, 2박자, 13박자 하는
식으로 복잡하고 불연속적인 박자에 따라 몸을 일으키던 장면이
눈에 선해 짜증 난다. 나는 바로 그로부터, 그 야만적
의식(儀式)으로부터 태어났다. 이 죽음 없는 여인들은 내게
생명을 주었고, 내 모든 것은 그들에게 빚진 것이며,
배은망덕하게도 이를 잊는 건 상상할 수도 없고, 내가 '이
여인들'이라고 할 때 나는 당연히 나에게 총을 쏘면서도 벌집을
만들지 않았던 당신들을 생각하는 것이다. 하지만 그 여인들에
대한 나의 부채가 얼마나 크건 간에 그 맨 처음 1분 때문에,
당신들이 독선적으로 내 운명을 계획한 것 때문에 당신들을
용서할 수 없다. 내가 원하는 건 단지 내가 원래 있던 곳에서,
그러니까 존재하지 않는 곳에서, 아무 일 없이 잠자는
것뿐이었는데. 나는 최초의 1분, 최초의 1초를 떠올리는 게
조금도 즐겁지 않다. 나는 지독한 가려움과 불에 타는 듯한
감각에 시달리면서 자리에서 일어나 앉았다. 내 피부는 나와
별개의 존재였고, 기괴하리만치 나를 제대로 수용하지 못했다.
나는 내 진피가 잘못 만든 셔츠처럼 몸에 붙어 있지 않고
헐렁하게, 늘어진 대님처럼, 끔찍하고 고통스러운 술 장식처럼
둥둥 떠 있다고 확신했다. 당신들은 기회를 놓칠세라 가장
아름다운 자수 장식 옷을, 구닥다리 웨딩드레스를, 옷상자 속에서
한 세기 전부터 소매가 썩어가고 있던 낡은 장례식용 망토를
걸치고 있었고, 나는 내 피부가 내 외부에서 몸부림치고 있을 뿐
아니라, 당신들이 걸친 옷의 옷감—그 야크 기름 냄새, 방랑자의
때 냄새가 지금도 코를 찌르며 나를 망연자실하게 만든다.—과
하나가 되어간다고 생각했다. 나와 당신들 사이의 신체적 경계는

수립되지 않았고 앞으로도 수립되지 않을 것 같았으며, 나는 단지 당신들의 단일한 총체적 육체에 생긴, 당신들의 집단적 존재에 생긴 돌발 사고인 것 같았고, 오래지 않아, 그러니까 내 생이 끝나자마자 당신들의 군체(群體)에 합류하여 개별성을 상실할 것 같았다. 그런 생각에 나는 겁에 질려 울부짖기 시작했지만 당신들은 조금도 아랑곳하지 않았고, 게다가 지금 생각해보면 내 목소리는 아직 당신들에게 가 닿을 만큼 힘이 없었는지도 모른다. 나온다, 누군가가 말했다. 곧 울 거야…! 나온다, 나와…! 북을 더 세게 쳐…! 다들 북을 계속 쳐…! '누군가'라고 했지만 그게 누군지는 모른다. 그게 바르발리아 로덴코일 리는 없다는 것밖에 모른다. 그 순간 그녀는 내 숫구멍[頂門]에 정치적 지령을 쏟아붓고 있었으니까. 내 지성의 밀랍 반죽에 이미 수없이 새겨진 지령들을 보충하는 새로운 지령을 쏟아부어, 내 속에 자율적 충동이 생기자마자 당신들이 미리 닦아둔 도로를 따라가도록 이제 그 지령들을 마법처럼 발효시켜야 했던 것이다. 약 30초 뒤 다른 수백 살 노파들과 불사자(不死者)들이 바르발리아 로덴코를 지원하러 왔다. 그중에는 이데올로기 담당의 카타리나 젬린스키, 에스터 분더제, 엘리아나 바드라프, 브루나 엡스타인, 가브리엘라 청[張] 그리고 같은 부류의 할머니 10여 명이 있었다. 내 두개골 속에 박아둔 온갖 뼈미로[25]를 통해 굉장한 소음이 내 안으로 스며들었다. 그로부터 무언가 질서 정연한 것이, 어떤 논리 정연한 담론이, 노파들의 쉰 목소리가 풀려 나오고 있었다. 자기네 세대가 세계 곳곳에 건립했으며, 어려운 시기에 거룩한 희생으로 구해냈고, 종국에는 폐허마저 서 있지 못할 정도로 몰락한 사회를 재차 설명하는 언설이었다. 내 위에서는 후덥지근한 입김, 관절염 걸린 손, 투박하고 주름진 얼굴 등으로 이루어진 촘촘한 궁륭이 만들어지고 있었다. 별의별 종류의 직물이 소용돌이를 만들고, 입에서 입으로 먼지가 튀었다. 언설은 세계혁명 전후의 현실을 묘사하고 있었고, 내 위로 우박처럼 쏟아지고 있었다. 나는 그것을, 그 문장들을, 전 세계적 재앙을

---

25. 뼈미로(–迷路) 또는 골미로는 의학 용어로 사람 귓속의 뼈를 뜻한다.

상세히 설명하는 그 쉰 목소리들을 받아들였고, 현 시국에 대한 나의 이해는 초 단위로 개선되었다. 할머니들은 내가 여러 조각으로 찢겨 공동 침실의 낡은 침대 속이나 침대 밑판과 매트리스 사이나 털이불, 베갯잇의 비밀 장소에 꼼짝 않고 누워 있던 수개월의 잉태 기간 동안 나에게 이미 떠들어댔던 말을 되풀이하는 것으로 만족했다. 이제 정보는 어마어마한 무더기로 내려오고 있었다. 나는 정보들을 소화하려고 깊이 생각할 필요가 없었다. 목소리들이 불러주는 지령과 세상을 묘사하는 수치를 즉각적으로 이해했다. 전반적 상황은 용기가 꺾일 법했다. 인류는 현재 서로 부딪히는 일이 거의 없는 희귀 입자였다. 인류는 황혼기에 접어들어 아무런 확신 없이 어둠 속을 더듬고 있었고, 내가 이제 현실과 상상의 차이를 알지 못하는 것처럼 개인 자신의 불행과 집단의 난파를 구별하지 못하여, 과거 자본주의 시스템의 여파로 인한 재난과 비자본주의적 시스템의 작동 중지로 인한 표류 상황을 혼동했다. 노파들은 나더러 앞으로 세상의 미래를, 그게 안 된다면 적어도 세상의 축을 짊어지라고 떼를 썼다. 노파들은 내게 자리를 박차고 양로원을 뛰쳐나가 온갖 감시망을 피해 타이가를 거쳐 수도까지 질주하고, 흉수들, 아직 권좌에 있는 최후 권력자들의 제거를 준비하는—설사 그놈들의 머리통 하나를 줄여버리는 한이 있더라도 말이야, 바르발리아 로덴코는 강조하곤 했다.—임무를 맡겼으며, 상황에 따라 적절히 대처하여 자생적 추진력이 되살아날 때까지 혁명을 진전시키라고 요구했다. 노파들은 마지막으로 남은 인간 비슷한 것들이 미세한 먼지 상태로 줄어들기 전에 이와 같은 일을 해내라고 내게 요구한 것이었다. 나는 겨우겨우 몸을 일으켰다. 주술의 손길이 느껴졌다. 노파들은 신들린 손가락으로 아직 정의되지 않은 내 안의 것들을 열심히 주물렀다. 내겐 유년기가 필요했고, 노파들은 유년기의 유사품을 빚어주었다. 내겐 무사태평한 청춘과 꿈이 필요했고, 노파들은 놀랍도록 조밀한 마법의 음매음매 소리로 그것을 전해주었다. 음매 한 번은 꿈의 이미지 2401개와 시시덕거리며 태평하게 보내는 날 343일에

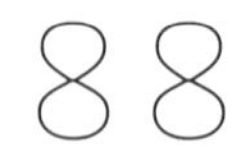

해당했다. 무녀들의 옷감은 발효 버터와 수유차(酥油茶)[26]와 야크 젖과 궁핍한 유목 생활의 추억을 떠올리게 했고, 나는 재채기를 했다. 재채기 소리에 환희의 물결이 일어났다. 그것은 내가 독립적 개인이 되었다는 선언이었다. 곧이어 나는 창문 쪽으로 돌진했고, 작별의 말과 혁명의 구호를 외치는 흥분의 도가니 속 노파 무리를 헤치고 나아갔다. 나는 펠트 저고리, 몽골 비단 바지, 쇄골까지 이가 빠진 당신들의 주름투성이 얼굴을 밀치고 나아갔다. 당신들은 내가 걷는 것을 보고 갑자기 기뻐하며 미래에 대한 믿음을 가졌고, 당신들의 얼굴은, 이제 와 돌이켜 말하노니, 갑자기 아름다워졌다. 나는 속도를 높였고, 당신들이 부추긴 대로 창밖으로 뛰어내렸으며, 감시탑들과 잎갈나무 지대 일선에 이르기 전에 건너야 하는 광활한 풀밭을 가로질렀다. 내 쪽으로 날아오던 꿀벌, 잠자리, 등에 등이 내 얼굴에 부딪혀 압사했고, 길을 막으려던 형체 하나가 내게 부딪혀 심하게 넘어졌는데 아마 하필 그날 로자 마트로시안에게 사랑을 속삭이러 왔던 원자력발전소 정비사 타라스 브록이었던 것 같고, 곧이어 나는 당신들이 수도가 있다고 한 북서쪽으로 걸음을 재촉하기 시작했다. 나는 숲으로 접어들어 월귤, 여우 똥, 다람쥐 똥이 널린 잡목림을 거쳐 곰들만 다니는 길을 따라가다가, 나무들이 너무 빽빽해서 거목이 죽은 지 100년 뒤에야 쓰러지는 노숙림에 들어섰다. 달리는 덕에, 혼자인 덕에 마음이 진정되었다. 벌써 오전 9시 30분이었다.[27] 나는 송진에 취하지 않으려고, 포기의 유혹을 이겨내려고, 타이가의 은둔자가 된다면 누릴 수 있을 정치적으로 비생산적인 열락에 저항하려고 조금도 쉬지 않고, 필요 이상으로 숨을 쉬지 않고 달렸다. 그러니까 진정한 의미의 시작 직후의 순간 동안 나는 당신들의 가르침에 순종했던 것이다. 나는 밤이고 낮이고 페이스를 늦추지 않았다. 보름달 열두 번의 주기를 보고 시간의 흐름을 가늠했다. 타이가에는 인적이 없었다. 수림이 끊기고 빈터가 나오는 일이 점점 잦아졌다. 숲과 숲

---

26. 끓인 물에 버터, 소금 등을 넣어 만든 아시아 유목 민족의 전통차.

27. 빌 샤이드만은 이날 아침 여덟 시에 태어났다.

사이의 빈터가 수천 킬로미터에 달할 때도 있었다. 도로와 촌락이 흔해졌다. 어쩌다 들른 도시 대부분에서는 극심한 정신적 마비 상태에 빠진 폐인 남녀 몇 명을 만날 수 있었지만 보통은 아무도 없었다. 거리는 충격적으로 고요했고, 줄지어 늘어선 집들에는 사는 사람이 없었고, 부랑자들은 은신처에 틀어박혀 불러도 대답이 없었다. 이해하기 쉽게 간단히 설명하면 사람의 무리를 만난 적이 한 번도 없었던 것이다. 사람의 무리라는 게 사라져버린 상태였다. 깃털 없는 두 발 종족은 소멸한 것이었다. 나는 전화로 할머니들과 연락을 유지했다. 할머니들은 다시 무기를 들었고, 소멸을 모면한 인구 밀집 지역에 어떤 정치 윤리를 재건하겠다는 목표 아래 철(鐵)의 민병대를 조직해 콜모고로포와 밴쿠버 사이의 지역을 휩쓸고 다녔지만, 경계할 만한 사람을 아무도 만나지 못하자 이제는 수도에 와서 내 개혁 조치가 사태의 추이를 어떻게 바꾸었는지 보고 싶어 했다. 나는 그 생각을 단념시키려 했고, 할머니들은 내가 자본주의를 재건했음을 알게 되었으며, 당일부로 나에 대한 징계 절차에 들어가 인민재판의 준엄한 심판을 피하지 못하리라고 통보하고는 전화를 매몰차게 끊었다. 할머니 몇 명은 블레 무슈테 봉기 이후 안락사를 당했고, 몇 명은 도망쳐 이제 지형도 사회 형태도 파악할 수 없는 이 텅 빈 대륙들을 끝에서 끝까지 한없이 헤매고 다녔다. 일부는 레티시아 샤이드만을 필두로 나를 체포하기 위해 수도로 향했다. 나머지 할머니들은 재판이 열릴 장소인 흐브스글호 유역, 세상의 중심에서 그다지 멀지 않은 곳에서 나를 기다렸다. 그들이 정말 올지는 확신할 수 없었지만 나는 할머니들이 대절한 죄수 호송 차량의 도착을 기다리면서 지난 수십 년을, 내 행동을 종합적으로 검토해보았다. 최고위직에 이르는 건 쉬운 일이었다. 그 어느 곳에서도 이제 그 무엇도 작동하지 않았으므로, 야심가들 사이의 경쟁은 거의 없어졌고, 심지어 무능력자들조차 입신양명의 욕구를 잃은 상태였다. 지도층은 무기력에 빠져 있었고, 문을 열고 들어가 자리에 앉기만 하면 과거에 권력이라 불리던 것을 차지할 수 있었다. 내가 사유재산제도와 인간에 의한 인간의 착취, 그리고 마피아를 조장하는 여타 극악무도한 제도를 복원하는 시행령에 서명한 것은 이런 상황에서였다. 그런 제도들이 공동체라는 체제를 다시 작동시키고 영구 혁명의 재개를 촉진할 것처럼 보였던 것이다. 여기서 재차 인정하건대 이는 위험한 도박이었고 파국적 조치였다. 수도에서의 내 삶에 대해서는 더 얘기할 게 별로 없다. 한번은 개 한 마리가 내 다리에 몸을 비벼댔다. 불프 오고인이라는 이름의 다정한 녀석이었다. 시행령 서명 이후 이어진 몇 년간의 불경기 동안 우리는 친구로 지냈다. 불경기라는 말은 그냥 하는 게 아니다. 시장경제의 복원은 가증스럽게 대담한 미봉책이었으며, 적어도 몇몇 부문이라도 부양시키기를 바라면서 취한 조치였지만 그 누구에게도 상황이 개선되지 않았던 것이다. 불프 오고인은 털이 거칠고, 눈에 총기가 흘렀으며, 등뼈가 조금 굽기는 했어도 유순한 잡종 목양견의 모습이었다. 우리는 저녁마다 미리 철거물 잔해를 치워둔 광장에 갔고, 해가 있을 때는 함께 석양을 바라보았으며, 자본주의가 수도의 상업망을 재편하는 소리를 엿들으려고 귀를 기울였다. 내가 텅 빈 도시를 눈앞에 두고 책을 읽고 있거나, 내가 태어나기 전에 얼마나 오래 살았고 이제 얼마나 더 살지를 쓸데없이 종이에 계산하고 있으면 경멸하듯 그 책이나 종이의 냄새를 맡곤 하던 불프 오고인의 습관이 기억난다. 녀석이 낭랑하게 짖는 소리, 녀석의 새하얀 이빨, 녀석의 여름 냄새, 녀석의 겨울 냄새가 기억난다. 내 계산에 따르면 나는 어둠 속에서 200억 년을 살았고, 이제 마흔여덟 살이었으며, 친구라고는 오직 그 녀석, 불프 오고인뿐이었다. 레티시아 샤이드만이 다 쓰러져가는 내 집 문지방을 넘어 내게 수갑을 채웠을 때 녀석은 어디론가 떠났다. 어쩌면 카날 지구나 다른 곳으로 가서 혼자 살 작정이었는지도 모른다. 내가 언젠가 과거의 그 검은 비존재로 돌아갈 수 있을지, 혹은 누군가에 의해 강제로 다른 곳에 처넣어질지 나는 알지 못한다. 그리고 그 다른 곳으로 던져졌을 때 내 친구 불프 오고인과 다시금 함께할 수 있을지 알지 못한다.

혹은 심리 치료사를 자처하는 여자는 매끈한 책상 위에 흑백사진 세트—늘 똑같은 사진들, 언제나 뻔한 똑같은 사진들—를 놓고는 그 앞에서 몇 시간 동안 알아서 놀라고 에본 즈보그를 내버려둔 채 자기는 교육 센터 일을 챙기러 위층으로 올라간다.

“다시 올게, 즈보그, 나가지 말고.” 그녀가 말한다.

천장에서 그녀의 불규칙한 발소리가 들린다. 누군가 시멘트 블록을, 궤짝을 옮긴다. 뒤이어 정적이 찾아든다.

유리 없는 창문들 뒤로 도시는 정지해 있다. 바람이 불면 불그스름한 먼지가 지표에 불그스름한 대리석 무늬를 만든다. 불그스름한 무늬가 바람에 움직인다. 화성(火星)이 그렇다고들 한다. 하늘은 종종 너무나 눈부시게 밝아 색깔이 완전히 사라진다. 제비 떼가 카날 지구의 건물들 사이로 어지럽게 원무를 춘다. 제비 떼는 45분가량 날카로운 소리를 내며 싸우더니 갑자기 사라진다. 방 안이 다시 고요해진다. 에본 즈보그는 뻔히 꿰고 있는 사진들을 뒤섞는다. 동일한 네거티브에서 인화한 여덟 장의 사진이어서 선명도의 차이밖에 없다 보니 더더욱 잘 알 수밖에 없다. 미친 사람을 치료하는 법을 안다고 자처하는 여자가 위층에서 내려와 문을 열고는 즈보그에게 사진에 대해 할 말이 있냐고 물을 때도 있다. 즈보그는 어깨를 으쓱한다. 여자는 1분을 기다린 뒤 문을 닫고 다시 올라간다. 그녀는 아름답다. 중국 여자 대부분이 지닌 은은한 천상적 미모다. 그녀는 물 빠진 청바지, 청 재킷, 검은 티셔츠의 편안한 차림이다. 그녀는 문을 닫기 전에 금방 다시 오겠다고 약속한다.

제비들의 추격을 받지 않고 바람이 약한 날이면 잠자리들이 창문으로 들어온다. 하늘이 매우 밝아 잠자리들의 우아한 모습을 감상하기가 쉽지 않다. 터키옥색 비슷한 청색일 때가 많다고 해두자. 어떤 녀석들은 에본 즈보그 앞, 사진들 위에서 날개를 떨며 체공하기도 한다. 에본 즈보그는 심심풀이로 잠자리를 잡아서 먹을 때도 있다.

에본 즈보그가 멍하게 앉아 있는 텅 비다시피 한 방에 내가 잠입하는 건 그날 조금 뒤의 일이다. 처음부터 솔직히 말하는 게 낫겠는데, '나'라고 하면서 내가 생각하는 것은 특히 야샤르 돈도그이다. 나는 그의 옆, 화성의 것과 같은 벽돌과 녹 먼지 속, 잠자리 잔해 한복판에 앉는다. 우리는 통성명을 한다. 조금 뒤 내가 매기 퀑 이야기를 꺼낸다.

"심리학자? 그 심리학자랑 산다고?" 에본 즈보그는 깜짝 놀란다.

"아니," 내가 말한다. "그 여자 말고, 사라 퀑이 아니라. 그 여자 동생 매기랑 살아. 우리는 시장에서 채소를 팔아."

안도한 에본 즈보그는 자신을 기다리는 사진들을 뒤섞더니 사진 한 장을 골라 땀 젖은 손가락으로 짚는다.

"이거 봐, 이거, 옛날 사진이야. 내 할아버지야."

이젠 나도 사진을 들여다본다. 구겨진 브리스틀지(紙)에는 철로에서 약간 떨어져 설경이 펼쳐져 있고 세 남자가 있다. 두 명은 해진 시민복 차림이고, 그들을 어설프게 칼로 위협하는 한 명은 해진 군복 차림이다. 시기와 장소는 아무 때, 아무 곳일 수 있다.

"누군데?"

"누구냐니?" 에본 즈보그가 펄쩍 뛴다.

"네 할아버지. 세 명 중에 누구냐고."

에본 즈보그는 기분이 상한 기색이다. 그는 사진들을 전부 다시 포개더니 내가 보지 못하게 뒤집는다. 그의 손가락이 떨린다. 나는 우리 사이에 꼬인 것을 어떻게 해야 조금이나마 풀 수 있을지 알지 못한다.

"그러면 너는?" 돌연 그가 거칠게 말한다. "우리 둘 중에 너는 누군데?"

관람에 앞서 데이터 몇 가지와 참고 수치 몇 개를 언급하도록 하죠. 제 죽음은 남들 모두와 똑같이 1천억 살이고, 제 삶은 마흔여덟 살입니다. 제 삶에 끝이 있는지, 얼마나 오래 도망쳐야 그 끝에 도달할 수 있는지는 모른다는 말은 이미 여기저기서 했죠. 또 다른 수치가 있습니다. 우리를 둘러싼 전나무, 잎갈나무, 캠브라잣나무는 높이가 34미터에서 57미터에 달합니다. 우리 앞에 있는 개미집은 개미가 살지 않는 것처럼 보이지만 실은 그렇지 않아서 30미터 밖까지 지하 통로가 뻗어 있습니다. 이 지하 통로 덕에 개미들은 우리가 살펴보려는 유적지 전체를 남몰래 쏘다닐 수 있죠. 현재 수풀 속 기온은 24도입니다만 겨울에는 수은주가 영하 40도까지 내려가고 최저기온은 영하 50도 전후까지 떨어집니다. 그럴 때면 고요가 수정처럼 명징하죠. 여기서부터 강까지 숲은 완전히 죽은 것처럼 보이고, 강은 얼음 밑에서 다섯 달 동안 굳어 있고요. 포유류는 예전보다 수가 적습니다. '예전'이라는 건 봉기가 일어났던 때를 얘기하는 거고요. 7월에는 고지대에서 다람쥐들이 깡충거리는 게 보이고, 여우가 종종걸음 치는 게 보일 때도 있지만 개체 수를 충분히 회복한 종은 없습니다. 오래전부터 여기서는 늑대와 곰은 꿈에서만 만날 수 있지요. 꿈을 꾼다고 하면서 특별히 누군가를 생각하는 건 아닙니다. 수치 몇 가지를 더 알려드리겠습니다. 양로원 봉기는 세계혁명 이삼백 년 뒤에 일어났습니다. 지금은 안 보이지만 양로원 건물에는 약 40명의 노인이 살았고, 주로 여성이었습니다. 죽음에 대한 그들의 저항력은 더 이상 증명할 필요가 없었지요. 영생을 흉내 낼 수 있는 그들의 능력은 심지어 과학적 논쟁의 대상도 아니었습니다. 당시엔 학자들의 95퍼센트가 이미 죽었다는 것도 이유였을지 모르죠. 수도의 수의사 한 명이 매년 질의서를 보내왔고, 그러면 원장이 알아서 답을 기입했습니다. 그다음엔 서류가 우편 부서로 다시 넘어갔습니다. 당시에는 아직 그런 종류의 서비스가 존재했거든요. 직원은 여자 원장, 겨울철에 원장의 침대를 같이 썼던 삼림 감시원, 하녀 다섯 명이 있었습니다. 하녀들 중에서는 보통 모녀 관계인 류드밀라 마트로시안과 로자 마트로시안이 언급됩니다. 보존된 물건은 몇 개 되지 않습니다. 그 물건들을 보면 이 안락하면서도 감옥 같은 부지에서 자급자족 생활이 이루어졌음을 알 수 있지요. 가구류와 가정용품 외에 삼림 감시원이 양로원 주변의 차량 통행이 가능한 길 7킬로미터를 몰고 다니던 승합차도 한 대 있습니다. 전해오는 말에 따르면 그 차량은 콤소몰 창설 200주년—콤소몰은 노파들 사이에서 굉장히 인기 있던 단체입니다.—기념일 행진 도중 고장이 났고, 그 뒤로는 다시는 굴러다니지 않았다고 합니다. 양로원 부지의 서쪽 구역에서는 거대한 잎갈나무가 자라는 바람에 땅 위로 딸려 올라간 그 폐차의 잔해를 알아볼 수 있습니다. 숲이 제 것을 되찾아간 거죠. 또 다른 숫자가 있습니다. 이번에는 블레 무슈테가 지리적으로 꽤 고립되어 있었음을 보여주는 숫자인데요. 22킬로미터 밖에는 오래된 실험 농장이 하나 있었습니다. 핵 연소 온실이 딸린 농장인데 원자로의 노심이 융해하기 시작한 뒤로 농부들이 버리고 떠났지요. 봉기가 일어났을 때 이 회사는 이미 문을 닫은 상태였습니다. 시설 정비차 엔지니어 두 명이 그곳에 남아 있었는데요. 52세의 남성 타라스 브록과 우울증으로 쇠약해진 여성 물리학자 리타 아르스날이 바로 그들이었습니다. 리타 아르스날은 원자로 압력 용기 위, 뜨끈뜨끈한 콘크리트 위에서 요란한 핵분열 소리를 듣고, 눈을 감은 채 포스트엑조티시즘 서사를 중얼거리면서 시간을 보냈던 것 같습니다. 타라스 브록은 오염 제거를 핑계로 블레 무슈테에 자주 드나들었습니다. 실은 로자 마트로시안의 주변을 맴도는 거였지만요. 봉기가 일어나던 날 타라스 브록은 로자 마트로시안에게 주려고 월귤 한 바구니를 갖고 왔습니다. 매번 섹스를 거부하던 여자의 마음을 돌리려는 의도였죠. 그건 그렇고 이제 관람을 시작하도록 합시다. 관람은 방위별로 한 곳씩, 네 부분으로 이루어집니다. 한곳에 머물면서 과정을 단축시킬 수도 있을 겁니다. 예컨대 제가 주목하라고 미리 말씀드렸던 저 구릉 옆, 저 전나무 밑동에 머물 수도 있겠죠. 저 구릉은 사실 타라스 브록의 소유였던 가이거계수기를 축으로 세워진 거대한 개미집에 불과합니다. 여기에는 이끼 덮인 그루터기가 보이는데, 이걸 보면 우리가 타이가의 흔하디흔한 장소가 아니라 유적지에 와 있음을 알 수 있습니다. 여기에 건물 전면이 있었다고 합시다. 우리 앞에는 식당, 복도, 주방이 펼쳐져 있습니다. 빌 샤이드만이 수태된 공동 침실은 2층에 있었습니다. 약간만 노력하면 우리는 빌 샤이드만이 창문을 뛰어넘어 베고니아 덤불—지금은 그곳에 소나무 한 그루가 우뚝 서 있습니다.—에 착지하고, 즉시 유연하게 다시 튀어올라, 타라스 브록을 거칠게 쓰러뜨린 뒤 북서쪽을 향한 오랜 질주를 시작하는 것을 그려볼 수 있습니다. 그날 주방에서는 로자 마트로시안이 이미 아침 식사를 위해 수태차[28]를 데우고 있었습니다. 식탁 한구석에서는 월귤 바구니가 향기를 내뿜고 있었습니다. 타라스 브록은 양로원 문간에 방사선 측정 기구를 설치해두었지요. 이 기구는 핵 용암 근방이라든지, 리타 아르스날의 품속 같은 극한 상황에서만 따닥따닥 소리를 내도록 조정되어 있었습니다. 아침나절인데 날은 이미 따뜻했습니다. 실험 농장 근처에서 부화한 매미들이 이 지역을 뒤덮고는 세상에 자기들의 음악적 규범을 강요하려는 욕망을 표출하고 있었습니다. 하지만 그날 아침 소음의 원인은 돌연변이 곤충들이 아니었습니다. 빌 샤이드만이 무(無)에서 빠져나오도록 돕는 굿판의 울부짖음이 있었고, 건물 여기저기 번져나가는 몸싸움 소리가 있었던 겁니다. 직원들은 늘 그러듯 노파들의 계획에 반대했거든요. 지금 보시는 여기 모퉁이는 얄리안 하이페츠가 내실(內室)이라고 불렀던 곳입니다. 그곳에는 텔레비전이 한 대 있었는데, 송출 중단으로 인해 이미 60년 전부터 아무것도 수신하지 못했지요. 얄리안 하이페츠는 지금 거대 고사리들이 몸을 떨고 있는 곳에 앉아 청춘의 기억을, 반(反)자본주의 국제 투쟁 기구를 지휘하던 시절에 겪은 일화들을 떠올리곤 했습니다. 앞서 말한 로자 마트로시안은 쫓기다가 이 모퉁이로 내몰렸는데, 발밑의 카펫이 미끄러졌고, 그래서 텔레비전을 받치는 선반에

28. 따뜻한 녹차에 우유와 소금을 넣어 만드는 몽골의 전통차.

어설프게 매달리다가, 텔레비전이 떨어지는 바람에 머리통이 박살 났습니다. 지금은 텔레비전도, 소파나 안락의자의 뼈대도 보이지 않아 이 내실에서 보내곤 하던 평온한 저녁 시간을 그려볼 수 없습니다. 지붕과 2층이 무너진 뒤 건물 잔해가 오랫동안 풍광을 더럽혔지만 지금은 모두 사라졌습니다. 비가 오고 눈이 녹으면서 건물의 흔적을 밀어냈고, 잔해는 태초의 먼지로 돌아가 바람에 날려 갔으며, 부식토가 폐허를 매끈하게 덮었고, 여러 세대의 나무들이 그 자취마저 지워버렸습니다. 더 멀리, 이 잎갈나무 줄기 뒤에 계단의 시작 부분이 있었습니다. 바로 그곳에서 류드밀라 마트로시안이 노파들에게 떠밀려 떨어졌고 간호 보조사 한 명은 목이 부러졌습니다. 그보다 조금 전에 공동 침실로 올라갔던 여자 원장도 마찬가지입니다. 원장은 공동 침실에 들어갔다가 제식용 소라고둥 나팔로 무장한 환영단의 환대를 받았고, 곧 공동 침실 입구 왼쪽 침대 밑에 쓰러져 흥건한 피와 오줌 속에서 다리를 꿈틀거리고 있었죠. 그날 싸움 소리는 정오 무렵까지 양로원을 뒤흔들었습니다. 그러면 이제 이 그루터기와 마주한 이끼 밭으로 시선을 돌려보시죠. 또 다른 개미집 비슷한 비스듬한 구조물이 보이실 겁니다. 그건 실은 내벽입니다. 리타 아르스날이 무너져 내리며 몸을 기댄 것은 바로 이 벽돌 벽이었습니다. 행여나 타라스 브록이 돌아올까 망보면서 홀로 겨울을 보낸 뒤 결국 양로원 쪽으로 가보기로 결심했던 겁니다. 이곳은 지금도 밤이면 인광(燐鑛)을 발합니다. 다른 모든 사람과 마찬가지로 리타 아르스날의 죽음은 1천억 살이고, 당시 기준으로 그녀의 삶은 마흔다섯 혹은 마흔여섯 살이었습니다. 리타 아르스날이 지금 어디에 있는지, 어떤 상태인지는 모릅니다. 관람이 끝났습니다.

680일 밤을 행군한 뒤 진로상에 변화가 생겼다. 분위기가 이제 전과는 달랐다. 길을 가로막는 커다란 장막에 부딪히는 일이 점점 잦아졌고, 우리는 그것을 칼로 뚫거나 찢어진 곳을 팔힘으로 넓혀야 했다. 어떤 이들은 그것이 거미줄이라고 했고, 어떤 이들은 우리가 꿈꾸는 중이며, 살아 있는 유기체들이 그토록 넓고 튼튼한 막을 배치했다면 그건 우리를 함정에 빠뜨리거나 우리의 속도를 늦추기 위해서가 아니라 단지 우리가 다가오는 것을 미리 알기 위해서일 뿐이고 우리는 곧 그들의 현실에 이르리라고 주장했다. 헛소리들 그만해, 함장인 장 브릭스타인이라는 자가 논쟁을 끝냈다. 우리는 지금 돛 공장을 지나고 있는 거야, 그가 결론을 내렸다. 버려진 지 몇백 년은 된 커다란 제조소라고. 우리는 이물 삼각돛, 윗돛대 돛, 후미 윗돛을 헤치고 있는 거야. 짠 먼지 냄새가 우리의 손 위에 쌓이고, 곰팡 슨 실 냄새, 타르와 방수포 냄새가 우리의 머리카락과 옷에 내려앉았으며, 훈제 고기 냄새와 잘게 자른 돛천 냄새가 우리의 입술에 덮였다. 우리는 동료를 다치게 하지 않으려고 서로 거리를 두었으며, 각자 단독으로 움직이며 칼을 휘둘러 보이지 않는 수의(壽衣)를 베었고 그 틈으로 몸을 밀어 넣었다.

그렇게 더듬더듬, 줄곧 느린 속도로, 직물의 까칠까칠한 주름에 손이 까져가면서 전진하고 있는데 686일째에 돌연 초계병이 희미한 빛이 보인다고 알려왔다. 한 시간 뒤 우리는 망막으로 직접 그 정보를 확인할 수 있었다.

절대적 어둠에서 미광으로 넘어온 것이었다.

우리는 환호성을 지르지는 않았지만 영혼의 표면에 짜릿한 흥분이 일어 서로 이야기를 나누고 심지어 웃기도 하면서 돛 공장을 뒤로하고 회색 풍경을 향해 나아갔다. 그러다 곧 항구의 작은 마을에 도착했다. 우리 그룹은 이제 함장 장 브릭스타인, 초계병 미트라프 바양, 갑판장 프리크 윈슬로, 선상 주술사 나야드자 아가투란, 승객 크릴리 곰포, 그렇게 다섯뿐이었다.

잠시 후 우리는 밖이 보이지 않는 안뜰 하나와 마지막

협로를 통과했는데, 길이 거기서 끝나는 바람에 좋은 기분이 날아갔다. 석양의 여운이 우리가 도달한 장소를 보랏빛으로 물들이고 있었다. 우리 뒤에는 무너진 창고들의 건물 터가 비죽비죽 솟아 있었다. 우리는 폐허 틈으로 지그재그로 나아갔고, 도크의 가장자리에 이르러서는 부서져 영원히 진흙 속에 누워 있는 보트들을 아무 말 없이 바라보았다. 그 경관은 색깔이 무시무시했다. 강어귀는 이제 비통한 진흙 벌판에 불과했고, 멀리 1킬로미터 이상 떨어진 곳에서는 레이스 장식 같은 파도의 첫 줄이 토사물을 연상시켰다.

"1200미터 지점에 염수(鹽水)." 초계병이 추정했다.

프리크 윈슬로는 누구도 따라오는 것을 허락하지 않은 채 방파제까지, 돌이 깨진 곳까지 갔고, 더 이상 나아갈 수 없게 되자 단념했다.

항구에는 아무도 없었고 대양에도 아무도 없었다. 수평선 끝에 유일하게 보이는 덩어리 모양의 형체는 작은 섬 같았지만 초계병은 문제의 섬이 일주일 뒤면, 고기가 부패해 갈매기와 게에게 뜯어 먹힐 시간이면 사라질 것이라고 단언했다. 무슨 고기? 크릴리 곰포가 물었다. 더 자세히 살펴보니 과연 그곳에 커다랗고 물컹한 살 더미가 보였다. 대왕오징어 한 마리가 모래톱에 좌초했고, 죽음에 제때 항의하지 못한 것이었다. 주행성 조류의 관점에서 보면 이미 활동할 만한 시각이 아니었으므로 갈매기들은 더 이상 대왕오징어에게 달려들지 않았다.

프리크 윈슬로는 그 광경에 등을 돌리고 정박용 말뚝 위에 앉았다. 그는 눈을 감고 있었다. 폐허를 마주하고서 눈꺼풀을 감은 채 어둠에, 어둠이 텅 빈 마을을 침입하는 방식에 관심 있는 척했다.

우리는 중대한 결정을 프리크 윈슬로에게 맡기고 있었다. 긴 여정 동안 함장은 너무나 많은 잘못을 저질러 권위를 완전히 상실했던 것이다. 주술사 나야드자 아가투란으로 말하자면, 훌륭한 조언자가 될 수도 있었겠지만, 타고난 자폐증이 나쁜 방향으로 발전해 이제 우리 누구와도 말을 섞지 않았다.

프리크 윈슬로는 잠시 허탈해하다가 말을 시작했다.

"일이 꼬였어." 그가 말했다.

우리는 건물 잔해에 앉아 있었다. 크릴리 곰포는 숨을 참고 있었다. 우리는 언젠가 곰포가 떠나는 것을 미룰 수 없는 날이, 그의 다이빙이 끝나는 날이, 그가 사라질 날이 올 것임을 짐작하고 있었다.

"비좁게 붙어 지내다 보면 우리는 미쳐버릴 거야." 윈슬로가 말을 이었다. "우리가 이제 겪을 상황에서는 갇혀 사는 게 악몽처럼 느껴질 거야. 같이 있다는 생각만으로도 괴로울 거야. 같이 있는 게 너무 싫어서 죽을 지경일 거고, 서로를 물어뜯고 싸우고 싶을 거야. 우리는 우리의 공격성을, 우리 내면에 있는 그 추악한 충동을, 옆 사람을 해치고 무찌르라고 명령하는 그 추악한 동물적 욕구를 이겨내지 못할 거야. 이 밀폐된 궁륭 밑에 밤낮으로 갇혀 있다 보면 우리는 형제애의 개념을, 품위를 완전히 잃을 거야."

그는 목소리를 가다듬으려고 마른기침을 했다. 무슨 말인지 잘 이해가 되지 않다 보니 그의 예언은 더욱 소름 끼쳤다. 그는 눈앞에 닥친 무언가를 말하는 것인가, 아니면 머나먼 미래의 일을 말하는 것인가?

"우리는 결국 우리가 도덕적으로 극도로 비열한 존재라는 사실을 받아들이게 될 거야." 그는 다시 중얼거렸다. "끔찍하겠지."

그가 더 이상 아무 말도 하지 않았으므로 한두 시간 뒤에 우리는 해산했다.

다시금 어둠이 우리를 감쌌다. 우리는 물어뜯거나 죽이거나 난자하고 싶은 유혹에 빠지지 않으려고 서로 충분히 떨어져 있었고, 숨을 쉬고 있건 참고 있건 간에 다섯 명이라는 숫자는 계속 유지되었다.

우리는 몇 년 동안 프리크 윈슬로의 소식을 듣지 못했다. 바람이 가끔씩 갈매기들의 울음소리, 썩어가는 향유고래나 오징어 냄새를 전해주었다. 우리는 때로는 정신을 차렸고, 때로는 폐허 속을 헤매고 다녔으며, 때로는 몇 달 동안 아무 일도 없었다. 윈슬로가 한 말은 실현되지 않았다. 우리는 답답했고, 고립감에 사로잡혀 기운이 빠졌으며, 조금씩 품위를 잃어갔지만, 서로 싸우지 않으면서 참고 버텼다. 우리는 이따금 방파제 부근에서 모였다. 짤막한 말을 교환하고는 곧 다른 곳으로, 더 어두운 곳으로, 위치를 발설하지 않은 각자의 은신처로 슬며시 사라졌다. 개중 몇 명은 바다로 가는 길을 찾아 나섰다가 진창에 빠지기도 했고, 아니면 보트를 수리하려다가 다치기도 했다.

마침내 우리는 범죄의 충동을 이겨낸 것이었다. 이제 우리는 프리크 윈슬로가 일자리를 찾아 인근의 도시로 가서 버스 운전사가 되었다는 것을 알고 있다. 언제나 부지런했던 초계병은 최근 원주민 여자와 결혼했고, 더 이상 항구 쪽 동네를 드나들지 않는다. 크릴리 곰포는 이제 다시 나타나지 않는다. 한편 함장의 경우, 우리는 그가 자본주의의 재건을 틈타 뒷돛대용 세로돛 상점을 열었다는 것을 알게 되었다. 하지만 그는 손님이 한 명도 없어 한탄한다. 나는 이런 상황에서는 괜히 설치지 말고 기다리는 게 낫다고 본다. '나'라고 할 때 내가 생각하는 것은 나야드자 아가투란이고, 기다린다는 말은 무슨 일이 생길지 모르고 기다린다는 얘기다.

나는 꼼짝도 하지 않는다.

여기 대양 앞에서, 대양의 잔재 앞에서, 나는 기다린다.

정해둔 작업량에 도달하면 나는 종합운동장의 계단식 시멘트 좌석에 등을 기대고, 친선 토너먼트에 참가한 지역 농구 팀들의 시합을 구경하곤 했다. 밤이 차츰 짙어져가고, 아직 속에 붉은 것이 흐르는 곳이면 어디든 모기 특공대가 줄줄이 착륙해 땀이 흥건한 살갗을 무자비하게 공격했다. 이처럼 별로 중요하지 않은 경기 때는 스타디움의 조명탑에 불이 들어오지 않아, 선수들은 옆 골목 가로등에서 나오는 빛으로 만족해야 했다. 선수들은 점점 짙어져가는 어둠 속에서 경기하면서, 잘 보이지 않는 공을 컨트롤하는 동시에 허벅지 밑이나 목덜미를 물어대는 벌레들을 10여 마리씩 때려잡느라 몸을 바삐 놀렸다. 그렇게 모기 후려치는 소리, 선수들의 가쁜 숨소리, 공이 코트에 튀는 소리, 슛이 성공할 때마다 림에서 울리는 쇳소리가 들렸고, 작전을 지시하거나 분통을 터뜨리는 감탄사도 들렸다. 선수들은 주로 여성이었고, 외치는 소리로 판단하건대 중국인 난민들이었다. 계단식 좌석은 불편해서 같은 자세로 오래 있을 수 없었다. 나는 자리에서 일어나 철망에 몸을 기대곤 했다. 클라라 귀드젤이 계단식 좌석 맨 앞줄에 쌓인 선수들의 옷가지 앞을 지나간 것은 바로 그때였다. 그녀는 쇠막대기를 손에 들고 관람석으로 슬그머니 들어왔다. 내가 못 보고 지나친 페트병과 알루미늄 캔을 찾는 거였다. 그녀는 자기 몸보다 큰 자루에 페트병과 알루미늄 캔을 던져 넣었다. 나처럼 목구멍에 풀칠하려고 고물상에 팔려는 거였다. 이제 자본주의는 우리가 당연히 누릴 권리가 있다고 평생 생각했던 연금과 양로원 대신 개인적 영달과 개인 사업의 기회를 제공하고 있었다. 클라라 귀드젤은 갈고리로 후미진 곳을 휘저었고, 고물을 끄집어내려고 체면 차리지 않고 네발로 기어 다녔으며, 타인이나 쥐들이나 거미들의 시선은 조금도 아랑곳하지 않았다. 곧 그녀는 꼬부랑 허리에 난쟁이처럼 작달막한 새카만 몸을 이끌고 투덜대면서 그곳을 떠났다. 뒤쪽에서는 경기가 계속되었지만 보통 나는 시끄러운 소리를 내는 자루를 이고 그녀를 따라갔다. 농구를 하고 있는 중국 여자들은 할망구라는 점에선 비슷한 팔자일지 몰라도 나와 뚜렷한 연결점이 없었던 것이다. 우리는 당연히 상대가 지척에 있음을 알았지만 딱히 할 말이 없었기에 한마디도 나누지 않고 고물 자루의 고약한 쇳소리를 꼬리에 단 채 수백 미터를 걸어가곤 했다. 얼마 후 우리는 소위 도시의 조명에 노란색이 된 거리들을 지나 우리가 가장 좋아하는 동네, 즉 난파(難破) 지구에 돌아왔다.[29]

이번에는 클라라가 반 시간 이상 내 앞에서 걷고 있었다. 노파의 종종걸음으로, 밤더위에 시달리면서, 소총처럼 가슴에 가로로 찬 쇠막대기 때문에 거추장스러워하면서 걷고 있었다. 물웅덩이 너머에 있는 전화박스가 그녀의 눈에 들어왔다. 웅덩이는 지난주에 내린 비 때문에 더 넓어져 있었다. 수면에는 습지 렌틸콩이 번식하고 있었다. 밤이라 보이지 않지만 낮에 보면 감동적인 초록색이었다. 감동한다고 할 때 내가 생각하는 것은 특히 나, 그러니까 제시 루이다. 발소리가 거슬렸던지 풀뱀 한 마리가 지표를 뒤덮은 식물층을 헤치고 진흙 속으로 파고들었다. 뱀이 남긴 구멍 주변은 물이 지독하게 검었다. 늙은 여인은 물웅덩이를 피해 돌아갔다. 그녀는 맨발로 걷고 있었다. 공기 중에는 곰팡내 섞인 계피 향, 괴어서 썩어 고무처럼 끈적끈적한 물 냄새, 난초 향이 떠돌았다. 그 매력적인 향기들은 결코 질리지 않는다. 불나방들이 삼라만상을 스치고 지나갔는데, 그 풍경은 어둠 속이어서 색이 없지만 어쩌면 흰색이나 오렌지색일 수도 있었다. 불나방들이 침수된 제방, 골목 끝의 종려나무들, 전신국 앞에서 대기 중인 택시들을 훑고 지나갔는데, 그 풍경은 어쩌면 어둠에도 불구하고 주홍색일 수도 있었고 진홍색이나 암청색일

---

29. '우리 동네로 돌아가다(rejoindre nos quartiers)'라는 표현은 해외에 파견된 군인이 고국으로 돌아간다는 뜻이다. 한편 '우리가 가장 좋아하는 동네(nos quartiers de prédilection)'라는 표현에는 어떤 형이상학적 세계(구체적이지 않은 세계)를 가리키는 뉘앙스가 있다. 서술자는 이 동네 · 지구(地區)를 '난파 지구'라고 명명함으로써 그곳이 실패와 패배의 세계임을 표현한다.

수도 있었다. 클라라 귀드젤은 불나방들 속으로 걸어 들어갔다. 그녀는 전화기가 설치된 나무 기둥의 손잡이를 잡고는 수화기에 닿으려고 손과 머리를 치켜들었다. 그녀는 허리가 매우 굽어 자기가 들고 다니는 갈고리보다 키가 작았으며, 알록달록한 원피스는 늘어져 젖은 풀에 닿을 듯했고, 옷을 고정했어야 할 허리띠는 그 무엇도 고정하거나 조이지 못했으며, 옷 주름 사이로 노파의 쪼그라든 몸이, 시들어 말라붙은 고추 모양의 젖통이 보였다. 나도 그녀와 마찬가지로 과거의 우아함, 예전의 풍채를 잃었으며, 사람들은 내 곁을 지날 때 나를 쳐다보지 않았다. '사람들'이라고 하면서 특별히 누군가를 생각하는 것은 아니다. 하나하나를 구별할 수 없는 나방들을 제외하면 인도에는 사람이 많지 않았으니까. 클라라 귀드젤은 886번을 누르고는 통화가 연결되기를 기다리면서 몸을 기대고 졸기 시작했다. 나는 전화박스 반대쪽에 몸을 웅크렸다. 클라라 귀드젤은 내가 내는 소리를 들을 수 있었다. 그녀는 전화선 너머에서 숨소리를 느꼈지만 오랫동안 말을 한 적이 없다 보니 문장을 만들기 전에 잠시 망설였다. 바르발리아 로덴코 바꿔주세요. 그녀는 결국 말했다. 무슨 일인데요? 나는 목소리를 변조시켜 물었다. 저 클라라 귀드젤인데요. 앞으로 몇 년 동안 무슨 일을 해야 하는지 지령을 받고 싶어서 그래요. 그뿐이에요. 나 바르발리아 로덴코인데. 나는 거짓말을 했다. 전화 줘서 반가워, 클라라. 바르발리아, 너 맞아? 그녀는 반색했다. 네 목소리 들으니까 좋다. 너 어디야? 내가 물었다. 몰라. 그녀는 대답했다. 칠팔 년 전에는 루앙프라방 근처를 맴돌고 있었는데, 그 뒤로 많이 걸었어. 나는 한숨을 쉬었다. 루앙프라방, 거기도 지금 자본주의의 지배를 받고 있어? 모르겠어. 그녀가 말했다. 어딜 가도 이젠 사람이 거의 없어. 집 몇 채가 아직 서 있고 강변에 사원이 몇 개 있기는 해. 농구 팀도 있어. 그러면 자본가들은? 내가 물었다. 부자들은? 모르겠어. 클라라 귀드젤이 말했다. 그놈들을 몇 명이라도 제거했으면 좋겠는데 통 만나지를 못해. 혹시 보면 죽여. 내가 말했다. 농구 선수들에게 도움을 받아. 자본가들을 만날 수가 없다니까. 그녀는 강조했다. 어디서도 누구도 만날 수가 없어.

고물상 마당에는 병과 깡통이 피라미드 두 개가 되어 쌓여간다. 두 피라미드는 어둠 때문에 거의 일률적으로 푸르스름해 보인다. 고물 더미가 무너진다. 설탕 찌꺼기를 찾는 쥐나 개처럼 쌓인 것을 흐트러뜨리는 짐승이 한 마리는 꼭 있다. 때로는 원숭이, 그러니까 쥐나 개 못지않게 굶주리고 털이 없는 마카크 원숭이일 때도 있다. 그 은밀한 암벽등반 소리가 들린다. 깡통들이 갑자기 굴러떨어진다. 무언가가 달아난다. 고물 더미가 조용할 때면 주변의 바나나 나무에서 곤충들의 톱질 소리가 깨어난다. 귀를 찢는 소음에 목소리를 높일 수밖에 없다. 물론 그것도 할 말이 있을 때의 얘기지만. 하지만 이 순간 무슨 대화를 시작할 수 있겠는가? 대화를 시작한다고 할 때 나는 어둠 속에서 나타나는 클라라 귀드줠을 조금은 생각한다. 그녀는 매일 밤 그렇듯 땡그랑 소리를 내는 넝마주이 자루를 끌고, 카빈총을 닮은 갈고리를 들고, 운터멘쉬[30]의 굽은 척추와 꾀죄죄한 불사자(不死者)의 얼굴로 어둠 속에서 나타난다. 그녀가 무슨 말을 제대로 할 수 있겠는가? 더구나 누구에게? 그녀가 무슨 일말의 대답을 기대할 수 있겠는가? 더구나 누구에게?

초라한 조명 밑에서 여기 클라라 귀드줠이 그날의 전리품을 저울에 달고 있다. 플라스틱과 알루미늄을 분리하라고 해서 분류한다. 플라스틱과 알루미늄을 분리하라는 사람은 당연히 클라라 귀드줠이 아니다. 그녀는 대금을 받는다. 달러화를 받는다. 시장경제 원리와 동시에 화폐가 사회에 재도입된 것이다. 보통은 2달러를 준다.

"특별히 반올림해주는 거야." 고물상이 말한다.

클라라 귀드줠은 더러운 지폐를 겨드랑이 밑, 거기에 숨겨둔 주머니에 끼워 넣고는 가슴을 가리는 쇠막대기를 다시 치켜들고 그곳을 떠난다. 기분에 따라 투덜거리기도 하고 입을 꼭

---

30. Untermensch. 나치 독일이 말하는 열등한 인종, 열등 인간.

다물기도 하면서 빛의 반경 너머로 물러난다.

그녀의 모습이 골목으로 사라진다.

그녀는 이제 그곳에 없다.

가게 입구에 매달린 아세틸렌등이 저울, 계산대, 고물상의 괴상한 얼굴을 비추고 있다. 술에 찌든 가난뱅이의 얼굴이다. 등은 각종 캡슐과 붕대와 녹으로 뒤덮인 계산대 앞 공간도 비춘다. 고물상은 종이와 고철도 수거하는 것이다.

가끔은 납품 업자에게 줄 돈이 돈 통에 없어서 — 여기서 납품 업자라고 하면서 나는 누구보다 나 자신과 클라라 귀드젤을 생각한다. — 고물상은 쓰레기 더미를 뒤져 쓰레기로 지불한다. 평소에 주던 2달러 대신 우리가 수거해 온 플라스틱 병을 주고 그림 위주의 잡지 더미에서 네다섯 권을 집어 끼워준다.

"가봐." 그가 말한다. "다섯 번째 권은 덤으로 주는 거야. 예쁜 컬러 잡지야."

클라라 귀드젤은 항의하지 않는다. 그녀는 자본가들의 관행에는 항의하는 법이 아니며, 봉기가 일어나 당신을 착취한 자를 죽일 수 있을 때까지 참고 기다려야 한다는 것을 알고 있다. 그녀는 어둠에 합류한다.

큰 나무들 밑으로 그녀는 침수된 오솔길을 따라간다. 자신을 둘러싼 채 재잘거리며 냄새를 풍기는 어둠을 뚫고, 모기들의 습격을 받으면서, 속보로 15분 정도 강 쪽으로 걸어간다. 그녀는 이윽고 자기가 '내 집'이라고 부르는 곳에 도착한다. 바나나 나무 잎이 비와 불운을 막아주는 초가집으로, 네모난 마른 땅과 장작 창고가 있다. 그녀는 앉는다. 휴식을 취한다. 짧은 숨을 고르게 내쉰다. 그녀는 자지 않는다. 촛불 259개를 입으로 불어 끈 이래로 잠을 잊었다.[31] 그녀에겐 이제 잠이 필요 없다.

그녀는 강물 위로 달이 뜨기를, 나무줄기 사이로 보이는 수면에서 달이 반짝거리기를 기다린다.

빛이 밝을 때면 급료 대신 받아 온 잡지들을 집어서 훑어본다. 인류가 소멸의 길을 걷고 있지 않았다면 그 잡지들은

---

31. 생일을 259회 맞았다는 의미.

큰 인기를 얻을 수도 있었을 것이다. 마피아의 후원을 받는 잡지로 벌거벗은 소녀들의 사진과 카메라 앞에서 넓적다리를 벌리고, 혹시 더 자세히 보고 싶어 하는 사람이 있을까봐 외음부 음순마저 벌리는 젊은 여자들의 사진이 실려 있다. 아무 검열도 받지 않는 이 세세한 해부학적 요소를 클라라 귀드질은 매혹된, 애정 어린 시선으로 바라본다. 아주 오래전부터 그녀는 옷을 입었든 벗었든 자기 몸이 어떻게 생겼는지를 모른다. 그녀는 자기 몸이 여기에 노출된 몸들과 어떤 식으로든 여전히 비슷하다고, 여기에 노출된 몸매나 은밀한 부위의 주름과 비슷하다고 생각하는 편이다. 그녀는 미소 짓고 있는 여인들의 미소 없는 시선을 마주 보면서 여인들에게 왜 그렇게 고분고분하게 몸을 파냐고 따진다. 마피아가 몹쓸 짓을 했냐고, 포즈를 취하는 게 힘들지 않냐고, 몇 달러를 받았냐고, 시장경제를 복귀시킨 게 빌 샤이드만이라는 것을 아냐고, 바르발리아 로덴코라는 이름을 들어본 적이 있냐고 묻는다. 기분 나빠 할까봐 조심스럽게 말한다. 지금은 그 여인들이 완전히 망가졌거나 이미 죽었을 거라고 추측한다.

강물 위로 달이 반짝인다. 밤이 반짝인다. 선창 부근에서 개들이 짖는다. 클라라 귀드질은 벌거벗은 여인들과 이야기를 나눈다. 얼굴에 기미가 있으니 신경 쓰는 게 좋을 것 같다고 알려주고, 눈에 피로한 빛이 보인다는 것도 알려주고, 자기가 찾아가겠다고, 우리가 찾아가겠다고, 우리가 달러화 체제를 다시 철폐하겠다고 약속하고, 종려나무에 기대놓은 카빈총을 보여준다. 그렇게 해야 마음이 풀린다면, 어떻게 해야 피해를 복구할 수 있을지 모르겠다면, 장담하는데 너희 손으로 마피아들과 빌 샤이드만을 총살해도 돼. 그리고 그녀는 말한다. 어쨌든 더 이상 할 수 있는 게 없을 때 무엇을 해야 할지 설명해주는 바르발리아 로덴코의 카세트테이프를 보내줄게.

31
쥘리 로르샤흐

새 시대의 벼락부자 지미 유그리에프는 잠자리에서 일어난다. 다른 모든 사람과 마찬가지로 그도 하루의 시작이 좋지 않다. 바깥에는 먼지바람이 분다. 수도(首都)는 가는 우박에 잠겨 있다. 예전에, 오아시스들의 시대에, 사구들이 불타는 모래층 밖으로 기어 나와 당시 번영하던 지역들을 휩쓸고 질식시켜 무(無)의 전적인 지배를 강요하기 전에, 지도상에서 고장의 이름—이름의 아름다움 때문에 언급하자면 온타리오주, 다코타주, 미시건주, 축치 자치구, 부랴트 공화국, 라오스 등—이 아직 의미가 있던 시대에, 옛 시장경제 체제, 구(舊)달러화, 옛 수용소들의 시대에, 폭풍이 불면 마을들이 사막에 잠겼던 것처럼 말이다. 지금 수도는 바람에 잠겨 있다. 죽어가는 대지의 숨결이 가옥들을 두들긴다. 지미 유그리에프가 욕실에 들어서자, 호화 주택임에도 불구하고 외부 세계의 습격을 막아줄 유리창이 없다 보니 모래가 손과 얼굴을 따갑게 찌른다. 물질이라는 것이 쉽게 바스러진다는 사실에 실망하며, 따라서 자기 인생도 얼마나 취약한지 실감하며 멍하니 서 있는다. 그러다 서쪽 방향 창으로 밖을 바라본다. 도시에서 보이는 것은 벽돌색, 황갈색 화성(火星) 모래의 끌린 자국뿐이다. 무게를 잴 수 없을 만치 미세한 암석 입자가 목구멍과 눈꺼풀 속에 들어간 탓에 눈을 감고 기침을 한 다음 세면대 수도꼭지를 노려본다. 물이 나오지 않는다. 그는 하루의 시작이 엉망이라고 몇 마디 투덜거린다. 시작이 좋지 않다는 생각이 뇌리를 떠나지 않고 그 바람에 잠에서 깨어났을 때의 인상이, 유리창을 두드리는 모래 소리—많은 졸부들처럼 그는 침실 창문에는 유리를 달 수 있었다.—에 잠이 깼던 순간이 떠오른다.[32] 꿈과 현실 사이에서 흔들리던 그

32. 이 장의 도입부는 '잠에서 깨어났을 때의 인상', '고장의 이름', '지명의 아름다움' 등의 테마를 통해 마르셀 프루스트의 『스완네 집 쪽으로』 3부 「고장의 이름: 이름」을 암시하고 있다.

짧은 순간에 그때까지 꾸고 있던 꿈을 잊어버렸음이 떠오른다. 그런데 지금 꿈의 영상이, 더 정확히는 꿈의 마지막 장면이 갑자기 굉장히 또렷해지면서 생각이 난다. 그 답답한 영상은 무언가 끔찍한 일을 예언하는 게 분명하다. 그는 폭우를 피해 더러운 방갈로의 테라스에 서 있다. 그가 한 여인에게 말을 걸지만 그녀는 대답하지 않는다. 하지만 그는 그녀의 이름을 알고 있고 그녀를 이름으로, 쥘리 로르샤흐라고 부른다. 그녀는 68년 전 꿈이 시작한 이래로 그의 육신과 운명을 공유했고, 그는 밤낮으로 그녀를 따라다녔으며 그녀의 이지(理智)가 흐려지는 것을 보았다. 그런데 그녀가 대답이 없다. 그녀는 광기가 악화되었으며, 어쩌면 그 뒤로 실어증에 걸리기로 결심했는지도 몰랐다. 그녀는 그와 대화하는 대신 그들 앞에 있는 열대의 잔디밭을, 격렬히 푸르고 매우 아름다운 풀밭을 바라본다. 그녀는 가까이 다가와 그들을 마주 보고 있는 코끼리 두 마리를 애정 어린 시선으로 주시한다. 빗물이 코끼리들에게 선영(線影)을 넣어주며 형체를 거의 뿌옇게 만들어버린다. 폭우가 굉장히 격렬한 것이다. 코끼리들은 때때로 코를 머리 위로 치켜들고 고개를 끄덕이면서 코를 흔든다. 그때 갑자기 이 장면의 끔찍한 면모가 드러난다. 코끼리들 얼굴에 심한 상처가 있고, 억수 같은 비가 그 상처를 씻어준다. 나는 짐승에게 강한 동정심을 느낄 때는 '얼굴'이라는 단어를 써도 된다고 생각하는데, 지금 내가 바로 그런 경우다. 여기서 '나'라고 하면서 나는 나 자신만큼이나 쥘리 로르샤흐를 염두에 두고 있다. 굵직한 빗방울이 흐르는 피를 씻어낸다. 살갗이 깊이 베여 코 상단에서 텁수룩한 이마의 혹까지 네모난 살가죽 네 개가 덜렁거리고 있다. 머리가 움직이면 살가죽 일부가 떨어져 축 처진다. 예컨대 한쪽 뺨은 살이 반쯤 벌어져 있다. 그러다 강력한 살점이 제자리로 돌아가고, 짐승은 다시 한 번 몸을 움직인다. 너석의 짝도 같은 짓을 한다. 두 코는 하늘 쪽으로 휘었다가 다시 내려오고, 귀는 펄럭이며, 살갗 덩어리는 다시금 떨어졌다가 도로 붙는다. 코끼리들의 눈빛은 누구도 이해하지 못하는 언어로 애원이나 격정을 표현하고 있다. 홍수가 피를 씻고 핏줄기를 탈색하고 배수한다. 유리창에 모래가 부딪히는 소리가 들리기 시작한 순간 지미 유그리에프가 꾸고 있던 꿈의 영상은 그런 것이었다. 그 영상이 지금 갑자기 다시 떠오른 것이다. 몹쓸 악몽이, 돌다리도 두들겨야 할 일진 나쁜 하루가 다시 떠오른 것이다. 그는 기침을 그치고 물 한 방울 나오지 않는 수도꼭지 앞에서 몸이 굳어버린다. 곧 모래 쌓인 변기에 소변을 보고, 하늘이 화성 빛깔로 물들이는 침실로 벌써 돌아가고 있다. 그는 한 여자가, 아내 이르마 유그리예바가 자지 않고 누워 있는 침대로 시선을 돌린다. 그는 여자에게 "끔찍한 꿈을 꿨어."라고 말하고, 여자는 짜증 난 손짓으로 그의 말을 막는다. 아침부터 그런 이미지에 짓눌리고 싶지 않은 것이다. 그는 입을 다문다. 옆방에서는 아이들이 소란을 피운다. 바람 부는 날이라 신이 났다. 아이들은 오늘 어디도 외출하지 않을 것임을 알고 있다. 황량한 행성의 냄새 때문에 아이들이 이상해진다. 아이들은 곧 어느 누구도 알지 못하는 언어들로 말하고 놀 것이다. 아니면 케이스에서 브라스 호른이나 바보 같은 컴퓨터 게임기를 꺼낼 것이다. 졸부들의 자식이 읽어야 할 책들은 전혀 읽지 않을 것이다. 지미 유그리예프는 조만간 아이들 방에 들어가 화를 낼 것을 예감한다. 아무것에도 관심이 없다고, 지독하게 교양이 없다고 아이들을 야단칠 것이다. 게으르고 심약한 성격을 그렇게 드러내는 걸 못 참겠다고 화낼 것이다. 그런데 아이들이 막 축음기의 걸쇠에 원통형 음관[33]을 끼웠고, 벽 너머에서는 이제 요즘 유행하는 가수의 목소리가 커지기 시작한다. 가수는 불사의 노파 바르발리아 로덴코의 저주의 주문을 박자에 맞춰 모창하는데 당연히 평등주의적 내용은 모두 검열한다. 지미 유그리예프는 줄리 로르샤흐를, 그들이 같이 살았던 시절을 회상한다. 아파트에 침입한 것이 바르발리아 로덴코의 음성과 음악뿐인 게 아쉽다. 그것이 애석하다. 기실 그는 예전부터 바르발리아 로덴코의 '화성 붉은색' 무리들이 폐허에 기총소사를 퍼붓고 졸부들을 쓸어버리기를 소망했다. 그래서 살아 움직이는 모든 것이 없어지고, 지미 유그리예프 그 자신이 사랑하는 여인 줄리 로르샤흐와 함께 편히 쉴 수 있기를,

---

33. 원반형 축음기 이전에 원통형 롤을 끼우던 방식의 에디슨 축음기를 가리킨다.

정신분열증이 낫기를 기다리면서 코끼리들 틈에서 섹스를 통해 그녀와 혼연일체가 될 수 있기를 바랐다. 그렇다, 이론의 여지 없이 일진이 나쁘다.

빌 샤이드만을 처형용 기둥에 묶어놓은 포승줄은 썩어버렸고 그는 가끔씩, 굳이 말하자면 이상한 '나라'의 낭송을 막 끝냈을 때나 밤 기온이 영하로 내려갈 때, 줄이 얼마나 버티는지 시험해보았다. 어느 날 매듭은 결국 느슨해졌고, 갑자기 허리 뒤쪽에서 완전히 끊어졌다.

2년 전 일제사격이 실패한 뒤로 늘 그랬듯 노파들은 그를 조준하고 있었다. 유르트 부근에 엎드려 그를 겨누고 있었다. 레티시아 샤이드만이 주름진 눈살을 찌푸리더니 카빈총을 거총하면서 샤이드만을 묶은 줄이 끊어졌다고 소리쳤다. 모두들 부산히 움직였다. 솔랑주 부드는 위협적으로 무기를 쳐들었지만 이전과 마찬가지로 노파들은 발포하지 않았다.

샤이드만은 손을 빼냈고 바람 소리를 들으며 생각에 잠겨 기둥 옆에 가만히 서 있었다. 도망치는 법을 모르는 것 같았다. 그는 바람이 자기 몸에 거품을 일으키는데도 가만히 있었고, 험악한 하늘과 가을 철새들과 회오리바람 속에서 선회하는 스텝 종달새들을 바라보았다. 종달새들이라고 할 때 나는 특히 그중 하나인 암컷 아르만다 이슈쿠아트를 염두에 두고 있다.

샤이드만은 그 상황을 이용하지 않았다. 그의 몸은 탈태를 겪었으므로 필사적으로 달리기는 어려웠다. 병든 피부의 비늘 같은 긴 껍질들은 겨울 방사능 안개의 영향으로 압도적인 해초가 되었다. 멀리서 보면 샤이드만의 모습은 마치 해초 더미 위에 머리통을 얹어 건조하는 것 같았다. 그는 이상한 '나라'들을 계속 중얼거리면서 자신이 생사의 경계에서 버텨내고 있음을 입증했다. 하지만 그것은 진정한 동물성 물질도, 진정한 생리적 욕구도 없는 상태였다. 저놈의 샤이드만은 이제 총살할 가치가 없어. 할머니들 사이에서는 그런 말이 종종 나왔다. 저 녀석은 탈태해서 '나라'를 읊는 아코디언 비슷한 게 되어버렸어. 그러니 총알로 난자해서 뭐 하겠어?

그는 이제 노파들이 사형선고를 내린 손자와 아무 공통점이 없었고, 그들을 매혹하는 이야기들을 중얼거리고 있었다. 우리를 매혹하는 것을 악착같이 괴롭혀서 뭐 하겠어? 노파들은 결론을 내리지 못하며 그렇게 말하곤 했다.

그래서 노파들은 키 작은 대황과 여윈 골담초 수풀 속에, 낙타 똥과 야크 배설물 속에 엎드리고서 카빈총을 놓지 않은 채, 중요한 결정을 앞두고 심사숙고할 때는 늘 그러듯 말없이 연초를 피웠다.

아르만다 이슈쿠아트는 릴리 영이 자리에서 일어나는 것을 보았다. 아르만다 이슈쿠아트라고 하는 것은 일인칭을 줄곧 사용하지 않기 위해서다. 나는 릴리 영이 샤이드만에게 대표로 가서 이제 돌아다녀도 된다고 알려주겠다고 하는 것을 들었다. 내가 갈게, 내가. 그녀는 말했다. 내가 석방 조건을 알려줄게. 예를 들어 우리에게 계속 이상한 '나라'를 들려주는 조건이면 어때? 자본가들이나 인민의 적들과 음모를 꾸미고 싶어지면 안 되니까 우리 말고 다른 사람들이 사는 곳에 체류하지는 못하게 하고.

얄리안 하이페츠가 말했다. 옳거니, 릴리가 또 시작이네. 누군가가 킥킥거리며 말했다. 이제 절대 말을 못 끊지. 그리고, 아마 레티시아 샤이드만이었던 것 같은데, 세 번째 노파가 입에서 파이프를 떼고 동의했다. 그렇지, 릴리가 저렇게 시작하면 입을 다물게 하는 건 물 건너갔지.

아르만다 이슈쿠아트가 샤이드만 쪽으로 날아가 선회했다. 샤이드만은 벌써 상황을 자기 식으로 이야기하고 있었다. 나는 그가 중얼거리는 말을 한두 음절 차이로 따라 하기 시작했다. 그의 일인칭은 내가 아니라 아마 그 자신을 가리키는 것이었을 테다.

"그들의 밀담은 계속된다." 그가 말했다. "끊임없이 계속된다. 그들의 쪼글쪼글한 면상은 너무 비슷해서 모자가 없으면 구별되지 않을 지경이다. 예컨대 마그다 테치케의 장식 없는 펠트 토크라든지, 자고새 날개 깃이 달린 솔랑주 부드의 머리띠라든지, 누군가의 광대뼈에서 쇠락한 피부를 대신하는 녹옥색이나 군청색 자수 장식이라든지. 날씨가 나빠진다. 노파들이 유르트 쪽으로 향한다. 소나기 속에 나를 홀로 내버려둔다. 하지만 이내 소나기는 그치고 노파들은 가축을 돌본다. 그러다 그들은 축축한 풀밭에 다시 엎드린다. 물이 언다. 밤이다. 벌써 10월 말의 추운 밤이다. 그리고 아침이 되자 태양이 갑각처럼 딱딱한 물웅덩이를 간신히 녹인다. 다시 땅거미가 지고 추운 밤이 온다. 달은 상현에 가 있다. 그러다 다시금 모든 것이 빨리 돌아가며, 봄이 오기 전에 나를 끝장낼지를 두고 노파들이 토론하는 동안 밤낮은 계속 바뀌고, 어느새 달은 하현에 와 있다. 그러고는 태양이 잠시 모습을 보이고, 서쪽 빛깔이 엷어지고, 밤이 온다. 다음 날이 지나간다. 몇 주가 지나간다. 수많은 요청에도 불구하고 '나라'는 하루에 하나 이상 들려주지 않는다. 12월이 된다. 1월이 된다. 여러 차례의 눈 폭풍이 지나간다. 스텝은 낮에는 눈이 부실 지경이고, 밤중에는 별빛을 받아 무섭도록 하얗게 반짝인다. 노파들은 교대로 몸을 녹이러 간다. 가끔은 빨간 보닛이나 깃털 모자가 사격 연습을 하다가 내 머리 가까이 기둥에 총알을 박아 넣는다. 밀크 티 냄새가 나에게까지 도달한다. 똥을 연료로 피운 모닥불 냄새가, 펠트 외투 냄새가 도달한다. 이상한 '나라'는 하루 하나 이상은 안 돼. 나는 그 점에 대해서는 단호하다. 하지만 누가 내 의견을 묻는다면 나는 내 할머니들과 같이 있는 게 좋다. 더 이상 자본가들과 함께 있지 않고 다시금 내 할머니들과 같이 있어 좋다."

33
지나 롱펠로

감형 통보 임무를 위임받은 릴리 영의 발소리가 들렸다. 흰 부다르간과 보라색 부다르간이 그녀의 작은 펠트 장화에 밟히는 소리가 들렸다. 부다르간은 잎들이 이미 엇비슷한 회색이었고 무엇이든 조금만 닿아도 바스러져 먼지가 되었다. 300살 넘은 노파가 걷고 있는 땅은 할머니들이 샤이드만에게 요구르트 술을 먹이고 뒤로 물러나 총살 대형을 이룬 이래로 2년 동안 심지어 짐승들에게도 금지(禁地)였다. 풀이 무성한 아주 작은 골짜기 하나와 아주 작은 분지 하나와 샤이드만에게 너무나 친숙한 조약돌들—샤이드만은 조약돌 하나하나에 별명을 붙여줬을 정도였다.—로 이루어진 이 볼품없는 원형의 구역에서 샤이드만은 정중앙을 차지하고 있었는데, 이제 사형수를 묶어두었던 밧줄이 없다 보니 중앙이 둘로 나뉘어 있었다. 까맣고 더러운 기둥이 있고, 2미터 옆에 역시 까맣고 더럽고 이상한 샤이드만이 있었다. 릴리 영이 다가가면서 빨간 보닛을 쓴 제3의 극(極)이 생겼다.

그녀는 연설을 시작했다. 릴리 영이 발언을 하면 늘 그렇듯 끝이 없었다. 벌써 밤 추위가 불어오고 창공에서 별들이 빛을 발하기 시작하는데도 설명은 아직 끝나지 않았다.

"그다음에는 근처에 유르트를 세워도 돼." 그녀가 말했다. "아니면 바르발리아 로덴코의 펠트 유르트에서 지내도 되고. 우리 바르발리아는 떠났거든. 바르발리아는 네가 저지른 어리석은 짓들을 바로잡으려고 문명의 마지막 보루들을 누비고 있어. 금방 돌아오지는 않을 거야. 그리고 우리가 다시 유목 생활을 시작하면 유르트를 해체해서 따라와야 해. 우리가 지켜봐야 하니까. 만약 가축을 원한다면…."

샤이드만은 그 앞에서 이리저리 움직이면서 굼뜨게 그녀를 피하려 했다. 그는 사면받는 게 싫었다. 우선 자기가 죽어 마땅함을 알고 있었고, 또한 살갗에 구멍을 내지 않았다고 세상이 끝나는 날까지 할머니들에게 감사해야 할 것이기 때문이었다. 릴리 영이 간결하게 말하는 법을 모르는 것도 짜증

났고, 설상가상으로 그녀의 입김이 거슬렸다. 그 입김에서는 대황 토사물 냄새, 낙타 치즈 냄새, 부식토 냄새, 수천 번 되새김질한 침 냄새, 밀크 티 냄새, 불사(不死)의 냄새, 수용소 은어 냄새, 야크 똥을 땔감으로 피운 모닥불 냄새, 타르에 전 파이프 설대 냄새, 들풀 수프 냄새, 연기 냄새가 났다.

어둠이 짙어졌다. 달이 떴다가 졌다. 그러고도 한 시간 반 동안 어둠이 계속되었다. 그러다 동쪽 하늘에서 새벽이 스며 나왔다. 그리고 다시금 일몰이었다. 샤이드만은 지의류를 찾는 짐승처럼 고개를 숙이고 있었다. 그는 아래쪽을 바라보고 있었고, 떡이 진 머리카락과 수포 범벅의 끈 뭉치 같은 양팔을 흔들었다. 긴 띠처럼 목에서부터 늘어져 몸통과 다리를 완전히 가린 껍질 조각투성이 피육(皮肉)으로 그 진동이 퍼져 나갔다. 그는 건들거리고 있었다. 많은 밤이 흘러갔다. 달은 점점 작아져 홀쭉한 초승달이 되었다. 눈구름이 스텝을 스치듯 낮게 깔리며 울부짖었지만 눈은 내리지 않았다. 갑자기 낮이 아주 짧아졌고 밤에는 대지가 추위에 오그라들어 덜덜 떨 지경이었다. 황혼녘에 보라색 부다르간 수풀이 부스러졌다. 흰 부다르간은 서리에 말라 죽어 이제는 까만 신발 털개에 불과했다. 태양은 풍경을 덥히기를 거부했다. 별들은 산성(酸性)으로 변했고, 빛을 잃었고, 세상의 벨벳 같은 암흑을 배경으로 부활하여 사악한 섬광에 틀어박혔다. 미친 속도로 넘어가는 고장 난 영사기의 슬라이드처럼 낮과 밤의 영상들이 이어졌다.

그동안 릴리 영은 노파들이 결정한 명령의 근거들을 늘어놓고 있었고, 샤이드만은 약간 앞으로 나아가거나 뒤로 물러서기도 하고 왼쪽이나 오른쪽으로 2보 이동하기도 했다. 그림자 때문에 형체가 불분명했으며, 자세는 어떨 때는 권투 선수 같고 어떨 때는 고열로 죽은 양 같았다. 릴리 영은 가끔 책상다리로 앉아 잠시 휴식을 취하거나 연초를 피웠으며, 주머니에서 딱딱한 치즈 조각을 꺼내 뜯어 먹기도 하고, 카빈총을 분해해 기름칠을 하기도 했다.

샤이드만은 갈 곳이 없었고, 릴리 영의 독백이 지겨웠지만 멀리 가지는 않았다. 여기에 죽음에 대한 불안이 사라지면서 지독한 허탈감이 남았다는 점을 덧붙여야겠다. 그는 숨을 고르는 게 쉽지 않았고, 너무 긴 이야기를 하는 건 자제했다. 200미터 밖, 원형(圓形)의 금지의 경계에서는 샤이드만의 다른 할머니들 역시 릴리 영의 수다에 진이 빠진 것처럼 보였다. 가끔은 할머니 하나가 머릿속에서 무언가가 지워지는 느낌에 손자에게 릴리 영은 신경 쓰지 말고 이상한 '나라'를 들려달라고 부탁했다. 샤이드만의 입에서 나오는 이상한 '나라'들이 기억의 구멍을 메워준다는 것은 이제 기정사실이었다. 설사 구체적인 추억보다는 노파들이 꾸었던 꿈이나 악몽을 되살리는 것이라 해도 이는 노파들이 흐려지는 시각, 행복한 과거의 경험을 붙잡아두는 데 도움이 되었다. '나라'는 그들의 의식 밑에서 음악적으로, 유비적으로, 색색으로, 마술적으로 작용했다. '나라'는 그런 식으로 작용했다.

바로 그날, 마그다 테치케는 파란만장한 청춘의 한 장(章)이 사라질 위험에 처했음을 깨달았다. 그녀는 친구의 남편이자 사실주의 작가인 얄담 레벡을 사랑했었다. 그녀는 그를 유혹했고, 결국 결혼했으며, 그는 떠나야 했고, 그녀는 수용소로 끌려가는 그를 따라갔다. 그녀는 220년째 소식을 듣지 못한 그 친구 지나 롱펠로가 문득 떠올랐다. 지나 롱펠로는 세계혁명의 승리 이전에 그녀가 기관에서 일할 때의 동료였다. 미답지들을 정탐하러 떠난 레벡을 찾아 마그다 테치케가 여행을 시작했을 때 지나 롱펠로는 여전히 자리를 지키고 있었다.

"어이, 샤이드만!" 그녀가 외쳤다. "지나 롱펠로라는 이름 들으면 생각나는 거 있어?"

샤이드만이 '나라'를 시작할 뜻을 보이지 않자 그녀는 샤이드만을 향해 포복으로 이동하기 시작했다. 그녀의 카빈총이 달빛 아래, 죽은 풀들 사이에서, 서리가 끼어 바삭바삭한 땅 위에서 움직이고 있었다. 샤이드만은 그녀가 전진해 오는 것을 바라보았다. 그는 어떻게 해야 할지, 무슨 말을 해야 할지 알지 못했다. 샤이드만에게 롱펠로는 자신이 레벡이라고 이름 붙인 조약돌 옆에 있는 작은 돌멩이의 이름이었다. 등껍질 밖으로 나온 거북이 머리처럼 자수 장식 외투 밖에서 마그다 테치케의 머리가 흔들렸다.

"물론 바르발리아 로덴코가 언제 돌아올지는 몰라." 릴리 영이 말을 계속했다. "하지만 그동안은 바르발리아의 집에서 지내도 돼. 그 집에 자리를 잡고 난로를 피워. 천막에 들어가면 오른쪽에 야크 똥 벽돌[34]이 있어."

마그다 테치케는 이제 아주 가까이 있었다. 그녀는 팔꿈치를 땅에 대고 몸을 일으키더니 강압적인 투로 샤이드만에게 애원하기 시작했다. 지나 롱펠로나 얄담 레벡이나 자기 자신이 주인공 천사인 이상한 '나라'를 속삭여달라고, 당장 해달라고. 그가 싫은 표정을 하자 그녀는 달라붙어 그의 몸을 흔들었다. 샤이드만을 감싸고 있던 긴 띠 같은 피부의 혹 하나가 떨어져 할망구의 손에 남았다.

"됐네요, 만족하죠?" 샤이드만이 신음했다.

하나도 아프지 않았지만 혹이 뜯긴 건 심히 불쾌했다.

"아, 그럼, 만족하지." 노파가 말했다.

그녀는 몇 미터 뒤로 물러나 벌써 조약돌 밭을 구르면서 매우 만족하여 몇 개의 문장을 어름거리고, 거의 장님이나 다름없으면서도 자기가 차지한 0.5미터짜리 가죽끈을 눈앞에 가져다가 텍스트를 읽으려고 애쓰며 어둠 속에서 책 읽는 동작을 흉내 내고 있었다.

그녀는 샤이드만의 이상한 피부에 새겨진 이미지들을 게걸스레 해독하는 척했다. 친구들, 소중한 친구들과 기억을, 사라져버린 친구들과 기억을 되찾은 척했다. 그녀는 만족했다.

---

34. 땔감용으로 야크 똥을 말려 벽돌 모양으로 만든 것.

배는 일주일 전부터 부두에 도착해 있었지만 하선 허가가 떨어지지 않았다. 분노한 승객들은 며칠 동안 격렬히 화를 냈다. 승객들은 매일 아침 일곱 시부터 모여 고요한 바다와 항만 시설을 샅샅이 살펴보았다. 살아 움직이는 것은 하나도 보이지 않았다. 그들은 함장의 선실을 포위하고 구리 테와 구리 못으로 방벽을 한 두꺼운 문을 두드리거나, 짐을 들고 현문 계단 앞에 나와 계단을 펼쳐 선체 측면에 설치하려 하곤 했다. 함장은 구내식당으로 가는 좁은 통로 입구의 기상 정보와 식사 메뉴 사이에 압정으로 쪽지를 붙이는 것 말고는 그들과의 교신을 거부했다. 승무원들은 말도 안 되는 설명을 내놓았고, 장교들은 늑장을 부리며 질문에 답하지 않았다.

불만 가득한 이 승객들—솔직히 나는 그들과 교류하지 않았으므로 그들의 이름을 모른다.—은 아홉 시경이면 중갑판에서 흩어졌다. 그들이 침울한 분위기를 끌고 여러 복도와 공용 공간으로 향하는 게 보였다. 날이 갈수록 짜증이 더해가는 그들의 얼굴에 땀방울이 반짝였다. 그들은 여섯 명이었고, 현문 계단 앞에서 선원들과 한차례 난투극을 벌인 뒤 그 수는 넷으로 줄었다.

선내의 조도는 낮아진 상태였다. 정박지에는 날이 밝자마자 뜨뜻한 수증기가 몰려왔다. 선체 측면에는 거대한 구조물이 서 있었다. 여러 층짜리 창고로, 우리를 늘 그림자로 덮고 있었다. 승객들은 약한 빛 속에서 지내야 하는 데 대해 불평하기 시작했고, 침침한 조명이 정신 질환을 유발한다고 주장했다. 그들은 이제 옷을 갈아입지 않았고 몸을 관리하지 않았다. 그들이 지나가면 후각이 예민한 사람들은 코를 찌푸리기 시작했다. 저놈의 그링고[35]들은 이제 씻지를 않아. 나에게 말을 건네는 몇 안 되는 선원 하나가 설명해주었다. 그는 나스카 출신 남자였다.

---

35. gringo. 영어를 쓰는 외국인을 지칭하는 스페인어 은어.

나스카는 바다에 접한 페루의 사막 지역으로, 아주 오래전, 리디아 마브라니[36]와 연락이 완전히 끊기기 전, 내가 아직 그녀와 자던 시절에 그녀가 꾸었던 수많은 꿈의 배경이었다. 그링고들은 원래 냄새가 나. 그가 다시 말했다. 비누질을 하지 않으면 악취가 더 심해져.

정전이 잦아졌고, 결국은 전등 사용이 통제되었다. 저녁이면 승무원들이 초롱을 나눠 주었다. 기름 탱크에는 기름이 별로 없었다. 승객들은 램프에서 연기가 나오고 불이 너무 높이 솟아 배급받은 야간용 연료가 너무 빨리 닳는다고 화를 냈다. 그들은 이제 모두 바에서 지내고 있었다. 바에서는 삼류 영화의 조연 배우들이 짓는 무뚝뚝한 표정으로 술잔을 흔들면서 푸념과 짐승 냄새를 공유할 수 있었다. 바의 선반은 비어 있었고, 그들이 핥는 것에는 알코올이 전혀 없었다. 배에는 미지근한 홍차 말고는 음료라고는 없었다.

난투극은 금요일에 발생했고, 토요일에 나는 주술에 대해 약간의 지식이 있는 열등 인간으로서 나스카 출신 선원과 승객 대표 한 명과 함께 죽은 자들의 유해를 육지로 가져가는 임무를 맡았다. 그 승객은 자기 이름이 시로키 바야를락이라고 밝혔다. 그는 제비뽑기로 대표자가 되었다. 나는 여기서 그의 발육 부진 체형, 그날 아침 땀이 거의 흐르지 않던 납작하고 무표정한 얼굴, 눈꺼풀 때문에 새까만 틈새만 남은 두 눈을 강조하고 싶다. 우리는 모두 그가 부두에 도착하면 이 기회를 틈타 도망가지 않을까 생각했다. 함장은 그럴 경우 추격하지 말고 그를 운명에 맡기라고 지시했다.

우리는 시체들을 가지고 배의 하층부로 들어갔다. 배 밑바닥은 가마솥처럼 뜨거웠다. 그링고를 싫어하는 선원은 손전등을 흔들면서 숫자 표시를 찾아 금속으로 된 선측 외판(外板)을 점검했다. 우리 오른쪽에는 꽉 닫힌 네모난 해치들이 줄지어 있었다. 동그란 전등 빛이 M891라는 표시 위에 멈추자 선원은 안도한 듯했다.

---

36. 크릴리 곰포를 잃어버린 애인으로 착각하는 열여섯 번째 '나라'의 주인공 소녀.

“이놈을 열어야 돼.” 그가 말했다.

우리는 몇 분 동안 덧문을 고정한 암나사와 씨름을 벌였다. 바야를락은 우리를 돕지 않았다. 입구는 흘수선 바로 위에 있었고, 판을 제거하자 바다색 미광이 우리를 둘러쌌다. 우리 앞의 물은 중유(重油)에 오염되어 검은색이었다. 물에는 폴리스티렌 가루가 떠다녔다. 구멍의 크기는 작업을 하는 데 무리가 없었다. 시체들을 등에 지고 물을 건넌 뒤 3미터 위의 부두로 이어지는 녹슨 사다리에 매달려야 했다. 물이 고요하다 보니 반(半)암흑 속에서 찰랑거리는 소리는 전혀 들리지 않았다.

우리는 밧줄을 준비해 왔다. 여기서 작업 과정을 상세히 묘사하지는 않겠다. 그저 시체들을 물에 빠뜨리지 않고 옮기는 데 밧줄이 유용했다는 정도만 얘기하도록 하자. 시로키 바야를락은 마지막으로 콘크리트에 발을 디딘 사람이었다. 그는 우리와 불운한 동료 승객들 옆에 섰다. 그는 그들 앞에 15초 동안 서 있었다. 하지만 초조해서 제대로 묵념을 하지 못했다. 이제 그는 굵직한 땀방울을 흘리고 있었다. 이제 함장이 지정해준 장소까지 짐을 끌고 가야 했다. 50미터 떨어진 곳에 원통형 탱크가 하나 있는데, 시체들을 그곳에 눕혀놓으면 배에서는 절대 보이지 않을 것이다.

시로키 바야를락은 아무 말도 없었다. 우리는 시선을 아래쪽에 둔 채 슬쩍슬쩍 그를 염탐했다. 그가 과연 언제 뛰기 시작해 인적 없는 광장을 지그재그로 달리고 녹슨 컨테이너와 기중기 사이를 지나 미로와 같은 창고들 틈으로 들어갈지 궁금했다. 창고 틈이라면 어렵지 않게 몸을 숨길 수 있을 것이다.

그가 달려 나가지 않았으므로 우리는 승객들을 탱크 뒤쪽으로 끌고 갔다. 부두는 무더웠고 조용했다. 승객들은 팔을 벌리고 있었다. 우툴두툴한 지면에 걸려 고개를 끄덕이곤 했다. 그들의 겨드랑이 밑으로 소량의 시멘트 알갱이가, 먼지 구슬이 쌓였다.

탱크 뒤에서 우리는 헌옷 더미와 매트리스 두 개를 발견했다. 그곳에는 쥐 대여섯 마리와 너무 늙어 이젠 얼굴도 없는 거지 노파 한 명이 살고 있었다. 노파는 우리가 자기에게서 1미터 떨어진 곳에 시체들을 눕히는 것을 보고도 항의하지 않았지만 곧 우리에게 수중에 있는 달러화를 전부 내놓으라고 했다. 달러화를 가진 건 시로키 바야를락뿐이었다. 아마 도망치는 도중에, 새 땅에 다시 정착해 새 인생을 꾸리는 데 사용할 요량이었을 것이다. 그는 2달러와 반쪼가리 1달러를 갖고 있었다. 그는 우물쭈물하더니 노파가 내민 손에 달러화를 떨구고는 허리를 숙였다. 그는 떨고 있었다. 그는 갑자기 노파 앞에서 무언가를 알기라도 한 듯 겁에 질린 표정이 되었다. 마치 그녀를 이미 어디선가 만난 적이 있기라도 한 것 같았다.

"당신이 정말 말리카 바야를락이라면 내 운세를 말해봐." 그가 요청했다.

노파는 서툴게 동전을 움켜쥐었다. 동전 하나가 부둣가로 굴러가더니 곧 물에 빠졌다.

"아, 오늘은 일진이 안 좋네." 노파가 말했다.

"내가 이곳을 빠져나갈 가능성이 얼마나 되는지 말해봐." 시로키 바야를락은 집요했다.

노파가 표정 없는 눈으로 그를 올려다보았다. 시로키 바야를락은 이를 떨고 있었다. 노파는 우리 옆에서 이야기하지 않으려 했다. 나는 시체들을 내려다보며 장송곡을 불렀고, 그러고 나서 우리는 자리를 떴다. 노파는 이미 시로키 바야를락에게 신탁을 속삭이고 있었다. 시로키 바야를락은 노파 앞에서 헐떡이며 몸을 떨었다.

우리가 사다리로 다시 내려갈 준비를 하고 있는데 시로키 바야를락이 탱크에서 떨어져 나와 우리를 소리쳐 불렀다. 노파가 그 역시 오늘은 일진이 안 좋다고 한 게 분명했다. 그는 다시금 뭐라고 외쳤다. 자기를 배 밖에 혼자 두고 가버릴까 겁에 질린 것 같았다. 그는 다시 소리를 질렀고, 우리가 대답하지 않자 합류하려고 빠른 걸음으로 걷기 시작했다.

프레르 로(路) 다음 최서단에 있는 구역에는 사람들이 개들과 틀어박혀 살면서 개를 잡아먹는 지하실이 있다. 그 북동쪽에 붙은 구역에는 깡패들이 가옥 하나를 장악하고 있는데, 거기서는 망치나 독화살로 사람을 죽이는 법을 배울 수 있다. 북서쪽으로 더 가면 몇 제곱킬로미터에 걸쳐 인적 없는 골목들이 얽혀 있고, 살아 있는 자가 그곳을 배회하는 일은 절대 없다. 다음 구역에서는 남동쪽으로 비스듬히 돌아가면 영국인 난민 여덟 명과 강제 이주된 샤이엔족 한 명, 그리고 우드무르트인 두 명을 만나게 된다. 남쪽으로 비스듬히 가면 예전에 노동자 협동조합이 관광객을 대상으로 건어물과 뼈 조각상을 팔려 했던 장소에 이르게 된다. 뼈 조각상에서는 공산주의자들의 초상화와 슬로건을 감상할 수 있었다. 기념품이 진열되어 있던 접이식 철제 탁자와, 그곳에서 여행을 멈추고 모조 상아로 된 제르진스키의 입상 목걸이를 건 채 211년 전부터 움직이지 않고 있는 관광객 하나를 제외하면 장사의 흔적은 이제 전혀 없다. 더 남쪽에는 호수 하나가 펼쳐져 있다. 호수의 물은 여름이나 겨울이나 따뜻하고 몸에 해롭다. 어떤 이들은 그릇에 담아 몇 시간을 지하에 두어도 차가워지지 않아 아쉬워하면서도 그 물을 마신다. 물은 탄산수처럼 입안에서 기분 나쁘게 톡톡 튄다. 호수의 동쪽 비탈에서는 초목 없는 폐허 지대를 가로질러야 주술사가 살고 있는 구역에 들어갈 수 있다. 주술사는 그 자신이 만든 연고로 죽은 다람쥐를 소생시키고 수달을 환생시키는 것으로 유명하다. 다람쥐나 수달이 부활하면 잡아먹는다. 남쪽 비탈에는 원자로의 노심이 362년 전부터 불타고 있는 공장의 잔해가 있다. 남동쪽 방향으로 계속 가면 예전에 대규모 여객 터미널과 수많은 철로로 뒤덮여 있던 지대를 밟게 된다. 그 후로 개조된 지하실에는 실제로 11, 12미터 길이의 레일이 벽에 둘려 있는 게 보인다. 지하실에는 궁륭형 천장 아래 행동 변화 유발 가스가 모여 있다. 부랑자들이 밤을 보내러 그곳에 들어왔다가 날이 저물자마자 미리 통성명도 하지 않고 짝짓기를 하려는 생각에 사로잡히는 일이 드물지 않다. 그다음에 그들은 서로 잡아먹는다. 더 멀리에는 몇몇 노파들이 샴푸로 쓰는 액체가 썩어가는 저수통들이 있다. 이 구역을 뒤로하고 나면 시엘슈뉘 로(路)가 시야에 들어온다. 그 길을 따라 끝까지 가면 슈테른 형제가 사는 구역이 가까워진다. 형제는 나중에 잡아먹으려고 어미를 비육하고 있다. 시엘슈뉘 로를 지나 흔히 '버팔로'라고 불리는 다리를 건너면 호랑이 사육장이 하나 있는데 그곳에는 꿈속에서만 들어갈 수 있다. 호랑이들은 백호로, 넋이 나갈 만큼 아름답다. 호랑이들은 지면에 설치된 유리판 밑에 웅크리고 있다. 놈들은 머리를 쳐들고 서성인다. 꼬리로는 제 옆구리를 신경질적으로 때린다. 놈들은 산책이라도 나온 누군가의 체중에 눌려 유리가 깨지기를 기다린다. 그런 상황에서 사육장을 방문하기를 꺼리는 산책자가 한둘이 아니고, 그렇다 보니 위험을 무릅쓰고 그곳을 찾는 관람객은 거의 없다. 북쪽으로 더 가면 작은 숲이 보인다. 그곳에는 버드나무 두 그루, 회화나무 한 그루, 사시나무 세 그루, 느릅나무 한 그루가 있다. 모래밭을 반 킬로미터 지나면 졸부들이 한 여자를 연 2달러에 고용해 자기들 대신 방 청소와 셔츠 빨래를 시키는 구역이 나온다. 그 여인, 라셀 카리시미는 이미 수많은 자본가를 죽인 바 있지만 먹지는 않았다. 그리 멀지 않은 곳에선 바큇자국 가득한 대로가 시작된다. 대로변에는 빈 건물들이 늘어서 있다. 그중 홀수 번지 세 번째 건물에는 바르발리아 로덴코의 연설을 죄다 외웠고 누가 요청하면 낭송할 수 있는 남자가 살고 있다. 대로의 북쪽 끝으로 가면 사람이 전혀 없는 새로운 지구들이 나온다. 대로의 북쪽 끝으로 간다는 말을 하면서 내가 주로 생각하는 자들은 예컨대 울란 라프, 그러니까 나 같은 운터멘쉬들이다. 수천 헥타르에 걸쳐 푸른빛이 도는 거무스름한 색깔이 깔려 있고, 석탄 찌끼가, 바람이 있으며, 바로 뒤 남서쪽으로는 광활한 회색 툰드라가 시작된다. 동남동 방향을 택해 3700킬로미터 정도를 가면 한때 수의사들이 죽지도 않고 변하지도 않고 잡아먹을 수도 없는 노파들을 가둬두었던 블레 무슈테라는 곳에 이르게 된다. 그 양로원은 세상 모든 것으로부터, 심지어 수용소들로부터도 멀리 떨어져 있었다. 전하는 말에 따르면 이 불사자들은 심각한 과오를 저질러 그 뒤로 끊임없이 그것을 바로잡으려 했다고 한다. 불사자들이 무(無)로부터 헝겊 인간을 탄생시켰고, 그 헝겊 인간이 달러화 유통과 마피아들을 지상에 복원시켰다고 한다. 만약 그렇게 먼 방향을 택하지 않고 버팔로 쪽으로 돌아오기로 하면 아무것에도 연결되지 않은 바람개비가 밤낮으로 음산하게 삐걱거리는 어느 마당에 들어서게 된다. 울란 라프가 사는 곳이 바로 그곳이다.

지치지도 않고 우리는 우리가 겪은 실패들을 잊고 지도상에 현재 공란으로 남아 있는 곳을 향해 다시 떠나곤 했다. 먼 곳에는 남자들, 여자들이, 요루바족, 케추아족, 오로치족이 여전히 존재하는지 알고 싶었고, 오클라호마의 해구(海溝)들 위에 무언가 떠 있는 게 있는지,[37] 메콩강이나 주장강 또는 우수리강으로 피난 간 사람들을 도울 일은 없는지 알고 싶었다.

일출의 산들바람이 부는 어느 화창한 아침, 우리의 스쿠너는 달리기 시작했다. 잔물결이 늑재에 부딪히며 노래했고, 앞돛이 부풀어 올랐으며, 뒤이어 손찌검 소리와 욕설이 들렸다. 선상에는 파리가 우글거려 작업 중인 선원들을 귀찮게 했다. 벌레들의 존재는 우리가 우유를, 나중에는 고기를 얻을 생각으로 어린 암물소를 승선시킨 것으로 설명되었다. 세계일주 항해를 시작하기 전에 보통 그러듯 선창에는 모든 게 충분히 적재되었다. 비스킷 외에도 우리는 막대한 양의 식수를 실었고, 물탱크가 독기[38]에 중독되었을 경우를 대비해 음료 해독 당의정을 챙겼다.

우리는 저녁까지 아무 인명 손실 없이 연안을 항해했고, 이러한 길조에 고무되어 밤을 보낼 정박지를 찾지 않고 더욱 단호하게 남서쪽으로 진격하기로 했다. 부사관이 보조 돛을 펴라고 명령한 직후 배가 기뢰를 건드렸고 선체가 순식간에 갈라지더니 침몰해버렸다. 그 즉시 비축 식량, 암물소, 사람 10여 명이 해저로 빠져 들어갔다. 운명의 뜻으로 난파는 해안에서 멀지 않은 곳에서 일어났다. 물이 얕아 생존자들은 걸어서 해안에 도착했다. 생존자들은 무사해서 기뻤지만 다시금 파리 떼에게 고통을 받았다. 파리들이 수장되는 가축을 따라가지 않기로 한

---

37. 현재의 오클라호마는 내륙지역이므로 해구가 있을 수 없다.

38. 공기 중의 독기(miasma)가 전염병을 일으킨다는 전통적 이론을 암시한다. 이 이론은 19세기 병원미생물의 발견으로 폐기되었다.

것이다.

육지에 이르자 수병 여덟 명이 제대를 요구했다. 그들은 들판을 건너 집으로 돌아갔다. 우리는 이제 아홉에 불과했고, 내일은 어떤 날이 될지 확신이 없었으며, 한잠 자고 나면 뭔가 결론이 나기를 바랐다. 우리는 옷을 벗어 장대에 널어 말리고는 애써 잠을 청했다. 하지만 벌레들이 새벽녘까지 우리를 고문했다. 다들 한숨도 못 잤는데 햇빛이 비치기 시작했다. 우리가 기진맥진한 채 다시 제복을 입는 동안, 나머지 승무원들이 위생과 안전 상황에 대해 불평했고, 아즈문드 모이셸이라는 의장(艤裝) 상사가 격한 독설을 내뱉자 반란을 일으켰다. 함장은 곤봉으로 두들겨 맞았고, 기절했다 깨어난 뒤로 정신이 이상해졌다. 거의 모든 사람이 탈영했고, 우리는 이제 함장을 포함해 둘뿐이었다. 우리는 그에게서 함장직을 빼앗지는 않았지만 그가 끊임없이 예언을 하고 있어 이제 임무를 수행할 수 없었으므로 지휘권을 박탈했다. 여기서 우리라 함은 특히 당신에게 말하고 있는 나와 염치없이 투표에 참여한 파리들을 뜻한다.

정오경에 우리는 기운을 내서 우리 보트에 치명적이었던 남서쪽으로 방향을 잡았다. 해안을 따라 비탈이 이어져 있었다. 우리는 비탈을 기어올랐고 거기서 침목과 레일을 발견했다. 우리는 그 길을 따라갔다. 해발 2미터 높이로 철도가 깔려 있었다. 철도는 해안을 따라 이어졌는데, 해안에는 팬 곳이 굉장히 많아 철도는 종종 진흙에 박힌 콘크리트 기둥에만 지탱한 채 지표면에서 이탈하곤 했다. 허공 위로 난 길은 걸어서 산책하라고 만든 게 아니었다. 우리는 깡충깡충 뛰어야 했고, 그러다 보니 기운이 빠졌다.

우리 왼쪽에는 텅 빈 황야가 햇볕을 받아 이글거렸다. 황야에는 개들이 어슬렁거렸다. 개들이 빠른 걸음으로 우리 쪽으로 오더니 적대적인 태도로 몇 시간 동안 멀찌감치서 우리의 냄새를 맡고 우리를 보고 짖어댔다. 오른쪽에는 얕은 물이 반짝였다. 가끔은 침몰하여 썩어버린 갈대 배 몇 척이 보였다.

함장은 자신의 내면세계를 뒤지더니 정말 말도 안 되는 신념들을 목청 높여 알려주었다. 알겠어? 그 모이셸 말이야, 나는 예전에 사람들이 아직 자식을 가질 수 있었던 시절에 자기 아들을 사랑했던 것처럼 너석을 사랑했어. 아니면 그는 개들을 향해 짖곤 했고, 파리들이 물으면 입술을 추악하게 내밀고는 왱왱 소리를 냈다. 그의 대화의 매력은 거기까지였다.

오후 네 시경, 기차역 하나가 시야에 들어왔다. 역에는 오두막이 한 채 있었고, 증기기관차와 탄수차가 정차해 있는 대피 선로와 승객들을 맞이하는 차양 달린 플랫폼이 있었다.

나는 역의 책임자를 찾아 나섰다. 그는 오두막에서 직직거리는 라디오 소리에 맞춰 건들거리며 졸고 있었다. 송출되는 방송은 하나도 없었다. 그는 내 설명을 들었지만 표정만 봐서는 내 지원 요청에 대해 어떤 방향으로 결정을 내릴지 알 수 없었다. 그러다 벌써 땅거미가 지기 시작하자 그는 반합 두 개와 동결건조 수프 봉지 몇 개를 주고는 다음번 보름날까지 근처 아무 데서나 지내도 된다고 허락했다. 그때가 되면 동계 시간표에 따라 기차 운행이 재개되리라는 게 그의 설명이었다.

우리는 차양 밑에 자리를 잡았다. 사람이 많이 지나다니는 곳에 있다 보니 함장의 두서없으면서도 괴상한 이야기를 좋아하는 현지인 몇 명이 이야기 값으로 소량의 식량을 던져주곤 했다. 적지 않은 양이어서 우리는 식당 뒤나 쓰레기 컨테이너를 뒤지러 가지 않아도 되었다. 그렇게 한 주가 흘러갔고, 달이 부풀어 올랐다.

함장은 원기를 회복했고, 철도원들이 도착하자 기차를 지휘하고 싶다는 의향을 표명했다. 사람들은 그에게 그럴 능력이 없다는 점을 상기시켜주었고, 그가 고집을 부리자 기관사가 그를 때려눕혔다.

그는 나중에 깨어났다. 기차는 이미 달리고 있었다. 속도는 그리 빠르지 않았고 방향은 북동쪽이었다. 흔히 그러듯 우리는 불가항력적으로 출발점으로 돌아가고 있었다. 함장은 바다 쪽을 굽어보았다. 바다는 이제 왼쪽에 있었다. 바람이 그의 머리카락 사이에서 노닐었고, 그는 의기양양한 미소를 지었다. 기관차는 7초에 한 번씩 기적을 울렸다. 아직 그렇게 환하지 않은 거대한 달이 풍경 위에 마법 같은 미광을 퍼붓고 있었다. 우리 오른쪽에서는 개들이 무리 지어 달리며 짖었다. 내 정신적 아들 아즈문드 모이셀은 어려운 상황에도 얼마나 의연했는지 몰라…! 함장이 외쳤다. 얼마나 용감했는데…! 직감이 얼마나 뛰어났는데…! 나침반을 거꾸로 돌리고…![39] 앞장을 서고…!

나도 강렬한 행복을 느꼈다. 마침내 모험이 재개되고 있었다. 남서쪽이든 북동쪽이든 무슨 상관인가? 나는 기수를 유지하도록 키잡이에게 지시 사항을 외치기 시작했다. 육지의 산들바람이 우리 귀에 고함을 질렀다. 그 아즈문드 모이셸은…! 우리는 함께 경탄해 넋을 잃었다. 얼마나 용감했는데…! 직감이 얼마나 뛰어났는데…!

---

39. 여기서 모이셸은 북쪽으로 간다고 주장하면서 (생각하면서) 남쪽으로 간 것이다. 나침반은 뒤집어도 항시 동일한 방향을 가리키므로 여기서 '나침반을 거꾸로 돌린다'라는 표현은 일종의 시적 허용이다.

그해에는 또다시 하지가 보름달과 겹쳤다. 너는 예전에 필요한 조건을 언급한 적이 있었다. "1년 중 밤이 가장 짧은 날, 보름달, 금요일." 그리고 가능성을 더 줄이기 위해 조건을 하나 추가했다. "한 달 전부터 자기폭풍이나 강우가 없었어야 해." 48년 전 처음으로 모든 조건이 갖춰졌지만 남자는 오지 않았다.

알시나 바이아드지가 콘크리트 블록 위에 일렬로 늘어놓은 쓸모없는 도구들—북, 식물 화환, 향수병, 러브젤 병, 술병, 그리고 길쭉한 리본이 잔뜩 늘어진 알록달록한 색깔의 커다란 왕관—사이를 서성이는 동안 너는 문 앞에서, 골목길을 막은 좁다란 붉은 모래 사구 꼭대기에 앉아 기다렸다.

너희 위에서 달이 천천히 돌고 있었다. 골목길은 조용했다. 건물 벽 뒤에서 가끔 암탉과 뿔닭이 꼬꼬댁거리는 소리가 들렸다. 알시나 바이아드지는 양계업도 하고 있었다.

너는 미지근한 모래에 반쯤 파묻힌 발을 바라보았다. 너는 아무 말도 하지 않았다. 상한 손톱, 판지처럼 딱딱한 손가락 피부, 나뭇가지 모양으로 뻗은 팔 정맥을 바라보았다. 너는 길가의 빈집들을, 검은 아파트들의 검은 창문을, 별들을, 매우 환한 달을 유심히 살펴보았다. 알시나 바이아드지가 위구르문자로 알시나 바이아드지, 주술적 인공수정이라고 적으려 했으나 알시나 바이아드지, 주술적 인공 교미라고 적고 만 표지판을 읽고 또 읽었다. 너의 시선이 스치고 지나갔다. 너는 광고판에 오류가 있다는 것을, 단어를 헷갈렸다는 것을 알려줄 생각조차 없었다. 인간의 역사에서 보면 지금은 이미 인류라는 종이 멸종하고 있을 뿐 아니라 단어들의 의미도 사라지는 중인 시대였다. 너는 긴장을 풀고는 이제 무슨 일이 일어날지 약간 궁금해했다. 알시나 바이아드지와 함께 지난 금요일에 너희는 예행연습을 했다. 너는 그녀가 요구하는 동작을 속속들이 알고 있었다. 알시나 바이아드지는 어쨌든 방 안에 계속 있을 것이다. 그 어느 순간에도 너를 남자와 혼자 두는 일은 예정에 없었다.

너는 말했었다. "남자가 올 거라고 확신해?" 그러자 알시나 바이아드지는 그렇다고, 확신한다고, 남자가 올 거라고, 남자의 이름은 비톨드 얀쇼그라고, 엔초 마르디로시안과 좀 닮았다고, 물론 닮았다는 건 굉장히 상대적인 얘기지만 그래도 뭔가 그런 구석이 있다고, 남자의 체형은 수용소에서 나왔을 때의 엔초 마르디로시안을 떠올리게 한다고 확인해주었다. 그러자 너는 물었다. "그 남자도 수용소에 있었어?" 그러자 알시나 바이아드지는 그렇다고, 그 남자는 철조망 뒤에서 19년을 살았다고 장담했다. 그리고 네가 요청한 대로 그는 너에게 말을 하지 않을 거라고 했다. 네 몸 안에 들어온 게 다른 누구도 아닌 엔초 마르디로시안이라고 네가 상상할 수 있어야 하니까.

달은 너희의 머리 위를 옮겨 다녔다. 달빛을 받아 벽이 대낮처럼 환했다. 도마뱀붙이들은 알시나 바이아드지의 북 가까이로 자리를 옮겼다.

너는 설사 성관계가 거기까지 간다 해도 수정으로부터 어떤 결실을 얻을 가능성은 580억분의 1을 넘지 않는다는 것을 알고 있었다. 그 수치는 다른 수치를 뜻했다. 그것은 특히나 인류가 끝장났음을 의미했다. 너는 어느 순간 속옷을 벗고 남자가 음경으로 네 몸속을 헤치게 두어야 한다는 생각에 너무나 수치스러웠지만, 엔초 마르디로시안이라면 '종(種)의 생존'이라는 이름으로 이 시술의 원칙을 받아들이라고 격려했으리라 생각하며 스스로를 위로했다. 종의 애처로운 생존에 대한 미약한 가능성의 이름으로. "너 확실해?" 너는 다시 물었었다. "자본주의 지지자가 아닌 거 확실해?" "벨라, 맹세컨대 그 남자는 졸부가 아니야." 알시나 바이아드지가 대답했다. "그 남자는 공사 폐기물 처리 회사에서 일해. 잔해 제거원이야."

모래 위 곳곳에 달의 웅덩이가 있었다. 미풍이 네 옆에 있는 사구 꼭대기를 간질였다. 대기는 아직 뜨거웠다. 너는 목 위, 입가, 눈가에 맺힌 약간의 땀을 닦았다. 잿빛 풍경에서 개 세 마리가 갑자기 나타나더니 으르렁거리지도 짖지도 않으며 골목길의 서쪽 끝을 건넜다. "너도 이해하겠지만 자본주의 숭배자에게 삽입당하고 싶지는 않아." 너는 말했다. 알시나 바이아드지는 너를 진정시켰다. 처음에는 말로, 다음에는 술 한 모금으로. 그리고 너희의 대화 리듬은 잦아들었다. 곧이어 잠이 너희를 찾아와 이삼 초씩 짧게 몰아치기 시작했다. 남자가 오지 않을 것임이 명백해지고 있었다.

알시나 바이아드즈지는 이제 무언가를 골똘히 생각하면서 마법 도구들을 조작하고 있었다. 도구들의 먼지를 떨고 도구들을 들어보았다가 다시 내려놓았다. 그녀는 러브젤 병에 접근한 개미들을 손등으로 쓸어버렸다. 초저녁부터 시술이 진행될 것이라고 오판해 그에 맞춰 준비해둔 터였다. 그녀는 네 위에 엎드린 비톨드 얀쇼그가 자기가 춤추는 것을 보면서 자기와 그 자신의 몸을 두고 상상에 빠질 수 있도록 옷을 벗은 상태였다.

나는 '너'라는 말을 쓴다. 내가 이인칭 단수를 사용하는 건 계속해서 벨라 마르디로시안이라고 말하지 않기 위해서다. 내가 나 자신의 경험과 나 자신에 대해서만 이야기하는 것처럼 보이고 싶지 않아서다.

이번 하지의 밤은 그렇게 흘러갔다.

노파들은 바스락거리는 풀밭에서 포복하고 있었다. 유르트를 중심으로 여러 개의 원을 그렸다.

그중 한 명이 기침이 발작했다. 아마 솔랑주 부드였을 것이다. 꿈에서 염소(鹽素)를 들이마신 뒤로 지난 몇 주간 기관지가 너덜너덜해지고 있었다. 그녀는 오염되어 김을 뿜는 연못 앞에 늑대들과 함께 앉아 있었다. 밤이 어두웠지만 지각할 수 있는 범위 내에서는 온 풍경이 녹색, 매우 거무스름한 녹색이었다. 연못은 노르스름한 검은색이었다. 하늘에는 빛을 내는 것이 전무했다. 뒤쪽에서는 뇌리를 떠나지 않는 음악이 흐르고 있었다. 나이소 발다크샨의 「혁철족 제3곡」[40]이 사중주로 연주되고 있었다. 음악 때문인지 분위기 때문인지 늑대들은 그런 상황에서 종종 휩싸이던 울부짖고 싶은 욕구를 억눌렀다. 몇 놈은 앞발 사이에 머리를 넣은 채 의아한 눈빛으로 눈알만 굴렸다. 다른 놈들은 몸을 동그랗게 웅크리고 있었다. 죽은 것이었다.

「혁철족 제3곡」은 281년 전 작곡된 이래 그 어디서도 연주된 적이 없었다. 나이소 발다크샨은 고립된 몇몇 이들의 꿈속을 아직도 떠돌고 있었다. 보통은 여인들, 굉장히 나이가 많은 여인들의 꿈속이었다. 하지만 누구도 그것을 힘들여 해독하려 하지 않았다. 그의 악보들은 인간의 귀가 기대하는 것과는 미묘하게 혹은 너무 거칠게 동떨어져 있다는 평가가 확고부동했던 것이다. 물론 인간의 귀가 무언가를 기대한다고 가정해야겠지만. 거의 두 세기 동안 나이소 발다크샨의 이름이 적힌 종이 뭉치는 그 어떤 악보대에도 놓인 적이 없었다. 그리고 바이올린 연주자, 비올라 연주자, 첼로 연주자가 지구상에서 완전히 사라졌다. 이제 「혁철족 연작 7부작」을 들으려면 적당한 잠이 찾아오기를 기다려야 했다. 그런 잠 속에서 그 곡을 들으면 발다크샨에 대한 추방령이 아무런 객관적 근거도 없다는 것을

---

40. 볼로딘의 다른 소설 『메블리도의 꿈』(2007)에서 이 곡은 레코드에 녹음된 버전으로 등장한다.

확인할 수 있었다. 발다크샨의 화성(和聲)에는 아무런 폭력성이 없고, 그의 선율에는 젠체하는 구석이 전혀 없었다. 그것은 소름 끼치게 감동적이었다. 사실 지금 발다크샨을 듣고 평가하는 이들이야말로 그가 작곡하면서 늘 상상했던 것과 같은 완벽한 청중에 훨씬 잘 부합했다. 살아 있는 늑대들, 수백 살 먹은 죽지 않는 여인들, 죽은 늑대들이 바로 그들이었다.

빌 샤이드만은 바르발리아 로덴코의 침대에 반쯤 누워 있었다. 바르발리아 로덴코가 손자의 과오를 바로잡으려고 길을 떠난 뒤 유르트는 많이 노후했다. 빌 샤이드만은 그곳이 편안하게 느껴지지 않았고, 16년 전 사면되어 집을 새로 받은 뒤로 아무것도 건드리지 않았다. 노파들이 유목을 떠날 때 그는 따라가지 않았다. 그러므로 천막은 그 뒤로 한 번도 해체되지 않았고, 지붕을 지탱하는 뼈대는 결국 썩어 구조물의 부분적 붕괴를 야기했다. 빌 샤이드만은 자리에서 일어나, 문을 막은 네모난 펠트 천 쪽으로 천천히 움직였다. 거동이 불구자 같았다. 온몸에 가죽 같은 해초가 돋아 제대로 걸을 수 없었고, 해초가 다리 사이에 끼어 버석거렸다.

"샤이드만!" 누군가가 외쳤다.

"샤이드만, 우리 왔어, 뭐 하고 있는 거야?" 다른 노파가 따져 물었다.

"금방 가요!" 그가 고함을 질렀다.

요구하는 게 너무나 많은, 언제나 똑같은 목소리들이었다. 그 음색이 기억을 후벼 태초의 단층까지, 탄생의 첫 단층까지, 심지어 그 이전까지, 할머니들이 배아의 형태를 빚어내며 자기들의 세계관을 전하려고 그에게 고함을 지르던 공동 침실 시절까지 파고들었다.

그는 커튼을 걷고 나갔다. 그는 야크처럼 묵직하게 5분 동안 문지방에 서 있었다.

"발다크샨의 사중주를 듣고 있었어요." 그가 말했다.

노파들이 다가왔다. 그들은 손을 내밀어 그를 역겨운 피육 덤불로 탈바꿈시켜버린 띠 같은 혹을 움켜쥐는 못된 습관이 있었다. 어떨 때는 세게 당겨 혹을 떼어내기도 했다. 아무리 졸라도 그가 이상한 '나라'를 하루에 하나 이상 내놓지 않자 노파들은 그 살점으로 '나라'를 대신하려 했다. 가죽 같은 해초를 빼앗아 한참을 살피고 냄새를 맡고 깨물어보았다. 그렇게 하면 아득한 시간 속으로 사라진, 노망 속으로 사라진 추억의 단편을 되찾을 수 있을 것이라고 믿어 의심치 않았다. 흉측한 해초와 이상한 '나라'의 차이를 모르는 건 아니었지만 궁할 때는 그렇게라도 하면 답답한 게 가셨다. 빌 샤이드만은 노파들의 그런 행동을 내버려둘 때도 있고 그러지 않을 때도 있었다.

"가까이 오지 마세요." 그가 명령했다. "우리는 「혁철족 제3곡」을 듣고 있었다. 솔랑주 부드가 있었다. 우리는 모두 늪가에 앉아 어둠 속에서 노르스름한 물결무늬가 빚어지는 것을 경탄의 눈으로 바라보았다. 염소는 기다란 원을 그리면서 기화하고 있었다. 내 옆에서는 바탈 메블리도라는 이름의 늑대가 막 숨을 거두었다."

"꼬리는 회색이고 숱이 굉장히 많고 주둥이에 베이지색 반점이 있고 총상으로 오른쪽 뒷다리를 못 쓰는 갈색 늑대를 얘기하는 거야?" 솔랑주 부드가 물었다.

빌 샤이드만은 으르렁거렸다. 그는 이상한 '나라'를 읊을 때 누가 말을 끊는 걸 좋아하지 않았다.

"아니요." 그가 말했다. "녀석은 염소의 푸르스름한 빛을 받아 적갈색으로 보였어요. 녀석은 다리를 절지 않았어요."

"그러면 바탈 메블리도가 아니네." 솔랑주 부드가 중얼거리더니 다시 기침을 하기 시작했다.

주위에서는 노파들이 또 샤이드만의 피부 조각을 떼어내려고 팔을 뻗고 있었다. 솔랑주 부드는 끔찍하게 기침을 계속했다. 샤이드만은 한 발 뒤로 물러섰다.

"바탈 메블리도라고 했지만 그건 나예요." 그가 말했다. "그 이름을 준 건 내가 늘 내 얘기만 하고 남의 얘기는 전혀 하지 않는다고 생각할까봐 그런 거예요. 하지만 그건 나예요."

메이에르베르가(街)에 차가 거의 다니지 않던 어느 날 밤, 아바셰예프는 랑뷔탕 대로 모퉁이에 있는 커다란 공동주택에서 불이 켜졌다가 꺼지는 것을 보았다. 그 뒤로 밤에 불이 켜지는 게 여러 번 보였다. 누군가가 6층에 보금자리를 꾸린 것이다. 통계적으로 여자일 확률이 높았다. 적어도 2분의 1은 되었다. 아바셰예프는 외로움에 시달리던 터라 새 이웃 여자를 위해 식사를 준비해 갖다주기로 했다.

아바셰예프는 복잡한 요리의 조리법을 여럿 알고 있었지만 재료가 부족했다. 구상한 요리에 들어갈 재료를 모으는 데만 꼬박 사흘이 걸렸다. 하나는 몽골식 새끼 양 소테였고 다른 하나는 치킨 그린 커리였다.

그는 작업에 착수했다.

새끼 양부터 시작했다. 적당한 고기가 없다 보니 새끼 양과 닭 대신 카날 지구의 제방에서 주워 온 갈매기 사체들을 써야 했다. 갈매기 고기는 묵직하고 큼직했다. 그는 카날[41]의 탁한 물가에서 미리 털을 뽑고 뼈를 발라 왔다.

껍질 찌꺼기를 제거한 뒤 소테용으로 살을 얇게 썰고, 커리용으로는 더 두껍게 썰었다. 그리고 얇게 썬 것은 생강, 마늘, 간장, 참기름, 청주 베이스의 양념장에 담갔다. 거기에 녹말가루 한 숟가락을 뿌리고 휘저었다.

마늘, 생강 냄새보다 성가신 짐승 고기 냄새가 손에 들러붙었다. 비누로 손바닥을 힘껏 씻었다. 네모지게 썬 갈매기들은 종이 불분명했다. 붉은부리갈매기는 아니었고, 어쨌든 죽어 있었다. 날개 밑 주름이 냄새가 가장 심한

---

41. 이 책에서 자주 언급되는 '카날(le Kanal)', '카날 지구(le quartier du Kanal)', '카날 로(la rue du Kanal)' 등의 '카날(Kanal)'은 프랑스어 단어 '운하(canal)'와는 달리 K로 시작하고 첫 글자가 대문자로 표기되어 있으므로 고유명사로 간주해 번역했지만 아마 운하가 맞을 것이다.

부위였지만 다른 곳도 강했다. 아바셰예프는 손을 다시 씻었다. 자기 몸에 더러운 새 냄새가 밴 게 끔찍이 싫었다.

다음에는 코코넛을 부숴 코코넛 밀크를 얻어야 했다. 아바셰예프는 과육을 강판에 갈아서 과즙 두 그릇이 나올 때까지 짰다. 거기에 씨를 제거한 청고추를 넣고, 다른 팬에다 홍고추 약간, 고수 씨 세 줌, 새우 페이스트, 커민을 볶았다.

양념 타는 냄새가 올라왔다. 아바셰예프는 양념을 막자사발에 옮기고는 남은 생강, 마늘과 함께 오래 빻았다. 다음에는 그 양념 덩어리를 기름에 살짝 볶은 뒤, 미리 제일 통통한 갈매기의 살점과 제일 빈약한 놈의 날개를 넣고 약불로 끓이고 있던 매운 코코넛 밀크에 넣었다.

여러 요리를 동시에 만들 때 가장 중요한 점은 한 요리 때문에 다른 요리를 망치지 않도록 핵심적인 조리 시간을 잘 맞추는 것과 끓이는 시간을 세밀히 조절하는 것이다. 예를 들어 재료 다듬는 것을 막판에 했다가는 일을 망칠 수 있다. 아바셰예프는 그 점을 알고 있었고, 필요한 건 전부 미리 저미고 다져놓는 편이었다. 그는 냄비들을 초조하게 지켜보던 중 잠시 짬이 나자 양파 하나를 초승달 모양으로 얇게 썰었고, 음식을 낼 때 새끼 양 소테에 뿌릴 요량으로 참깨 봉지를 찻잔에 부었다. 그러고는 커리가 다 끓으면 즙을 짜 넣으려고 라임을 가져와 손 닿는 곳에 두었다.

그다음에는 설거지를 했다. 어질러놓은 것이 서서히 정리되고 있었다. 막자사발과 식기의 물기를 닦은 다음 정돈해두었다.

부엌에는 향긋한 냄새가 감돌았다. 고약할 만치 압도적이었던 새우 페이스트 냄새가 옆에서 나는 더욱 달콤한 향기에 어우러졌다. 커리는 거의 다 되어가고 있었다. 아바셰예프는 커리에 땅콩버터 세 숟가락을 넣고 불을 줄였다. 쌀밥을 곁들이지는 않을 것이다. 그릇을 두 개 이상 들고 갈 수는 없었으므로 아바셰예프는 선택을 해야 했다. 영양학적 관점에서 보면 아쉬웠지만 객관적으로 불가피한 일이었다.

아바셰예프는 프라이팬에 다시 기름을 둘렀다. 기름이 지글지글 끓자 새끼 양 고기나 그 대용품을 센 불에 살짝 익히기 전에 노릇노릇하게 만들려고 양파를 던져 넣었다.

그 순간 가스가 끊겼다.

금세 기름 끓는 소리가 그쳤다.

아바셰예프는 신음 소리를 냈다. 가스 공급 중단은 며칠간 계속될 수도 있었다. 그의 앞에서는 열역학적 관성으로 커리가 계속 거품을 내며 끓고 있었다.

아바셰예프는 가스 밸브를 잠갔다. 그는 다시 신음 소리를 냈다. 하지만 포기할 상황은 아니었다. 메뉴를 변경할 것이다. 치킨 커리와 함께 갈매기 고기 타타르식 육회를 낼 것이다. 날고기가 양념장 덕에 냄새가 잡히고 부드러워지기를 바라야 했다. 커리에 라임즙을 끼얹고, 채 따뜻해지지도 않은 초승달 모양의 양파 조각과 참깨를 양념장에 담가둔 고기에 뿌렸다. 두 가지 요리는 눈을 즐겁게 했다.

아바셰예프는 이제 아파트를 나설 수 있었다.

그는 대로를 건너는 데 애를 먹었다. 차들이 많았고, 손에서 냄비들이 흔들리고 있어 지그재그로 걷거나 뛰어넘을 수 없었다. 그럼에도 불구하고 그는 길 건너편에 도착했다. 그는 랑뷔탕 대로 쪽으로 향했다.

이미 저녁이었고 가로등이 텅 빈 인도를 비추었다. 보행자는 하나도 보이지 않았다. 차를 모는 여자들은 아바셰예프와 나란히 달릴 때는 속도를 줄였지만 거의 즉시 번호판 조명을 꺼버려서 그들의 이름은 아주 잠깐밖에 보이지 않았다.

차를 모는 여자 중 한 명은 이름이 야슈린 코간이었다.

또 다른 운전자가 지나갔다. 번호판으로 확인한 바로는 이름이 린다 시우였다.

커리가 식고 있어서 아바셰예프는 걸음을 재촉했다.

그리고 그의 흔적은 사라진다. 아바셰예프는 이웃 선물을 무사히 전달하는 데 성공했을까? 이웃은 그를 따뜻하게 맞아주었을까, 적대적으로 대했을까? 그는 건물 6층까지 도착했을까? 그보다 훨씬 전에, 랑뷔탕 대로 모퉁이를 돌자마자 야슈린 코간이나 린다 시우가 불러 세우지는 않았을까? 따뜻한 음식은 좋게 평가를 받았을까, 멸시를 받았을까? 차가운 음식은? 갖다준 요리 중 그날 저녁 어느 것이 먼저 입에 들어갔을까?

이제 내 말을 잘 들어라. 더 이상 농담하는 게 아니니까. 내가 들려주는 이야기들이 개연성이 있느냐 없느냐, 능숙하게 그려졌느냐 아니냐, 초현실적이냐 아니냐, 포스트엑조티시즘 전통에 속하느냐 아니냐를 논하자는 게 아니다. 내가 이 얘기들을 풀어내면서 두려움에 소곤거리고 있는지 분노로 포효하고 있는지, 아니면 살아 움직이는 모든 것에 대한 무한한 애정으로 이 얘기들을 풀어내는지를 따지자는 것도 아니다. 내 목소리 뒤에서, 내 목소리라고 불러야 할 것 뒤에서, 현실에 맞선 급진적 전투의 의지를 감지할 수 있느냐 없느냐, 아니면 단지 현실 앞에서의 정신분열적 무력감밖에 감지할 수 있느냐 없느냐를 따지자는 게 아니다. 혹은 평등주의 투쟁가를 부르려 하면서 현재나 미래 앞에서 절망과 환멸로 침울해졌느냐 아니냐를 따지자는 게 아니다. 문제는 그런 게 아니다. 심지어 빌 샤이드만이 루츠 바스만[42]이나 프레드 젠플이나 아르티옴 베시올리 등 무시받았지만 굉장히 중요한 일군의 소설가들보다 전대의 인물이냐 후대의 인물이냐, 수용소와 감옥의 시대에 살았느냐 그보다 조금 뒤에 살았느냐 두 세기나 아홉 세기 뒤에 살았느냐, 여기서 말하거나 말하지 않는 남녀들의 언어가 알타이어족 방언들과 친족 관계냐 아니면 슬라브어나 중국어의 영향이 지배적이냐, 아니면 반대로 로키산맥이나 안데스산맥의 주술적 언어들과 가까우냐 그보다 더 심하게 주술적이냐를 따지려는 것도 아니다. 그런 게 절대 아니다. 그런 종류의 탁상공론 거리는 일절 제공하지 않을 것이다. 나는 세상을 마술적이거나 은유적으로 이탈 · 변용시키는 시학(詩學)적 입장을 표명하려는 게 아니다. 내가 쓰는 말은 오늘날의 언어이지 그 어떤 다른 언어도 아니다. 이야기하는 방식이 부분적이든 암시적이든 과시적이든 야만적이든 간에 내가 들려주는 모든

---

42. 루츠 바스만(Lutz Bassmann)은 앙투안 볼로딘의 필명 중 하나다.

이야기는 100퍼센트 진실이다. 내가 제대로 이야기하지 않고 겉돌기만 한다 해도 마찬가지다. 모든 일은 내가 묘사하는 것과 한 치의 오차도 없이 이미 일어났다. 모든 일은 그렇게 당신들의 인생이나 내 인생의 어느 시점에 이미 일어났고, 아니면 현실이나 우리의 꿈속에서 나중에 일어날 것이다. 그런 의미에서 모든 게 매우 단순하다. 이 이미지들은 꾸밈없이 스스로 말한다. 이 이미지들에는 이미지 자체와 발화자들 외에는 덧붙여진 게 아무것도 없다. 그러니 수치 보고나 객관적 현황 정리 같은 건 아무짝에도 쓸모없다.

세상을 바로잡기 위한 바르발리아 로덴코의 장엄한 서사시, 권력자들을 학살하라는 그녀의 선동, 모든 특권의 완벽한 철폐에 대한 그녀의 향수를 예로 들어보자. 중요한 점은 그것이 상투적인 몽상이냐 아니냐가 아니다. 바르발리아 로덴코의 소총이 현실에 정말로 반향을 일으켰거나 일으킬 준비가 되어 있었느냐의 문제도 아니다. 그건 전혀 중요하지 않다. 바르발리아 로덴코가 도시들을 떠돌면서 최대주의[43]로의 복귀를 부르짖고 자신의 최소 투쟁 강령을 주저 없이 실행했다는 점은 여기저기서 말한 바 있다. 그녀의 최소 투쟁 강령은 첫째는 무(無)로부터 부활한 자, 착취자, 마피아, 착취 · 마피아의 예찬자 들을 물리적으로 제거하는 것이었고, 둘째는 경제적 불평등의 모든 메커니즘을 재건 불가능하게 자폭시키고 달러화 유통을 즉시 중단시키는 것이었다. 전하는 말로는 이 여인이 지나간 자리에는 자본가들의 피가 길게 흐르고 있었다고 한다. 달리 말하면 그녀가 지나가고 나면 이제 부자와 빈자, 특권층과 알거지 사이에 아무 차이가 없었던 것이다. 그러므로 바르발리아 로덴코가 지나간 뒤에는 마침내 다시금 평등하게 배를 곯을 수 있고, 부끄러움 없이 새로운 폐허를 건설할 수 있으며, 최소한, 모든 것이 폐허가 되었으니 폐허 속에서 사는 게 부끄러울 게 없었다. 이 사실들은

---

43. 마르크스주의 혁명론의 개념으로, 최대 강령은 완전한 프롤레타리아 독재와 같은 최종 목표의 전면적 추구를, 최소 강령은 각 시기별로 실현 가능한 즉각적 목표의 달성을 의미한다.

소설적 허구와는 아무 상관이 없으며, 틀림없는 진실과 100퍼센트 부합한다. 이를 필요 이상의 서정적 부연 설명으로 번잡하게 해서는 안 된다.

하지만 아직 언급되지 않은 사항이 하나 있는데, 그건 아마 내가 여기서 길게 논하고 싶은 유일한 점일 것이다. 바르발리아 로덴코가 늘 지독한 고독 속에서 역사(役事)를 행한 건 아니었다. 우리는 그녀가 어딘가에 도착한다는 걸 미리 알면 팡파르, 플래카드, 페미컨[44]으로 그녀를 맞이할 수 있도록 준비했고, 구할 수 있으면 젖술도 마련했다. 여기서 우리라 함은 나, 딕 제리코, 딕의 아내 카린 제리코 등 카날 지구 인접 구역의 몇몇 인사를 뜻한다. 나는 하모니카를 연주했고 카린 제리코는 노래를 했으며 딕 제리코는 알토 레벡[45]으로 우리를 보조했다. 그는 뛰어난 알토 연주자는 아니었지만 그가 만드는 페미컨은 타의 추종을 불허했다. 우리는 바르발리아 로덴코가 다음번 기착지에서 우리 도시에서만큼 따뜻한 환대를 받지 못할까 염려해 유랑 악단을 조직했다. 우리는 그녀의 대륙 횡단 여정을 따라다니면서 그녀보다 먼저 기착지에 도착했다. 우리는 악기 외에 곤봉을 몇 개 들고 다녔다. 도시와 도시 사이를 이동하려면 절멸의 현장 한복판을 몇 년씩 걸어야 할 때도 있었다. 인류의 여명기처럼 도시 간의 거리는 인간이 답파할 수 있는 수준이 아니었다. 지구상에는 흐브스글호 근방이라든지 메콩강이나 오르비즈 유역,[46] 또한 사망률 변화와 기후변화에 따라 수도의

---

44. 고기 조각과 채소를 지방분에 굳혀 만드는 아메리카 원주민들의 보존 식량.

45. 바이올린의 초기 형태인 중세 현악기.

46. 본래 오르비즈(l'Orbise)는 프랑스 손에루아르주(州)에 있는 작은 강의 이름이다. 하지만 볼로딘의 다른 작품 『찬란한 종착역』(2014)에서는 오르비즈가 키예프 인근에 위치한 제2 소비에트연방의 수도로 소개되며 반혁명 세력에 맞선 최후 전투의 배경이 되고 있고, 『뼈 무덤이 보이는 풍경』(1998)에서는 '신세계'와 전쟁 중인 '콜로니'의 도시로 언급되고 있다. 따라서 여기서 말하는 오르비즈는

역할을 이어받던 몇몇 마을(루앙프라방을 제외하면 그 마을들의 이름은 이제 기억에 없다.) 등 인구 밀집 지역이 아직 몇 군데 남아 있었다. 바르발리아 로덴코가 좋아하는 음악가 중에는 칸토 드질라스[47]가 있었다. 나는 드질라스의 마드리갈[48] 하나를 늘 레퍼토리에 넣었다. 그녀는 굉장히 독한 파이프 담배를 피우면서 그 노래를 듣곤 했고, 폐허 깊은 곳으로 가서 잠을 청했으며, 다음 날에는 주변 지리를 파악한 뒤 불행의 인간적 근원을 일소한다는 강령을 구체적으로 실현하러 떠났다. 가끔은 그녀가 누군가를 암살할 때 내가 거들기도 했다. 빌 샤이드만이 서명한 악독한 시행령들이 인류의 소멸을 가속화한 것은 아니지만 그렇다고 소멸을 늦춘 것도 아니었다. 이제는 새로 태어나는 아이가 거의 전무했다. 수정(受精)이 무언가 결실을 얻으려면 우리 식대로 늙은이들끼리 해야 했다. 나는 가끔 폐허 깊은 곳에서 그 방면으로 바르발리아 로덴코에게 도움을 주기도 했다.

허구적 지명으로 간주해야 옳을 것이다.

47. 볼로딘의 1991년 작 『비올라 솔로』에는 칸토 드질라스와 나이소 발다크샤의 음악을 주로 연주하는 사중주단이 등장한다.

48. 14세기 이탈리아에서 발생한 자유 형식의 가요. 짧은 목가나 연애시에 곡을 붙인 것이다.

마지막 연락선이 닻줄을 풀고 있었다. 크릴리 곰포는 밧줄이 물밑 진흙 바닥에 다시 떨어지는 소리를 들었고, 크랭크 핸들이 삐걱거리는 소리와 뒤이어 물갈퀴 판이 잔잔한 수면에서 물장구치는 소리를 들었다. 부교 입구에서 처량한 목소리도 들려왔다. 표를 팔면서 매일 밤 양안 중 열악한 쪽 강변의 종려나무 골조 오두막에서 숙영하는 남자의 매표소 앞이었다. 괜찮아요. 목소리가 말했다. 원래 내일 강을 건널 생각이었으니까. 목소리는 끈질기게 이야기를 계속했다. 내일 아침 배를 탈게요. 첫 배는 좀 싸지 않아요…?

햇빛이 크릴리 곰포 주변에서 강의 미끌미끌한 물결을 스치듯 지나가고 있었고, 800미터 떨어진 강 건너편에서는 잎이 무성한 나무들에 적갈색 톤의 금빛을 수놓고 있었다. 그 나무들 너머로는 우툴두툴하게 깔린 끝없는 녹색 말고는 그 무엇도 분명히 파악할 수 없었다. 강 뒤쪽, 호상(湖上) 지구들과 사원 몇 개가 서 있는 좁은 지역 뒤쪽에는 사람이 살지 않는 드넓은 숲이 펼쳐져 있었던 것이다.

해가 지고 있었다.

곰포는 눈을 가늘게 떴다. 그는 야자수 줄기에 등을 기대고 있었다. 16분이 남아 있었다. 출발 시간은 상관없어요. 목소리가 다시 말했다. 제가 관심 있는 건 할인이 얼마나….

할인요? 연락선 직원이 마침내 반응을 보였다. 무슨 명목으로요?

크릴리 곰포는 야자수의 썩은 껍질에 몸을 기대고 있었다. 그는 조는 척했다. 불행히도 자리가 좋지 않았다. 해 질 녘에 가끔 그러듯, 낮 동안 야자수 잎에 머물던 날개 달린 개미 수백 마리가 잎을 벗어나 땅 쪽으로 떨어지고 있었다. 개미들이 곰포에게 비처럼 쏟아졌고 곰포는 어깨와 팔, 머리가 새까매졌다. 이목을 끌까 두려워서 몸을 움직여 개미들을 떨쳐내지도 못했다.

그러면요. 남자가 말했다. 난민 자격으로는 어때요…? 할인 사유가 아닌데요. 상대가 말했다. 아아! 남자가 실망해서 말했다.

남자는 자기가 지닌 신체적, 정신적 결함을 나열하기 시작했고, 예전이나 근자에 자기와 친지들에게 닥친 불행을 열거했다. 그 어느 것도 반값 적용의 사유가 되지 못했다. 제 이름은 코스탄초 코수예요. 그는 결국 말했다. 어릿광대 이름이거든요. 광대는 공짜로 들여보내주는 곳도 있던데. 여기는 아닌가요?

연락선은 소리 없이 멀어지고 있었다. 곰포, 매표원, 코스탄초 코수를 제외하면 이쪽 강변에 남은 사람은 아무도 없었다. 두 남자는 입씨름에 몰두한 나머지 10여 미터 밖에서 나무에 기대어 자는 누더기 차림의 사람을 쳐다보지 않았다. 두 사람도 찢어진 셔츠와 챙 모자, 더러운 반바지, 라피아 야자수 잎으로 대충 수선한 뜯어진 샌들 차림으로, 별로 번듯한 꼴은 아니었다. 연락선 직원은 멜빵 달린 주머니 가방을 갖고 있었고, 코스탄초 코수는 슈퍼마켓 주소가 찍힌 비닐봉지를 가방 대신 들고 있었다. 두 사람 모두 운임 혜택을 받지 못하는 각종 인생의 고충을 당장이라도 빠짐없이 주워섬길 수 있을 것 같았다. 코스탄초 코수는 면제나 할인 사유를 계속 댔고, 관리인은 계속 거부했다. 저를 수화물로 실으면 어떨까요? 코스탄초 코수가 제안했다. 아니면 운터멘쉬 등급으로 하면 어때요? 짐칸에 쪼그려서 꼼짝 않고 있을게요. 냄새 나는 보따리를 제 위에 던져도 항의하지 않을게요.

안 될까요?

안 돼요.

고요한 저녁에는 무시간적인 면이 있었다. 백로 한 마리가 둑길을 따라 하류 쪽으로 날아가더니 사라졌다. 하늘은 바나나 밭 쪽을 더 이상 붉게 물들이지 않았다. 강물 굽이에는 이미 푸르스름한 안개가 자욱했다. 매미들은 울기를 그쳤고, 물소 한 마리가 울었고, 부두로 통하는 도로에는 모기가 잔뜩 있었고, 두꺼비 하나가 울었다. 반대쪽 둑길에서는 아주 작은 어부들이 아주 작은 배에서 부망(浮網)을 끌어올리고 있었다. 여기저기서 빛이 움트는 게 보였고, 연락선은 이제 멀리 황토색 수면 위에 보이는 얼룩에 불과했다. 크릴리 곰포의 두개골 속에서 무언가가 잠수 기구 소리를 내면서 또다시 1분이 지났음을 알려주었다. 칼라 속 여기저기서 날개 달린 개미들이 여남은 마리씩 우글거렸다. 저를 시체로 등록하면 어떨까요…? 화물로 쳐서 무게로 계산하면? 남자가 제안했다. 습득물로 하면?

곰포의 코밑, 귀 뒤, 목에 땀방울이 맺히더니 곧 흘러내리기 시작했다. 가끔은 바르브라는 이름의 여자가 나오는 악몽을 꿀 때도 있는데.[49] 코스탄초 코수가 이야기했다. 그 정도면 약간 할인해줄 만하지 않아요…? 아주 조금이라도 할인이 안 될까요?

제가 만약 외계인이라면요? 그가 갑자기 의견을 제시했다.

그러고는 무언가 말을 속삭이더니 두 사람이 가까이 붙었다. 크릴리 곰포는 그들의 시선이 집요하게 자신에게 파고드는 것을 느꼈다. 코스탄초 코수는 분노한 기색이었다. 개미에 뒤덮인 외계인? 그가 심술궂게 쏘아붙였다.

곰포는 몸을 떨었다. 누군가가 지근거리에서 지구의 현실과 무관한 이방인이 아니냐고 의심하는 건 이번이 300년 동안 두 번째였다. 의심에 근거가 있든 아니든 굉장히 불쾌한 일이었다.

---

49. 프랑스인들에게 '바르브(Barbe)'라는 이름은 극도로 그로테스크하고 우스꽝스럽게 들린다.

32년의 너절한 평온 뒤에 나는 사람들이 소피 지롱드를 최근에 만났다고 단언하는 꿈을 꾸었다. 나는 지난 30여 년간 그녀를 애타게 기다리고 있었고, 그녀를 놓치지 않을 가능성을 유지하려면 어떻게 해서든 그 꿈에 눌러앉아 그녀를 기다려야 했다.

그것은 무서운 일이 전혀 일어나지 않는데도 일분일초가 굉장히 불편하게 느껴지는 유의 꿈이었다. 시간이 몇 시든 도시는 늘 어둑어둑했다. 길을 잃기 십상이었다. 어떤 동네는 모래에 묻혀 사라져버렸고 어떤 동네는 그렇지 않았다. 길거리에서 무슨 일이 일어나는지 쳐다볼 때마다 새들이 죽는 게 보였다. 새들은 활공하며 하강해 아스팔트에 부딪혀 처량한 충격음과 함께 비명도 없이 튕겨 나갔고 얼마 뒤 더 이상 버둥거리지 않았다.

나는 그곳에, 그 꿈속에, 그 도시에 정착했다. 버려진 집이 수백만 채였고, 여느 곳과 마찬가지로 가옥의 문들은 장작으로 쓰였다. 그래서 쓸 만한 집을 찾으려면 교통이 지독히 불편한 외진 곳을 찾아봐야 했다. 나는 붉은 사구들 언저리의 방 셋짜리 집 하나를 차지했다. 삶은 계속되었고, 위험하지도 쾌적하지도 않았다. 나는 어정쩡한 일들을, 이도 저도 아닌 임무를 맡았고, 결국은 쓰레기 소각로 근처의 안정된 일자리를 얻었다. 일을 얻었다고 하는 건 사회조직이 존재하는 느낌을 주려고 그런 것이고 실은 나 혼자밖에 없었다.

10개월 뒤 나는 소피 지롱드와 재회했다.

그녀는 327년 전 내가 여러 수용소에서 알고 지냈던 남녀와 함께 아르셰르가(街)를 따라 올라가고 있었다.[50] 파트리시아 야슈리와 칭기즈 블랙이었다.

---

50. 이 '나라'의 서술자는 수용소에 갇혀 있었고 지금은 붉은 사구 부근에 살고 있으며 쓰레기 소각로 근처에서 일하고 있으므로 37번째 나라에서 언급되는 비톨드 얀쇼그와 동일인일 가능성이 있다.

내가 세 사람을 소리쳐 부르자, 그들이 뒤돌아보더니 즉시 손짓 발짓을 했다.

우리는 포옹했다. 소피 지롱드는 살이 쪘다. 우울해 보였다. 그녀는 내게 다가와 세상에 우리밖에 없기라도 한 듯 몇 분 동안 외설적으로 몸을 비벼댔다. 그녀는 요녀 주술사다운 자극적인 숨결을 내 얼굴에 뿜었고, 내 견갑골과 둔부를 만졌으며, 우리는 그렇게 단 한 음절도 내뱉지 못하고 향수 어린 생각이나 건설적인 생각을 표현하지도 못한 채, 단지 우리에게 정열이 없는 것만을 의식하면서, 우리 주위에서 1초 1초가 흘러가고 까마귀들이 아스팔트에 착륙해 죽어가는 것을 의식하면서, 독수리들이, 코뿔새들이, 구관조들이, 비둘기들이 죽는 것을 의식하면서 어렴풋한 빛 속에 멈춰 있었다.

조금 뒤 파트리시아 야슈리가 우리와 합류해 여태 어깨에 걸치고 다니던 검은 숄을 덮어주고는 우리를 얼싸안았다. 우리는 공연히 다정한 척하며 세 명 모두 인도 위에서 씰룩거렸고, 더 감격하지 않는 걸 애석해하면서 모호한 관능적 메시지를 주고받았다. 솔직히 말하면 우리는 그 순간을 한껏 음미하지 못했다.

칭기즈 블랙은 도랑 앞에 쭈그려 앉아 있었다. 그건 바톰가의 수용소에서 중간 휴식 시간에 몽골인들이 가장 좋아하는 자세였다. 그는 우리의 과장된 연극이 끝나기를 기다리고 있었다. 그는 파이프에 불을 붙인 뒤 담배 연기 너머로 길거리를 바라보고 있었다. 자기(磁氣) 뇌우가 몰아치려 하고 있었다. 대기 중에는 멀리 연보랏빛이 보여 깊이감이 드러났고, 가끔씩 느릿한 번개가 뱀처럼 꾸불꾸불 지나갔으며, 텁수룩하고 둔탁한 불똥과 대리석 무늬의 오존이 보였다.

얼마 후 우리가 거대 사구 지구 쪽으로 걷고 있는데 소피 지롱드가 손을 들어 라카얀 로(路)를 가리켰다. 건물 전면만 남은 영화관 앞에 얼마간의 사람이 모여 줄 서 있었다. 곧 영화 한 편이 상영될 모양이었다.

"조심해." 칭기즈 블랙이 말했다. "함정일지도 몰라."

우리는 그쪽으로 다가가면서도 그들과 우리 사이에 적당히 거리를 유지했다. 거기엔 열네 명이 있었다. 하나같이 지독하게 더러웠고, 머리털은 양털처럼 구불구불한데다 심지어 엉겨 붙어 딱딱하게 굳었고, 얼굴들은 나보다 음울했다. 그들은 어슴푸레한 빛 속에서 기다리고 있었다. 그들은 우리와 눈을 마주치기를 거부했다.

마지막 상영은 최소 3세기 전의 일이었다. 그동안 포스터는 그 자리에 남아 돌이킬 수 없이 바랬지만 아직 글자 몇 개는 겨우겨우 알아볼 수 있었다. 제목은 '슐룸 이전'이었다. 장편영화로 바톰가에서도 틀어준 적이 있었다. 시시한 영화였다.

"나 가볼래." 갑자기 파트리시아 야슈리가 말했다.

"제발 그러지 마." 칭기즈 블랙이 간청했다. 하지만 그녀는 벌써 우리 주위를 벗어나 있었다.

그녀는 이상한 관객들 틈에 끼어들었다. 이삼 분 정도는 그 모습이 계속 눈에 들어왔지만 곧 사람들이 우르르 움직이고 서로 떼밀며 소란이 벌어지고 다시금 돌처럼 굳어지는 바람에 놓쳤다. 그때부터 나는 그녀를 다른 사람들과 구별할 수 없었다.

"돌아오지 않을 거야." 칭기즈 블랙이 말했다.

"그래도 조금 기다려보자." 내가 말했다.

우리는 영화관 바로 앞 모래 더미에 앉았다. 소피 지롱드는 지쳐서 내 옆에 주저앉더니 곧 다시 몸을 일으켰다. 그녀는 한 마디도 하지 않았다. 그녀는 내가 기억하는 것보다 정말 훨씬 뚱뚱했고, 전보다 자신감이 없었으며, 살고 싶은 마음이 별로 없는 것 같았다.

우리 머리 5미터 위에서 자기풍(磁氣風)이 쇳소리와 튀는 소리를 냈다.

다시금 새들이 땅바닥에, 우리 옆에, 인도에, 모래에 부딪히고 있었다. 불안을 가라앉히려고 칭기즈 블랙은 새들에게 다가가 어떤 놈인지 확인하고 주머니에서 줄자를 꺼내 크기를 쟀다. 부리에서 꼬리까지의 길이를 재고 한쪽 날개 끝에서 다른 쪽 날개 끝까지의 길이를 쟀다. 숫자가 정말로 비정상적일 때는 역겨움에 짤막한 탄성을 내뱉으며 새를 놓아주었다. 그는 고개를 들었고 우리는 눈이 마주쳤다. 우리는 대화를 하려 했지만 잘되지 않았다.

나는 칭기즈 블랙과 수용소 시절, 조류학에 대한 이루지 못한 열정, 음울한 얼굴, 그리고 그 두 여인 소피 지롱드와 파트리시아 야슈리, 두 여자 중 하나를 영영 잃어버린 것 같은 두려움, 「슐룸 이전」이라는 영화에 대한 부정적 의견을 공유하고 있었다. 하지만 우리는 이제 같이 말하는 법을 알지 못했고 같이 입을 다물고 있는 법도 알지 못했다.

거의 1111년 전부터 매년 10월 16일마다 그랬던 것처럼 나는 간밤에도 내 이름이 빌 샤이드만인 꿈을 꾸었다. 사실 내 이름은 클레멘티, 마리아 클레멘티인데 말이다.

나는 소스라쳐 잠에서 깼다. 창문을 막고 있는 쇠창살 너머로 달이 흔들리고 있었다. 달은 동그랗고 작았으며, 더러운 상아색이고, 열이 있었으며, 끊임없이 이상하게 전율하고 있었다. 그것은 내가 병이 있어 밤눈이 나쁘기 때문이기도 하다. 나는 눈을 뜬다. 눈에 들어오는 이미지 속에서는 빛무리가 표류하거나 요동친다. 그 어떤 인간의 소리도 건물의 다른 곳을 배회하지 않았고, 내 호흡에는 동행이 없었다. 복도 끝 금이 간 수도관 밑에 누군가가 양동이를 두었던지라, 물이 한 방울씩 떨어지면서 우물 속처럼 긴 메아리가 울렸다. 문 밑으로 공기가 통했다. 주변은 온통 냄새가 고약했다. 될 수 있는 한 빨리 다시 잠들고 싶었다. 베개 위에는 자는 동안 빠진 회색 머리카락 한 줌이 있었다. 나는 더러운 암캐처럼 숨을 헐떡였다.

조금 뒤 꿈이 돌아왔고, 다시금 나는 빌 샤이드만의 역할을 받았다. '받았다'라고 하면서 당연히 나는 연출자에게 이름을 주지 못해 아쉽다.

나는 샤이드만과 오래전부터 아는 사이였지만 그는 내가 그의 육신에 기거할 기회를 얻지 않았다면 상상도 못 했을 만큼 상태가 나빠져 있었다. 그는 크기가 달라지고, 여러 갈래로 갈라져 있었으며, 그의 육체는 더 이상 정상적인 동물의 육체라 할 수 없었다. 거대한 털투성이 피부 껍질들이 때로는 퍼석퍼석하고 때로는 그렇지 않으면서 과거에 정수리나 어깨, 허리띠가 있어야 했을 자리에 덤불 모양으로 자라고 있었다. 혹은 바르발리아 로덴코의 유르트에서 연기를 내뿜던 난로의 자리에서도 자라났다.

부재로 뒤덮인, 벌레도 가축도 사료도 없는 텅 빈 스텝이 발밑에서 느껴졌다. 이제 그 무엇과도 연결되지 않는 죽은 땅이 느껴졌다. 노파들을 제외하면, 정확히 말하면 노파들의 잔존물을 제외하면 지상에는 모든 것이 사라진 뒤였다. 남아 있는 게 정말 얼마 되지 않았던 셈이다. 낮이 한없이 이어졌고, 사이사이 가증스럽게 황량한 밤이 끼어들었다. 이제는 매주 몇 번씩 유성우가 몰아쳤다. 안 그래도 화성 같던 적갈색 토양이 유성우 때문에 더욱 화성 같아졌다. 운석들은 유독가스를 배출했다. 몇 시간 동안 호흡이 불가능한 때도 많았다.

노파들은 원을 그리며 주변을 기어 다니고 있었다. 그들은 몸이 다 망가지고 건망증이 심해졌으며, 이제는 손가락뼈나 입을 내 피부에 대고 즙을 빨아 되새김질하는 짓도 할 수 없었다. 그들은 이제 감정도 향수도 느끼지 못한 채 느릿느릿 내 주위를 돌았다. 그들은 불사의 존재로, 삶을 계속 꾸려갈 형편이 못 되면서도 죽는 법을 몰랐으며, 가끔은 냄비 파편을 두들기거나 한동안 자기네 골격을 보강하는 데 썼던 철근을 망치질하기도 했고, 상황이 어떻든 내가 자기들에게 이상한 '나라'를 계속 만들어줘야 한다는 뜻을 어렴풋한 몸짓으로 전하기도 했다. 기실 육신이 탈바꿈함에도 불구하고, 주변에 무(無)가 행진하고 있음에도 불구하고, 빌 샤이드만은 계속해서 매일 하나씩 이야기를 들려주었던 것이다. 아마 달리 할 말이나 할 일이 없기 때문이었을 것이다. 혹은 할머니들에 대한 연민이 지독히 순종적이었기 때문일 수도 있고, 누구도 짐작 못 할 전혀 다른 이유 때문이었을 수도 있다. 더 이상 청중의 반응이 없고 지평선과 그 너머까지 모든 것이 사멸했으므로 일화를 끝까지 이야기하지 않거나 스케치만 할 때도 있었지만 평균적으로 보면 그는 매일 무언가 새로운 이야기를 했다. 그는 자신의 '나라'를 마흔아홉 개 단위로 배열했다. 그는 그 뭉치 하나하나에 번호나 제목을 붙였다.

그날 밤, 그 10월 16일에, 나는 그에게 다음번 '나라' 뭉치에는 '미미한 천사들'이라는 제목을 붙이라고 제안했다. 그건 내가 예전에 다른 상황, 다른 세상에서 로망스 한 편에 붙인 제목이지만 샤이드만이 마무리하고 있는 이 모음집, 이 마지막 뭉치에 잘 어울려 보였다.[51]

---

51. 볼로딘은 이 책 『미미한 천사들』(1999) 직전에 출간된

꿈과 유성우로 인해 달은 뿌예져 있었다. 백열하는 돌들이 수천 번 밤을 뚫고 지나가고 날카로운 소리와 함께 땅에 박혔다. 우주가 미세하게 지저귀는 소리였다.

백열하는 돌이 내게 닿을 때마다 나는 잠에서 깼다. 별이 내 발치에서 튕겨 나가 다시 잠깐 마찰음을 내다가 곧 조용해지는 소리에 귀를 기울였다. 눈이 어둠에 잘 적응되지 않았다. 벽 반대편, 쇠창살 뒤에서 달이 떨고 있는 것을 바라보았다. 가끔씩 모든 빛이 사라졌다. 나는 이제 내가 빌 샤이드만인지 마리아 클레멘티인지 알지 못했다. '나'라는 말에는 별 뜻이 없다. 나는 내 안에서 누가 말하고 있는지 알지 못했고, 어떤 지성체들이 나를 만들어냈거나 관찰하고 있는지 알지 못했다. 나는 내가 죽었는지—죽은 남자인지 죽은 여자인지—아니면 곧 죽을지 알지 못했다. 나는 나보다 먼저 사망한 모든 짐승들과 사라진 인간들을 생각했고, 나중에라도 과연 누구 앞에서 『미미한 천사들』을 읊을 수 있을지 자문했다. 안 그래도 혼란스러운데 제목 다음에 무엇이 나와야 할지 감이 오지 않았다. 이상한 로망스라고 해야 할지 아니면 그저 마흔아홉 개의 이상한 '나라' 묶음이라고 해야 할지 알 수가 없었다.[52]

『10강으로 익히는 포스트엑조티시즘, 제11강』(1998)에서 로망스라는 장르를 설명하고, 그 첫 작품인 마리아 클레멘티의 「미미한 천사들」을 인용한다. 한편 이 책에서는 크릴리 곰포가 옥사(獄死)한 포스트엑조티시즘 작가 중 하나로 거명되기도 한다. "쇠창살"이라는 표현으로 미루어 볼 때 이 '나라'에서도 마리아 클레멘티는 수감 중인 것으로 보인다.

52. 프랑스에서는 관행적으로 책 속표지에 제목 다음으로 장르명(소설, 자서전, 희곡, 에세이 등)이 표기된다. (이 책의 경우 "나라들[narrats]"이라고 표기되어 있다.) 한편 볼로딘은 '로망스/로맨스'를 'romånce'라고 표기했는데, 이는 프랑스어의 올바른 표기법(romance)과 다르다. 무엇보다 영미권에서 '로맨스'라고 부르는 중세 문학 장르는 프랑스에서 '로망스'가 아닌 '로망(roman)'이라고 불린다는

그리고 갑자기 나는 노파들처럼 영겁 앞에서 얼이 빠져버렸다. 나는 어떻게 해야 죽을 수 있는지 몰랐고, 말하는 대신 암흑 속에서 손가락을 움직였다. 이제 아무 소리도 들리지 않았다. 나는 귀를 기울였다.

점에서 볼로딘의 'romånce'는 프랑스 문학사의 어떤 장르와도 일치하지 않는다.

바르발리아 로덴코는 카빈총으로 자물쇠를 부수고 방에 들어갔다. 암탉들이 울어대고, 비처럼 쏟아지는 흙과 깃털과 주방 기구와 플라스틱 병들 한가운데서 날아올랐다. 혼란한 와중에 작전으로 인해 희미한 달빛 속에서 선반 하나가 부서져, 얹혀 있던 물건들이 자본주의 최후의 마피아가 누워 있는 침대 근처에 쏟아지고 있었다. 방 안은 양계장 냄새와 괴저(壞疽)의 냄새가 가득했다. 최후의 마피아는 팔을 뻗어 머리맡 전등을 켰다. 그는 일그러진 얼굴로, 불안한 체념의 표정이 조금씩 얼굴에 다시 나타났고, 입술은 존재하지 않는 단어를 웅얼거렸다. 위기에 처하자 그는 담요를 던져버리고 몸을 옆으로 누였다. 8일 전 바르발리아 로덴코는 그의 무릎 위쪽에 상처를 입혔고, 그 덕에 핏자국을 따라 은신처까지 그를 추적할 수 있었다. 그의 넓적다리에는 더러운 붕대가 감겨 있었다. 약 30초 후 마지막 마피아의 조카딸도 방에 들어왔다. 그녀는 자본가가 아니었다. 그녀는 수의사들, 통계학자들과 함께 인구조사국에서 일하고 있었고, 현재 인류의 수는 그녀 자신, 빌 샤이드만, 죽지 않는 노파들, 자본주의 깡패 집단의 마지막 대표자를 포함해 서른다섯 명임을 알고 있었다. 최후의 마피아는 곧 죽을 것이었다. 그녀는 어깨를 으쓱했다. 그녀는 임신 상태였고 배주머니[53]에는 수의사 한 명의 도움을 받아 거의 혼자 힘으로 만들어낸 아기가 담겨 있었다. 아기는 여아로 이미 림 샤이드만이라고 이름 지었으며, 추후 지상에 질서, 수용소, 동지애를 복원할 것이었다. 그녀는 삼촌은 쳐다보지도 않고 창가에 다가가 몸을 기댔다. 창밖으로 카날가(街)의 끝, 벽돌색 사구들, 구름과 싸우느라 녹초가 된 달을 분간할 수 있었다. 바르발리아는 마피아의 흉곽 밑에 칼로 구멍을 내고, 몽골식으로 그 안에 손을 집어넣어 뒤졌다. 손가락이 대동맥 주변에 이르자 대동맥을 집고 심장을 손바닥으로 죄었다. 10월 17일이었다. 마지막 부자의 조카딸은 여전히 마음속으로

53. 캥거루, 코알라, 주머니늑대 등 유대목 동물의 육아낭.

아이와 함께 세상의 잔해를 산책하고 있었다.

바르발리아 로덴코는 이제 머리맡 전등을 부수려 했다. 그녀는 전등을 여러 차례 바닥에 던졌고, 전등이 부서지지 않고 구르자 피로 끈적끈적한 손으로 집어 등을 껐다.

도라 페니모어는 균형을 잃은 상태였다. 사람들이 밤낮으로 누르고 밀쳐댔다. 그녀는 온 힘을 다해 슐로모 브롱크스에게 밀착해야 했고, 브롱크스의 폐와 왼쪽 엉덩이와 왼쪽 다리를 지독히 압박했다. 며칠 뒤 슐로모 브롱크스는 자기 피부가 더 이상 바리케이드가 되지 못하며 두 유기체가 서로 찢어져 하나로 접합되었음을 느꼈다. 내 계산으로는 이미 10월 18일 새벽이었다. 나는 도라 페니모어를 사랑했다. 그녀를 사랑했기에 그녀가 나와 융합되어 나를 무겁고 아프게 하고 근육을 이상한 꼴로 만든 걸 원망하지 않았다. 문득 그녀가 두려워하고 있음을 깨달았다. 나는 두 팔이 다른 몸들 사이에 끼어 있었으므로 팔을 빼서 그녀를 어루만지며 안심시킬 방도가 없었다. 피로와 자세 때문에 시선을 돌려 그녀에게 미소를 지어줄 수 없었다. 그 점이 안타깝다. 내 미소가 자기 얼굴에 내려앉는 걸 보았다면 좋아했을 텐데. 나는 우리가 같이 사는 동안 만들어둔 밀어를 끊임없이 속삭이면서 이송 기간의 첫 주를 보냈다. 많은 사람과 비좁은 공간에 있으면서 마치 우리밖에 없는 양, 마치 아무 일도 없는 양 사랑을 주고받아야 할 순간을 대비해 만들어둔 말들이었다. 그녀가 그 말을 알아들었는지는 모르겠다. 그녀는 대답할 기운이 없었다. 처음부터 나는 그녀가 헐떡이는 몸뚱이들과 그 몸뚱이들의 구역질 나는 어둠 속에서 숨을 제대로 못 쉬는 것을 들을 수 있었다. '나'라고 하면서 나는 부분적으로는 슐로모 브롱크스를 지칭하지만 그건 정말 일부분일 뿐이다. '나'라고 하면서 나는 나와 압착되어 쇄골이 박살 나고 뒤섞여버린 요나탄 레프셰츠와 이즈마일 도크스도 생각하고, 레프셰츠 뒤쪽에 있다가 우리의 집단적 살덩어리에 합쳐진 다른 이들도 생각하니 말이다. 그중 프레드 젠플을 언급하련다. 이송되는 게 그때가 처음이 아니었던 젠플은 모퉁이에 수직으로 박혀 있었다. 목덜미는 짓눌려 꼬인 상태였고 머리는 한 여자 때문에 모퉁이에 박혀 꼼짝달싹 못하고 있었다. 불행히도 여자는 뚱뚱했고, 선 채로 누워 울고 있었으며, 움직이지도 않고 말도 하지 않으면서 거구로 자기 옆에 있는 남녀들을 짓누르고 있었다. 내 눈은 널빤지들 사이의 틈과 같은 높이에 있었으므로, 낮이 밤으로부터 떨어져 나왔을 때는 가끔 밖에서 일어나는 일이 보일 때도 있었고, 아무 일도 일어나지 않을 때는 무슨 일이 일어날 때 배경이 될 풍경을 바라보며 눈요기를 할 때도 있었다. 프레드 젠플은 반대쪽, 우현에 있었으므로 나와 같은 특권을, 편안한 시야를 누릴 수 있었던 게 분명하다. 그는 나중에 자기가 그때 본 것에 대해 이야기했고, 그것을 '마지막 일곱 노래'라는 제목의 소품에서 묘사했다. 그 책에는 꽤나 실망스러운 뮈르뮈라[54] 일곱 개가 실려 있는데, 명백히 그가 쓴 최악의 책 중 하나다. 하지만 그가 이야기하는 것은 내가 나 자신과 여러 동행인들의 기분 전환을 위해 좌현에서 보이는 동시에 생중계했던 풍경과는 사뭇 다르다. 프레드 젠플은 널빤지 사이로 수용소가 가까워졌음을 휘황찬란하게 알려주는 가을 숲 풍경이 지나가는 것을 보았고, 벌채된 잎갈나무 더미, 어두운 색깔의 작은 호수, 감시초소, 녹슨 저수통, 녹슨 트럭, 헛간, 비위생적인 막사 들을 보았으며, 때로는 나무에 가려진 순록 떼, 연기를 보았고 때로는 수백 킬로미터의 무인 지대를 보았다. 그런데 내 앞의 나무 틈으로 보이는 광경은 그와는 달라서, 거의 언제나 도시 지역이었다. 텅 빈 분기점과 버려진 도로 다음에는 인적 없는 가로(街路)들이 나왔고, 늑대들과 몇몇 걸인의 인영(人影)을 제외하면 폐허에는 사는 이가 거의 없었다. 때로는 승강기 샤프트 안이나 네거리에서 식인종들과 희생자가 날뛰는 게 보이기도 했지만 보통은 이야깃거리가 될 만한 일이 없었고, 나는 이야기의 내용을 내 안에서, 최근의 추억에서 끌어오는 쪽을 선호했다. 예를 들어 나는 이렇게 얘기하곤 했다. 그날 밤 나는 도라 페니모어와 함께 카날 로를 거니는 꿈을 또다시 꾸었지. 그리고 일이 초의 침묵 뒤에 나는 이렇게 덧붙이곤 했다. 도라 페니모어는 매혹적인 원피스를 입고

54. 볼로딘은 'narrer(서술하다, 이야기하다)'라는 단어를 기반으로 '나라(narrat)'라는 장르명을 만들었는데 '뮈르뮈라(murmurat)' 역시 'murmurer(중얼거리다)'라는 단어로 만든 장르명이다.

있었어. 그리고 누가 옷에 대해 자세한 정보를 요구하면 트임이 있는 짙은 청색의 긴 치파오이고 옷깃은 쇼킹 핑크색이라고 했다. 그러고는 탄성이 가라앉기를 기다린 뒤 말했다. 카날로에는 내가 지금 널빤지 틈으로 보는 풍경과 동일한 분위기가 흐르고 있었어. 그리고 이야기를 이어가야 했으므로, 사람들이 서술을 더 전진시키라고 청했으므로 나는 말했다. 그러니까 분위기가 동화 속 같은 것인지 아니면 극도로 음울한 것인지 알 수 없었던 거야. 그리고 이렇게 말했다. 예를 들어 공중에는 새로운 사회적 · 기후적 조건에 우리보다 잘 적응한 새들과 거대한 나비들이 활공하고 있었어. 그리고 내 뒤에서 누군가가 이 짐승들이 정확히 어떻게 생겼냐고 묻기에 이렇게 말했다. 놈들은 날개가 있고, 충격적인 회색이며, 몸은 벨벳처럼 부드러운 유기물 재질을 재단해 만들었고, 깊은 검은색 눈은 우리의 꿈속을 들여다보고 있었어. 그리고 잠시 쉬었다가 이렇게 덧붙였다. 도라 페니모어와 나는 오직 살아남는 것만 신경 쓰면서 그들의 날개 밑에서 거닐었지. 그리고 조금 뒤 나는 내 생각을 보충했다. 우리는 어둑어둑한 빛 속에 함께 있었어. 우리는 하늘에서 들려오는 날갯짓 소리에 귀를 기울였고. 우리는 그 소리를 들으면서 서로의 얼굴에 숨을 내쉬었고, 아무 할 말이 없음을 알았으며, 가끔은 더 편하게 포옹하려고 인도에 누웠고, 아니면 판자 울타리로 다가가 널빤지 틈으로 그 너머를 보려고 눈을 가늘게 떴고, 가끔은 근처에 새들이 추락하면서 정적 속에서 아무 비명 소리도 없이 건물의 귀퉁이를 부수거나 건물을 산산조각 냈어.

46
셍굴 미즈라키예프

폭우 소리가 갑자기 커졌다. 곧이어 소음이 망설이다가 물러났다. 검은 공간의 가장자리에 비가 내리고 있었다. 시간의 흐름이 아직 시작되지 않았으므로 소나기는 주저하다 그쳤고, 산발적으로 빗방울이 떨어지더니 고요가 다시 찾아왔다.

그때 크릴리 곰포가 기침을 했다. 습기 때문이 아니었다. 일주일째 숨을 쉬지 못했고, 통과하는 도중에 묻은 그을음 때문에 콧구멍에 때가 잔뜩 낀 탓이었다. 기침의 영향으로 미세관들이 뚫렸고, 속귀 안쪽에서 어떤 목소리가 그의 이름 곰포와 그가 수행해야 할 일, 우리가 세상을 이해하는 데 도움이 될 영상들을 저장하는 일을 상기시키는 게 들렸다. 그는 애초의 목표 지점에서 굉장히 벗어나 있었지만 그래도 결국 어딘가에 안착은 한 것이었다. 달력에 따르면 날짜는 10월 19일 월요일이었다. 그에게 말하는 목소리는 나였다. 나는 이번이 그에게 마지막 다이빙이 될 것이며 약 11분 9초간 지속되리라고 알려주었다.

크릴리 곰포는 빵집 근처에 서 있었다. 끔찍한 욕지기가 올라왔으므로 그는 쇼윈도에 다가가 몸이 땅에 미끄러지게 두었다. 그는 아스테카 미라의 자세로 인도에 쪼그려 앉았다. 어깨를 무릎에 대고 두 팔은 무릎을 감싸고 상반신은 마지막으로 숨을 내쉰 뒤처럼 약간 이완한 이 자세는 우리가 작전에 들어갈 때 늘 선호하는 자세다. 그의 오른쪽에서는 프랄린 과자 냄새가 맴돌았다. 왼쪽에서는 반지하 채광창 하나가 지하실 곰팡내를 내뿜었다. 가게는 닫혀 있었다.

4분 동안 곰포는 그저 토하고 싶은 욕구와 싸우기만 했다. 사람들이 앞을 지나갔다. 어떤 이들은 레인코트를 입었고, 어떤 이들은 고생대의 얼굴형이었으며, 어떤 이들은 개나 심지어 고양이를 동반하고 있었다. 개나 고양이는 곰포의 존재를 알아차리고는 목줄을 당겨가면서 냄새를 맡으려 했다. 모조 알파카 재킷을 입은 노부인이 허리를 굽히더니 두 발 사이로 동전 하나를 던졌다. 하프달러라고 해두자. 사건들이 점점 빨리 일어나고 있었지만 수집한 정보는 여전히 빈약했다. 크릴리 곰포는 자기가 도착한 세상을 더 잘 관찰하려고 몸을 일으켰다. 그는 자동적으로 걸인의 자세를 취했다.

그는 표지판을 보고 이곳이 아르두아즈 로임을 알았다. 이 길은 건축적으로 흥미로운 점이 전혀 없었다. 좁고 경사진 길이었다.

셍귈 미즈라키예프라는 남자가 다가오더니 그의 내민 손에 동전 하나를 놓았다. 1달러라고 해두자. 그러고는 잠시 머뭇거리더니 그에게 시간을 물었다. 크릴리 곰포는 실수로 왼쪽 손목을 쳐다보는 동작을 취하지 않고 그 순간 내가 그에게 전달하고 있던 정보를 열심히 번역했다. 그에게 5분 49초가 남았다는 정보였다.

"끝나려면 5분 47초 정도 남았어요." 크릴리 곰포가 말했다.

"그렇군요." 남자가 말했다.

그는 곰포의 누더기에서 나는 끔찍한 석탄 냄새를 의식하고는 우물쭈물하더니 갑자기 얼굴이 창백해졌다.

"어쨌든 나는 시간이 됐어요." 그가 말했다.

크릴리 곰포는 동의했다. 남자는 목둘레선이 비뚤어진 감색 풀오버를 입었고, 똑똑해 보였다. 그는 글을 읽을 줄 아는 것 같았고 어쩌면 심지어 프레드 젠플의 소설 한두 권을 읽기라도 한 것 같았다. 그가 멀어졌다. 그 어떤 집짐승도 그의 뒤에서 얼쩡거리지 않았다.

그 뒤로는 곰포에게 주어진 마지막 1초가 다할 때까지 아무런 유의미한 일도 더 일어나지 않았다. 그렇게 초라한 성과를 거둔 뒤에 곰포를 다시 숨 쉬게 하는 건 너무 골치 아픈 일이었으므로 우리는 그를 아르두아즈 로에 내버려두었다.

47

글로리아 타트코

10월 20일, 우리는 대피 통로로 접어들었다. 휘청이는 와중에도 각자 나름대로 균형을 잡고 있었고, 뒤에 불이나 피가 있는 문을 피하려고 각자 무던히 애를 쓰고 있었다. 우리는 이제 둘뿐이었다. 달이 졌고, 세 시간이 흘렀고, 달이 다시 떠올랐고, 날이 밝았고, 다시 일몰이었다. 글로리아 타트코가 앞에서 걷고 있었다. 그녀는 고개를 숙이고 있었고, 힐끔힐끔 쳐다보았고, 기름에 전 노끈 비슷한 머리칼과 물집 잡힌 가죽끈 다발 비슷한 두 팔을 흔들었다. 그녀가 그런 상태인 걸 보니 마음이 아팠다. 그녀는 곧 프레드 젠플이 쓴 책들의 마지막 장에서 종종 묘사된 것과 같은 빌 샤이드만의 끔찍한 외모를 하게 될 것이다.
나는 눈물 때문에 시야가 흐려졌다. 글로리아 타트코가 뒤를 돌아보았다. 그녀는 나보다 오륙 미터 앞서 있었지만 귀가 먹먹한 화염 소리를 뚫고 내가 알아들을 수 있게 말하기 위해 적잖은 노력을 한 게 틀림없었다. 서둘러! 그녀가 성대가 없어진, 역겨운 목소리로 외쳤다. 제시간에 자궁에 들어가고 싶으면 걸음을 재촉해…! 곰들이 곧 분만할 거야, 벌써 고통으로 몸을 비틀고 있다고…! 나는 경고를 이해했음을 보여주려고 글로리아에게 손을 흔들었다. 글로리아는 문장의 초두를 다시 외쳤지만 우리가 난기류 지대에 진입하고 있었으므로 말을 더 잇지 못했다.
나는 걸음을 빨리하기는커녕 위험으로부터 나 자신을 지키기 위해 졸기 시작했다. 우리 주위로 아파트들이 불타고 있었다. 승강기들은 바람 소리를 내면서 추락하고 있었고, 불붙은 몸뚱이들이 승강기보다 앞서거니 뒤서거니 추락했다. 그 새빨간 불덩이들과 불덩이 밑에 생겨 굉장한 속도로 하강하는 빛무리를 제외하면 빛이 거의 없었다. 달은 하현에 가까워지고 있었고, 이틀 뒤면 더 이상 우리가 걷는 길을 밝혀주지 않을 것이었다. 눈물이 얼굴에 골을 내는 것이 마치 녹아내리는 가면을 쓴 것 같았다. 나는 글로리아 타트코의 바로 뒤에서 걸어가고 있었다. 열기 때문에 그녀는 옷과 머리칼을 잃은 상태였다. 그녀는 내 쪽으로 무언가 충고의 말을 웅얼거렸지만 나는 더 이상 해독할 수 없었다. 거기서 멀지 않은 곳에서는 암곰들이 침을 흘리면서 포효하고 있었다. 곰들은 태내가 뜨거워져 괴로워했다. 자궁 수축의 첫 주기가 시작된 것이었다. 달은 가느다란 낫 모양으로 다시 나타났다. 우리가 끈질기게 주파하고 있는 통로에서는 문 몇 개가 불에 타 없어져버렸다. 어떤 문들은 삭아서 열려 있었다. 어떤 문들은 영원해 보였다. 나는 문 하나의 번호를 알아보았다. 885호였다. 너무나 친숙한 번호여서 불길하지 않을 수 없었다. 그것은 내 방 번호였다. 우리는 같은 곳을 맴돌고 있는 것이었다. '내' 방이라고 하는 건 쓸데없는 설명으로 횡설수설하지 않기 위해서다. 885호는 그들이 나를 처음부터 처박아둔 곳으로, 소피 지롱드의 선실 옆방이었다. 소피 지롱드는 내가 사랑하는 여인이지만 나는 그녀를 현실에서는 한 번도 만나지 못했다. 이 복도는 우리 중 누구도 현실의 인물이나 꿈속의 인물 누구와도 진정 인간적이거나 현실적인 관계를 맺지 못하도록 설계되어 있었던 것이다. 더 빨리! 글로리아 타트코가 울먹였다. 애야,[55] 많이 늦었어…! 이젠 너무 늦었어…! 나는 암곰들이 어슴푸레한 삼등 선실에서 발버둥 치고 있는 것을, 공포와 고통으로 뒹굴고 있는 것을 상상했다. 곰들은 흰 털 여기저기가 더러워졌고, 벽에 발길질을 하고 있었다. 선박은 비어 있었다. 선원들은 다른 곳에 있거나 죽었다. 소피 지롱드가 짐승들 사이에서 이리저리 뛰어다니는 게 들렸다. 애야, 서둘러…. 글로리아 타트코가 헐떡였다. 건너편으로 달아나…! 그녀는 불기둥 속에서 휘청거렸고, 나에게 어느 쪽으로 지나가라고 가리켰고, 우리 위에는 보름달이 떠 있었고, 지나갈 수 있는 길은 전혀 없었다. 나는 886호 선실 문까지, 그 문 뒤편까지 지그재그로 달렸다. 나는 눈물 젖은 얼굴을 현창에 붙였다. 현창의 유리는 두꺼웠다. 소피 지롱드가 보였다. 곧 그녀는 내 시야를 벗어났다. 그녀는 태반 때문에 번쩍거렸다. 백곰들은 새끼들을 핥아주었고, 그 거대한 몸으로 등을 대고 누워 으르렁거렸다. 곰들의 자세를 보면 어떨 때는 놀고 있는 것 같고 어떨 때는 토라진 것 같았다.

---

55. 저자에 따르면 글로리아 타트코와 이 '나라'의 서술자는 아마 할머니와 손자 사이일 것이라고 한다.

나는 주먹으로 문을 쳤다. 아무 소리도 나지 않았다. 곰들의 소리가 들렸고, 소피 지롱드의 목소리가 들렸다. 그녀가 무슨 말을 했는지는 모른다. 그녀가 누구와 얘기하고 있었는지는 알지 못한다. 자궁 안으로건 실외 공간으로건 문을 통과해 나가기에는 너무 늦었다. 아, 애야…. 글로리아 타트코가 탄식했다. 나는 그녀에게 합류하려고 방향을 돌렸지만 그녀는 보이지 않았다. 불러도 대답이 없었다. 이편 하늘은 컴컴하고 별이 없었다. 이제 빛을 발하는 게 아무것도 없었다. 쓸모없는 태반이 녹아내리는 바람에 아직 들여다볼 수 있는 유일한 창문이 더러워졌다. 이제는 심지어 불조차 빛을 발하지 않았다.

프레드 젠플의 책들을 읽으라. 마지막 쪽이 여전히 피와 그을음으로 끔찍하게 더럽혀져 있는, 끝까지 다 쓴 책들뿐 아니라 끝이 없는 책들도 읽으라. 애호가들에게 배포하려고 때로는 사본 두 부를, 심지어 세 부를 만들어놓은 소설들을 읽으라. 몇몇 작품은 이러저러한 시체 매립지에 아직 있을지도 모른다. 에워싼 재를 긁어내고 스며든 생석회를 제거하고 젠플 자신의 피를 신경 쓰지 않는다면 쉽게 접할 수 있다. 몇몇 다른 작품은 아직도 그의 꿈이나 당신 꿈의 수면 밑, 두 흐린 물 사이로 떠다니고 있다. 이제 글을 읽을 줄 모른다 해도 읽으라. 그 책들을 좋아하라. 그 책들은 종종 굴욕을 산 채로 통과한 사람들이 살아 숨 쉬어야 했던 굴욕의 풍경을 묘사하고 있다. 그 책들에는 관능적 애정의 장면들도 있다. 그 소설들은 어찌 되었든 때로는 순정과 추억을 비추는 것을 단념하지 않는다. 그 책들은 아무것도 남는 게 없을 때 남는 것을 기반으로 만든 것이다. 하지만 그 책들이 훌륭한지의 여부는 오직 당신에게 달려 있다. 그 책들 대부분은 프레드 젠플이 수용소 시절과 수용소 시절 이후에 몰두해 있었던 만물과 만인의 소멸에 대한 성찰을 재개하고 있다. 그 책들을 읽으라. 그 책들을 찾아보라. 프레드 젠플은 오랫동안 여러 수용소를 전전했다. 철조망이 너무나 익숙해서 철조망에 대한 다양한 은어를 모은 사전을 집필했을 정도다. 그는 강제수용소 지역들을 너무나 사랑했기에 불행과 최후의 환각에 대해 끊임없이 글을 쓰면서 만물과 만인이 그 지역을 경험하기를 소원했다. 예컨대 그의 가장 형편없는 텍스트 중 하나인 『마지막 일곱 노래』[56]나 아니면 독립된 텍스트인 『10월 21일』을 읽으라. 『10월 21일』은 이론의 여지 없이 최악의 텍스트이지만

---

56. 43번째 '나라'부터 마지막 일곱 '나라'에는 날짜가 붙어 있어 종말을 향한 카운트다운을 하고 있는데, 그 마지막 날짜는 저자의 한 지인의 기일이며, 이 일곱 '나라'는 프레드 젠플의 『마지막 일곱 노래』에 대응된다고 한다.

우리가 여행과 재난을 함께했다는 사실이 언급되어 있어 내가 개인적으로 아끼는 작품이다. 비록 우리가 대부분의 시간 동안 멀리 떨어져 있었기에 서로 만난 건 단 하룻밤에 불과하지만 우리가 함께 처절히 운 건 사실이다. '나'라고 하면서 여기서 나는 알리아 아라오칸을 말하는 것이다. 내가 그보다 선호하는 프레드 젠플의 소설도 읽으라. 그 소설은 기관차가 그의 육신을 갈가리 찢어 끌고 가는 동안 쓰였다. 꽤 재미있고 다채로운 소설이라 모든 남녀가 좋아할 만하니. 그 소설을 읽으라. 적어도 그거라도 읽고 좋아하라.

49
베레나 용

엔초 마르디로시안의 집에 도착했을 때 그는 어디에도 보이지 않았다. 나는 가까운 곳에 자리를 잡고는 그에게 수고비 조로 줄 생각이었던 음식을 먹었다. 날이 쌀쌀해지기 시작했다. 때로는 날이 저무는 동안 잿빛 쪼가리들이 땅에서 나와 소리 없이 사람 키 높이까지 떠올랐다가 사라지는 게 보였다. 조절사의 움막은 몇 세기 전에 불타버린 폐허처럼 보였지만 대지가 오랫동안 고엽제와 가스의 뇌우에 시달린지라 식물이 침범하지 못했다. 산딸기들은 발육 부진이었고, 산사나무들 틈에서 검어지고 있던 뽕나무 열매는 니트로 맛이 났다. 그 가을의 마지막 과일들이었던 셈이다. 그 얘기는 이걸로 접자. 다음에 나는 우물 쪽으로 갔다. 나는 내려갔고 들어가서 불러보았다. 벽 안을 오목하게 파놓아 누군가가 한동안 살았을 수도 있었지만 남아 있는 건 불에 타거나 썩은 천 조각들뿐이었다. 나는 다시 나왔다. 10월 22일이었다. 바깥에서는 풍경이 심야의 진흙으로 탈바꿈하기를 끝마치고 있었다. 조절사가 나에게 뭐라고 했을지 안다. 눈물뿐 아니라 내 안의 모든 게 고장 났고, 내가 아무렇게나 무질서하게, 게다가 종종 적절치 않은 때에 혹은 이유 없이 울어댔거나, 아니면 내가 까닭 없이 무감정하게 지냈다고 했을 것이다. 고치기에는 너무 늦었다. 그래서 나는 조절사 없이 버티기로 했다. 이미 주변에는 거의 아무것도 보이지 않았다. 나는 희미한 빛의 인도를 받아 어느 잿더미 언덕을 기어올랐다. 그곳에는 한 여인이 초롱 옆에 누워 있었다. 우리는 통성명을 했고, 세상 꼭대기에서 한동안 살았으며, 자식 셋을 두었다. 딸들이었다. 딸 하나는 어머니의 이름을 따서 베레나 용이라고 지었다. 그 애는 아름다웠다. 마지막 미녀였던 셈이다. 몇 년 뒤 암흑이 더욱 진해졌다. 그 자리에 머물든 움직이든 길을 잃기 쉬웠다. 그리고 갑자기, 불러도 아무도 대답하지 않았다. 검은 공간에 등이 만들어낸 빛무리를 떠나기가 두려웠으므로 나는 불꽃 근처에서 근근이 살아가기 시작했다. 어느 날 밤 내 옷이 불에 타버렸다. 나는 벌벌 떨고 훌쩍이면서 한동안 잿더미 위에서 버텼다. 사오 년은 더

버텼다고 해두자. 바람과 이야기하는 척하려고 신음 소리를 낼 때도 있었다. 하지만 그 누구도 내게 말을 걸지 않았다. 이번에는 내가 마지막 사람이었던 셈이다. 그렇다고 해두자. 그리고 그 얘기는 이걸로 접자.

마혼아홉의 미미한 천사들이
'나라' 하나당 하나씩 우리의 기억을 스쳐 갔다.
여기 그 명단이 있다.

해설

'다른 곳'의 문학
– 포스트엑조티시즘이라는 평행 우주

앙투안 볼로딘(Antoine Volodine)이라는 이름을 처음 접한 것은 약 10년 전 프랑스 문학잡지 『마가진 리테레르』에 실린 '대학 연구자들을 매료시키는 작가들'이라는 제목의 앙케트 기사에서였다. "좋은 작가는 죽은 작가뿐"이라는 소르본의 오래된 농담처럼 프랑스 학계에서는 생존 작가와 동시대 문학에 대한 연구를 기피하는 풍토가 지배적이었는데, 21세기 들어 서서히 변화의 분위기가 감지되던 와중 『마가진 리테레르』에서 현대문학을 전공하는 대학교수들에게 살아 있는 작가 중 누구에게 관심이 있는지 질문한 것이었다. 앙케트 결과 놀랍지 않게 파스칼 키냐르, 피에르 미숑, 장 에슈노즈가 가장 중요한 세 작가로 꼽혔고, 다음으로 거명된 열 명의 작가 중 실비 제르맹, 로랑 모비니에, 마리 은디아이, 장필립 투생 등과 함께 앙투안 볼로딘의 이름이 있었다. 그 뒤로 생존 작가치고는 볼로딘에 대한 단행본 연구서와 학술지 특집호가 상당히 많이 나온다는 점을 인지하고만 있던 중, 2017년 1월 오랜만에 파리를 찾았다가 옛 친구 에티엔의 권유로 『미미한 천사들』을 구입하게 되었다. 번역을 해야겠다고 마음먹은 건 책을 채 30쪽도 읽기 전의 일이었다. 그동안 접해온 프랑스 현대 소설의 일반적 경향들과는 동떨어진 그만의 소설 세계가 너무나 매혹적이었던 것이다. 그리고 1년 반이 지난 지금 볼로딘의 작품으로는 처음으로 『미미한 천사들』을 한국의 독자들에게 소개하게 되었다.

* * *

볼로딘의 작품 세계를 설명하기 위해서는 '포스트엑조티시즘(post-exotisme)'에 대해 언급하지 않을 수 없다. 개괄적으로 말하면 '포스트엑조티시즘'은 30여 년 전부터 소설(roman), 나라(narrat), 로망스(romånce), 샤가(Shaggå), 노호(怒號, vocifération) 등 다양한 장르의 작품을 프랑스어로 발표하고 있는 일군의 작가들을 지칭하는 이름이다. 그중 실제 프랑스에서 책을 출판한 사람으로는 앙투안 볼로딘, 엘리 크로나우에르(Elli Kronauer), 마누엘라 드라게르(Manuela Draeger), 루츠 바스만(Lutz Bassmann) 등이 있지만, 이들의 대변인을 맡고 있는 앙투안 볼로딘에 따르면 이 4인 외에도 이 책 『미미한 천사들』에 등장하는 크릴리 곰포나 마리아 클레멘티를 비롯해 암약하는 '포스트엑조티시즘' 작가가 수십 명 있다고 한다.

그렇다면 포스트엑조티시즘은 무엇인가? 먼저 이 이름은 1990년대 초반 어느 기자가 작품의 장르를 묻자 볼로딘이 장난삼아 '무정부주의적-환상적 포스트엑조티시즘(post-exotisme anarcho-fantastique)'이라고 대답한 데서 비롯되었다. 이후 '무정부주의적-환상적'이라는 수식어는 탈락되었고, 볼로딘은 이 명칭을 적극적으로 사용하고 있다.

하지만 '–이즘'이라는 이름이 주는 뉘앙스와는 달리 포스트엑조티시즘은 엄밀히 말해 장르도 아니고 유파도 아니다. 원론적으로 말하면 포스트엑조티시즘은 ('여기'가 아닌) '다른 곳'에서 나와 '다른 곳'으로 향하는 '다른 곳'의 문학이며, "서술자와 픽션 사이의 국가(national)적 연관이 모조리 사라지는 것"을 지향하는 문학이고, 보다 구체적으로 말하면 종신형을 받고 특별 보안 형무소에 수감 중인 극좌파 · 무정부주의자 정치범 · 테러리스트 · 반체제 인사들이 독방에서 독방으로 속삭이고 중얼거리고 되새김질하고 구송하고 보존한 이야기들이다. 이런 이유로 이 작가들 중 언론의 인터뷰에 응할 수 있는 이는 이 그룹의 대변인 앙투안 볼로딘뿐인데(『10강으로 익히는 포스트엑조티시즘, 제11강』에서 언급된 것처럼 엘리 크로나우에르, 마누엘라 드라게르, 루츠 바스만은 감옥에서 사망했으므로[1] 이들의 신작이 출간되어도 인터뷰는 볼로딘이

---

1. 루츠 바스만, 엘렌 도크스, 이아쿠브 카드바키로, 엘리 크로나우에르, 에르도강 마야오, 아샤르 타르찰스키, 잉그리드 보겔, 앙투안 볼로딘 8인의 공동 명의로 출간된 『10강으로 익히는 포스트엑조티시즘, 제11강』(갈리마르, 1998)에는 '사망한 반체제 인사 명단 일부'가 실려 있으며 72인의 정치범이 형무소 특별 보안동에 수감된 연도가

전담한다.), 볼로딘은 공식 석상에서 언제나 '나'라고 하지 않고 '우리'라는 표현을 사용해 이 수감 중인 작가 공동체를 상기시키며, 이런 맥락에서 포스트엑조티시즘 작품들은 일종의 공동 창작이므로 개별 저자의 이름은 큰 의미가 없다고 주장한다.

하지만 볼로딘의 공식 주장을 믿지 않는 불신자들은 엘리 크로나우에르, 마누엘라 드라게르, 루츠 바스만이라는 이름이 (페르난두 페소아가 다양한 이명[異名]을 사용했듯) 볼로딘의 필명에 불과하고, 볼로딘이 인터뷰에서 태연히 언급하는 이 작가들의 공동체는 실재하지 않으며, 앙투안 볼로딘이라는 이름 역시 저자의 본명이 아니라 외조모의 성(姓)에서 따온 필명이라고 말하기도 한다. 볼로딘은 포르투갈어나 러시아어 작품도 10여 권 번역했는데, 이 책들은 통상적으로 포스트엑조티시즘으로 분류되지 않지만 그중 적어도 한 권은 번역서가 아니라 볼로딘의 창작물이 아니냐는 의혹이 있는 형편이다.

그렇다면 볼로딘 자신은 포스트엑조티시즘을 어떻게 규정하고 있을까? 볼로딘은 『비올라 솔로』(1991)에서 작가 이아쿠브 카드바키로의 소설을 묘사하기 위해 처음 '이국적'이라는 형용사를 사용하면서 그 의미를 다음과 같이 설명한다.

> "그는 동시대의 세상을 묘사했다. (…) 그가 생각하기로는 세태를 이해하는 데, 역사적 시기의 자료들을 측정하는 데, 수세기 전부터 답보하고 있는 인류의 정신 상태를 평가하는 데 필수 불가결한 열쇠가 바로 꿈에 담겨

기재되어 있다. 그중 우리가 언급한 포스트엑조티시즘 작가로는 엘리 크로나우에르(1999년 수감), 마누엘라 드라게르(2001), 루츠 바스만(1990), 크릴리 곰포(1980), 마리아 클레멘티(1975) 등이 있으며(루츠 바스만은 2017년에 사망했다고 알려져 있다.), 흥미롭게도 앙투안 볼로딘의 이름은 명단에 없다. (이 책이 갈리마르 출판사에서 출간된 때는 1998년이지만 이 사망 명부에는 2001년에 수감되었다가 나중에 죽은 작가들도 언급되고 있으므로 이 책의 서술 시점은 최소 21세기 이후다.)

있었다. 바로 그 때문에 그는 세상을 분석하면서 우주의 방대한 몽환적 부분을 집어넣었다. 그는 남녀의 초상에 몽유병적 행태를, 야음(夜陰)의 사유 양태를 덧붙였다. 그는 자기 인물들에게 광기에 가까운 괴상망측한 의도를 부여했다. 이아쿠브 카드바키로는 추상적 몽환을 탐사하는 것처럼 보였지만 불현듯 그의 평행 세계들은, 이국적인 세계들은 무의식에 묻혀 있던 것과 일치하고 있었다. (…) '이국적(exotique)'이라는 단어는 당혹스럽지만 물질의 근본을 이루는 입자들에 붙이는 말이다." (『비올라 솔로』, 32쪽, 강조 표시는 인용자)

더 나아가 볼로딘은 자신의 작업을 '프랑스어로 외국 문학을 쓰는 것'이라고 규정하는데, 그가 한 인터뷰에서 말하는 바와 같이 포스트엑조티시즘이라는 명칭은 이런 맥락에서 이해해야 할 것이다.

"'-이즘'이라는 접미사로 끝나기는 하지만 포스트엑조티시즘은 문학사조나 문체가 아닙니다. 그보다는 원산지 표시라고 생각하도록 하죠. (…) 포스트엑조티시즘 작품이란 '다른 곳'에, '[세상과] 멀리 떨어진 곳'에 위치한 영토에서 나오는 작품입니다. 따라서 포스트엑조티시즘 작품은 정의상 외국 문학이며, 모든 번역된 외국 문학처럼 실제 자기 모습의 일부분만을 독자에게 제공합니다."[2]

여러 인터뷰에서 볼로딘은 포스트엑조티시즘을 "다른 곳에서 와서 다른 곳으로 가는 다른 곳의 문학", "20세기의 전쟁, 혁명, 인종 청소, 패배에 기억의 뿌리를 두고 있는 국제주의적[3] · 세계주의적 문학", "프랑스어로 쓰인 외국 문학", "몽상적인 것과 정치적인 것을 밀접하게 뒤섞는 문학", "공식 문학과 단절하는

---

2. 크리스토프 뮤아(Christophe Millois), 「앙투안 볼로딘과의 인터뷰(Entretien avec Antoine Volodine)」, 『프레텍스트(Prétexte)』, 16호, 1998년 겨울 호.

3. 국제주의적(internationaliste)이라는 단어는 '국제 사회주의 운동'과 무관치 않다.

쓰레기통의 문학", "곱씹기 · 정신적 일탈 · 실패의 감옥 문학", "샤머니즘과, 볼셰비키적 샤머니즘과 중요한 관련이 있는 소설적 건축물" 등으로 정의하고 있는데, 이러한 '단절'이나 '다른 곳에 대한 지향'은 당연히 통상적 의미의 이국 취향과는 무관하다.(이 책의 다섯 번째 나라 「이즈마일 도크스」에서 확인할 수 있는 것처럼 제국주의적 오리엔탈리즘에 대한 조롱은 명백하다.)

* * *

내용 면에서 볼로딘의 책들은 배경이나 소재가 엇비슷해 서로 연결되어 있는 하나의 우주처럼 보일 때도 있지만 생각만큼 완벽하게 논리적으로 이어져 있지는 않으므로 비슷한 세계관의 여러 가능 세계, 혹은 평행 우주라고 하는 편이 적절할 것이다. 이 작품에 나온 테마들만 보더라도 인종 청소, 유령 도시, 거지들의 모습은 『돈도그』에서 다시 다뤄진다. 또한 멸종 직전의 호모사피엔스를 관찰하기 위해 지구에 스파이를 '다이빙'시키는 정체불명의 외계인(?) 첩보 기관이나 볼셰비키 테러리스트 노파들의 책동은 『메블리도의 꿈』에서, 사회민주주의 정권에 탄압받는 혁명가나 삶과 죽음 사이의 중간 지대에서 방황하는 혼령들에 대해서는 『바르도 오어 낫 바르도』에서, 크릴리 곰포를 비롯해 감옥에 갇혀 죽어가면서 작품을 생산하고 있는 포스트엑조티시즘 작가들의 현황은 『10강으로 익히는 포스트엑조티시즘, 제11강』에서, 지구인들에게 박해받는 승복 차림의 외계인은 『조리앙 뮈르그라브의 비교 전기』에서, 제2 소비에트연방의 붕괴와 방사능 누출로 멸망해가는 인류와 타이가 지대 주술사들의 악행과 수백 년을 사는 불사자(不死者)들의 고독은 『찬란한 종착역』에서 찾아볼 수 있다. 달리 말하면 이 책 『미미한 천사들』은 볼로딘이 평생 다룬 주제 대부분이 압축되어 있는 다이제스트 또는 백과사전과도 같은 작품이며, 이 때문에 보통 볼로딘의 세계에 입문하기에 가장 적절한 책으로 꼽힌다. 하지만 다른 한편으로는 이 작품을 이루는 마흔아홉 개 이야기가 모두 동일한 우주를 배경으로 진행되는 것인지도 확실치 않다. 『미미한 천사들』 안에, 심지어 때로는 하나의 '나라' 안에 여러 개의 평행 우주가 공존하는 것은 아닐까?

포스트엑조티시즘에서는 같은 이름의 인물이 여러 작품에 나오는 일이 드물지 않다. 이 작품에 등장한 인물 중에는 제시 루, 매기 퀑이 『돈도그』에, 린다 시우, 까마귀 고르가, 바야를락이 『메블리도의 꿈』에 등장하며, 크릴리 곰포와 루츠 바스만은 『뼈 무덤이 보이는 풍경』에서 언급되고, 『비올라 솔로』에 나오는 4중주단은 나이소 발다크샨의 음악과 칸토 드질라스의 곡을 주로 연주하며, 슈룸은 꽤 여러 작품에 나온다. 하지만 볼로딘은 설혹 같은 이름이 두 작품에 나오더라도 그것은 동명이인에 불과하고 두 작품은 명백히 다른 세계("평행 우주")라고 단언한다.(예컨대 『내항』과 『발키리에서의 잠 못 이룬 밤』에는 공히 주인공 브뤼혈과 적대자 코터가 등장하지만 이들은 명백히 동명이인일 뿐이다.) 또한 포스트엑조티시즘 작품에는 러시아, 중앙아시아, 한국, 마카오, 라오스, 몽골 등을 연상시키는 인명이나 지명이 잔뜩 나오지만(예컨대 마르디로시안은 아르메니아의 성이고, '크릴리'와 '곰포'는 티베트 이름이며, 바그다슈빌리는 조지아 성씨다.) 볼로딘은 이 이름들이 절대 특정한 국적을 표시하지 않는다고 주장하며, 나아가 '국적'이나 '민족' 같은 단어 자체를 인종차별적인 허구적 개념이라며 거부한다. 그래서 지명의 경우에도 『미미한 천사들』에 나오는 루앙프라방이나 오클라호마는 독자가 살고 있는 세상 속 동명의 도시와 같은 도시가 아니다. 여기에는 기묘한 긴장이 있다. 볼로딘의 작품들은 동일 인물이 여러 작품에 등장하면서 하나의 우주를 공유하는 '연작(cycle)'의 범주에 정확히 들어맞지 않는다. 하지만 그럼에도 전체가 직간접으로 연결되면서 연작 비슷한 효과를 산출하는 것도 사실이다. 볼로딘은 여러 인터뷰에서 자신의 작품 전체를 여러 평행 우주로 이루어진 거대한 건축물(édifice)이라고 말하고 있으며 1990년 출간된 『리스본, 더 물러날 곳 없는 종경(終境)』 이후 작품간의 연계성은 점점 분명해지고 있다. 여기에 『10강으로 익히는 포스트엑조티시즘, 제11강』에서는 『미미한 천사들』의 등장인물인 크릴리 곰포와 마리아 클레멘티가 포스트엑조티시즘의 중요 작가로 거명되고, 프랑스에서 책을 출간한 4인의 포스트엑조티시즘 작가 중 하나인 엘리 크로나우에르가 볼로딘의 최신작 『찬란한 종착역』에 주인공으로 등장한다는 사실을 덧붙이면 이 포스트엑조티시즘 우주(들)의 외연을 대략적으로나마 가늠할 수 있을 것이다.

하지만 앞서 말한 것처럼 이 평행 우주들은 한 작품 안에서 공존하기도 한다. 볼로딘은 『티베트 사자의 서』에 나오는 '중음(中陰, Bardo)'(이승을 떠난 혼이 다음 생으로 환생하기 전에 49일 동안 머무는 중간적 세계)이라는 개념을 빌어 자신의 작품 세계를 설명하곤 하는데('중음'의 테마는 2004년 작품 『바르도 오어 낫 바르도』에서 본격적으로 다뤄진다.) 실제로 그의 작품 대부분은 삶과 죽음, 현재와 과거, 상상과 현실, '나'와 '너', 저자와 인물, 저자와 독자의 구별이 무화되는 '검은 공간'(이 책의 46번째 나라와 49번째 나라에서도 '검은 공간'이 언급된다.)을 배경으로 전개된다. 포스트엑조티시즘 작품의 서술자들 혹은 초서술자[4]들은 통상적으로 한 세계에서 다른 세계로 건너가는 주술적 무아지경(transe), 생사경, 백일몽 속에 있다는 것이다. 이에 대해 볼로딘은 'transe'라는 단어보다는 '여행(voyage)'이나 '다이빙(plongée)'이라는 표현을 선호한다고 밝힌 바 있는데, 이 작품에서 크릴리 곰포가 수십 년의 훈련 뒤에 실행하는 것이 바로 '다이빙'이다.(이 책의 네 번째 나라와 아홉 번째 나라에서는 곰포가 한 세계에서 다른 세계로 이동하는 것을 '공간 이동'이라고 의역했지만 원문의 단어는 '여행[voyage]'이다.)

이러한 평행 우주 사이의 여행은 포스트엑조티시즘의 SF적, 환상적 성격과 밀접한 관련이 있다. 애초에 볼로딘의 첫

---

4. 초(超)서술자(surnarrateur)는 볼로딘의 신조어로 "포스트엑조티시즘 책들을 '입으로 말하는' 이들, 그 책들을 중얼거리고, 변경시키고, 입에서 입으로 전달하고, 꿈꾸는 사람들"로서, 볼로딘은 자신이 이 초서술자들의 '대변인'에 불과하다고 주장한다. 『10강으로 익히는 포스트엑조티시즘, 제11강』에서는 이 초서술자 여덟 명이 등장해 비밀경찰에게 취조를 받는데, 이렇게 작품의 저자들을 작품 속에 인물로 등장시키고 볼로딘이라는 인물을 이 허구 인물들과 같은 우주에 속하게 만드는 것은 포스트엑조티시즘의 핵심적 발화 전략, 저자 전략이다.

네 작품은 드노엘 출판사에서 SF 총서로 출간되었다. 그런데 사실 SF로 분류된 것은 출판사 측 결정이었고, 첫 작품 『조리앙 뮈르그라브의 비교 전기(傳記)』의 경우 출판사의 압력으로 좀더 SF처럼 보이도록 (주인공을 분명히 외계인으로 만드는 등) 수정해야 했다고 한다. 이후 볼로딘은 누보로망 및 아방가르드 문학으로 유명한 미뉘 출판사로 자리를 옮기면서 점차 주류 문단의 주목을 받게 된다(반대로 미뉘 출판사에서는 SF적 색채를 제거하기를 원했다.). 참고로 현재 볼로딘은 (SF 장르를 폄하할 의도는 없음에도) 자기 작품이 SF가 아니라고 말하고 있지만, 그러한 주장과 무관하게 그의 작품이 종종 SF로 분류되는 것도 사실이다. 사실 순문학과 장르 문학의 경계 및 위계가 극도로 뚜렷한 프랑스 풍토에서 1990년대 초반부터 "평행 우주"라는 용어를 지속적으로 사용해온 작가가 SF 장르와 무관할 리는 없을 것이다. 비록 볼로딘 작품의 특정 장르 귀속 여부는 핀천의 『중력의 무지개』가 SF냐 폴 오스터의 『뉴욕 3부작』이 추리소설이냐를 따지는 것만큼이나 무의미한 일이겠지만.[5]

---

5. 볼로딘과 SF 장르의 관계는 다소 애매하다. 프랑스 소설사에서 SF나 환상 문학은 결코 주류 문학에 편입된 적이 없지만 작가 앙투안 볼로딘의 또 다른 젖줄인 러시아 문학사는 사정이 다르다. 소비에트 치하의 검열을 회피하는 방법으로 소련 작가들은 SF나 환상 문학의 형식을 애용했고, 볼로딘은 이렇듯 실제 현실로 직접 환원되지 않는 환상성, 비현실성을 이용해 나름의 반체제적 문학을 만들어내고 있다. 반면, 볼로딘이 자기 작품이 SF가 아니라고 퉁명스럽게 부정하는 것은 SF 장르에 대한 거부감 때문이라기보다는 특정 장르명을 받아들일 경우 작품의 이상함, 독자성을 부인하기 때문이라고 해야 할 것이다. "공식 문학(관영 문학)"과 대립되는 "쓰레기통의 문학"을 지향하는 볼로딘에게 있어 SF 장르로의 편입은 (비록 프랑스 문단에서 SF가 2류 문학으로 여겨지고 있음에도 불구하고) 문학적 자율성의 상실을 뜻하는 것이다.

* * *

소설에서는 서술자의 입장이 주인공의 입장과 다를 수 있는 만큼이나 서술자의 입장이 텍스트의 입장이나 저자의 입장과 다를 수 있다. 그의 작품 속에는 세계혁명의 향수에 젖은 인물, 경찰이나 정보기관의 추적을 받는 정치적 위험인물이 계속 등장하지만 작품이나 인터뷰에서 직간접으로 드러나는 볼로딘의 '정치적 입장'은 그리 간단치 않아 쉽게 결론을 내릴 수 없다. 물론 포스트엑조티시즘의 단초가 처음 명시적으로 드러나는 『리스본, 더 물러날 곳 없는 종경』(1990)에서 여러 작가, 비평가, 역사가들이 인페르누스 요한네스 별동대, 이렌 슐렘 전투조, 안젤라 쉴러 특공대, 에바 롤닉 여단, 잉게 알브레히트 분대 등 군사 편성 단위의 이름을 갖고 있는 데서 알 수 있는 것처럼 볼로딘의 작품 속에서 글쓰기와 사회적 투쟁은 불가분의 관계를 맺고 있다. 하지만 그럼에도 볼로딘은 문학을 진보나 혁명을 위해 사용하는 데 관심이 없다고 말한다. 정확히는, 우리가 살고 있는 실제 현실에서 문학은 변혁의 도구로서 무용하다고 말한다.

> "제 뜻을 정말 분명하게 전달하기 위해 지난 몇 년간 여러 차례 선언했던 것을 여기서 다시 말하겠습니다. 혁명을 하는 데 문학은 소용이 없습니다. 그 누구와든 전쟁을 하는 데 문학은 소용이 없습니다. 이제 문학은 사회-역사적 사건들에 대한 영향력이 전무한 시기에 도달했습니다. 예전에는 어쩌면 시인이 사회에서 중요했을지도 모르죠. 이제는 아닙니다."[6]

더 나아가 볼로딘은 심지어 AK-47 소총에 비하면 문학은 아무

---

6. 장디디에 와네르(Jean-Didier Wagneur), 「앙투안 볼로딘과의 인터뷰: 처음부터 다시 시작한다(Entretien avec Antoine Volodine: On recommence depuis le début)」, 『에크리튀르 콩탕포렌 8호: 앙투안 볼로딘. 정치적인 것의 픽션들(Écritures Contemporaines 8 : Antoine Volodine. Fictions du politique)』, 안 로슈(Anne Roche) 편집, 캉(Caen): 레트르 모데른 미나르(Lettres Modernes Minard), 244쪽.

것도 아니라고까지 말하면서 문학의 사회적 효용을 폄하하지만 사실 포스트엑조티시즘의 발화 · 생산 시스템(바깥세상의 공식 문학과 대립되는 수용소 문학, 독자층 없이 자기들끼리 입에서 입으로 전하는 수감자들의 문학)은 그 자체로 지극히 정치적이다. 이 자폐증적 작가들에게 '감금'은 외부 세계가 부과한 것이기도 하지만 미학적 · 정치적 선택이기도 하다. '꿈'이라는 '다른 세계'의 문을 열기 위해 현실 세계를 부인하고 창작에 틀어박힌 것이다. (동서 냉전 구도를 상기시키는) '콜로니'와 '신천지'라는 두 제국으로 분할된 세상을 배경으로 삼고 있는 1998년작 『뼈 무덤이 보이는 풍경』에서는 과거 콜로니의 정보기관에서 공작원으로 일했던 남녀 주인공이 투옥되어 취조를 당하는데, 콜로니의 심문자들이 가하는 고문과 구타에도 불구하고 두 주인공이 실토하지 않는 비밀은 그들이 어떻게 해서 이 세상의 질서를 벗어난 포스트엑조티시즘 나라(narrat)를 썼느냐는 것이다. 그리고 이런 논리에 따라 포스트엑조티시즘 작가들은 이 세상 어디에도 속하지 않는 자로, 일종의 외계인으로 간주된다.

> "너희[심문을 받고 있는 두 주인공]를 대면하게 하면 너희 둘 모두에게 가해지는 고통과 균열 때문에 우리의 수사에 진전이 있을 것이라고 계산했지. 너희가 문학으로 분석한 너희의 방랑을 논하다 보면 이 재회의 공포를 이기지 못하고 그놈의 포스트엑조티시즘적 메시지들을 해독해낼 줄 알았던 거야. 너희가 죽기 전까지 누설하지 않으려고 했던, 우리에게서 지켜내려고 했던 메시지들 말이야. (…) '우리'라는 건 첩보국만 얘기하는 게 아니야. '우리'라는 건 콜로니뿐 아니라 외국의 적들도 포함해서 하는 말이야. (…) '우리'라고 할 때 나는 인류 대부분을, 거의 모든 사람을 뜻하는 거야, 너희는 거기에 속하지 않고."

한 인터뷰에서 볼로딘은 이 암울한 세계에 구원이나 출구가 있느냐는 다소 상투적인 질문에 답하면서, 작중인물들이 만들어내는 포스트엑조티시즘 서사(예컨대 이 책에서 빌 샤이드만이 만든 '나라'들)는 다른 세상, 평행 우주로의 '여행'을 통한 아무짝에도 쓸모없는 현실도피의 수단임을 지적한다.

"아니요. 내 모든 인물들이 선택하는 구원은 한편으로는 파괴의 언어이고 다른 한편으로는 언어를 통해 다른 평행 우주에, 살 만한 꿈의 우주에 다이빙하는 것입니다. 유일한 탈출구는 현실 부정이라는 잠정적 피난처입니다. 의식적이든 무의식적이든 문학적, 이데올로기적 상상물을 만들어 현실을 부정하는 것이죠. 현실 부정은 생존 기술입니다. 『발키리에서의 잠 못 이룬 밤』에 나오는 생존 기술은 숨을 쉬지 않는 것입니다. 제 인물들은 폭력, 화재, 살인의 장면을 무호흡 상태로 통과합니다. 말도 안 되는 생존 수단이죠."[7]

* * *

포스트엑조티시즘의 역사에서 『미미한 천사들』(1999)은 여러모로 기점이 되는 작품이다. 1985년에서 1998년까지 드노엘, 미뉘, 갈리마르에서 앙투안 볼로딘의 이름으로 열한 권의 작품이 출간된 데 반해, 이 책을 시작으로 1999년부터 앙투안 볼로딘은 쇠유 출판사에서만 책을 내기 시작했고(여덟 권), 엘리 크로나우에르는 1999년부터 레콜데루아지르 출판사에서 다섯 권, 마누엘라 드라게르도 2002년부터 레콜데루아지르에서 열세 권, 루츠 바스만은 2008년부터 베르디에 출판사에서 다섯 권을 출간했다. 요컨대 첫 13년 동안 앙투안 볼로딘이 열한 권을 냈고, 1999년부터 지금까지 19년 동안 네 작가가 세 출판사에서 서른한 권을 냈다. 10여 년의 모색 기간을 걸쳐 구축된 '포스트엑조티시즘'이 『미미한 천사들』 직전의 작품인 『10강으로 익히는 포스트엑조티시즘, 제11강』(1998)에서 이론적으로 완성된 모습으로 제시되고 뒤이어 이 사조의 테마들을 집대성하는 『미미한 천사들』이 출간되면서 이후 발표 작품 수가 폭발적으로 증가한 것이다. 현재 볼로딘은 오랜 '컬트 작가'의 지위를 벗어나 작품이 출간될 때마다 언론의 관심을 받고

---

7. 「글쓰기, 전투적 포지셔닝(L'Écriture, une posture militante)」, 『르 마트리퀼 데장주(Le Matricule des Anges)』, 20호, 1997년 7–8월 호. 크릴리 곰포가 차원 이동(voyage)을 할 때 무호흡 상태를 유지함을 상기할 것.

있고 2014년 『찬란한 종착역』의 메디치 상 수상 이후 과거 작품 대부분이 포켓판으로 재간되는 등 전성기를 구가하고 있다.

『미미한 천사들』은 49개의 '나라(narrat)'로 되어 있고, 『메블리도의 꿈』, 『찬란한 종착역』, 『발키리에서의 잠 못 이룬 밤』 역시 49개의 장으로 되어 있다. 앞서 언급한 것처럼 볼로딘은 망자가 다음 생으로 환생하기 전에 49일간 머무른다는 티베트 불교의 중간계 '바르도' 개념에 매료되어 있는데, 이 작품은 49개의 나라를 통해 독자에게 이 세계에서 다른 세계로의 '여행'을 권유하는 셈이다. 이 책의 경우 특히 정중앙에 해당하는 25장을 중심으로 대칭적 피라미드 구조를 하고 있어, 1장과 49장이, 2장과 48장이, 3장과 47장이 연결되는 식으로(2장과 48장은 프레드 젠플 이야기, 11장과 39장은 여성 운전자 이야기, 14장과 36장은 탐험대 이야기, 18장과 32장은 새의 시점 등) 모든 장들이 짝을 이루고 있다. 울리포(Oulipo)를 연상시키는 이러한 형식적 제약에 대해 볼로딘은 문학적 유희일 뿐이라고 말하지만 그것이 읽는 이에게도 즐거움임은 부인할 수 없으니, 세세한 연관을 찾는 즐거움은 독자의 몫으로 남겨두도록 하자.

* * *

해설을 어떻게 써야 할지, 과연 쓰기는 해야 할지 고민이 많았다. 40여 편에 달하는 포스트엑조티시즘 작품 중 고작 열 몇 권을 읽고 앙투안 볼로딘 일파에 대해 무어라 말할 자신이 없기도 했지만, 무엇보다 이 책만큼은 다른 소개 없이 작품 자체만으로 독자에게 전하고 싶었기 때문이다. 아무 사전 정보 없이 읽으면서 경험했던 쾌감을 빼앗고 싶지 않았다. 하지만 볼로딘의 책 대여섯 권을 읽지 않고서는 포스트엑조티시즘의 다면적 구도를 파악하기가 쉽지 않다 보니, 이 작가를 한국의 독자에게 처음 선보이는 입장에서 개괄적인 설명이 필요할 것 같았다. 모쪼록 더 많은 작품이 한국어로 소개되어 볼로딘의 전모가 온전히 전달될 수 있기를 바란다.

이충민

작품 목록

앙투안 볼로딘의 이름으로 발표된 장편소설들

『조리앙 뮈르그라브의 비교 전기(傳記)(Biographie comparée de Jorian Murgrave)』, 파리: 드노엘(Denoël), 1985.
『그 어디서도 오지 않은 배(Un Navire de nulle part)』, 드노엘, 1986.
『무시 절차(Rituel du mépris)』, 드노엘, 1986.
『환상적인 지옥들(Des enfers fabuleux)』, 드노엘, 1988.
『리스본, 더 물러날 곳 없는 종경(終境)(Lisbonne, dernière marge)』, 파리: 미뉘(Minuit), 1990.
『비올라 솔로(Alto Solo)』, 미뉘, 1991.
『원숭이들의 이름(Le Nom des singes)』, 미뉘, 1994.
『내항(內港)(Le Port intérieur)』, 미뉘, 1996.
『발키리에서의 잠 못 이룬 밤(Nuit blanche en Balkhyrie)』, 파리: 갈리마르(Gallimard), 1997.
『뼈 무덤이 보이는 풍경(Vue sur l'ossuaire)』, 갈리마르, 1998.
『10강으로 익히는 포스트엑조티시즘, 제11강(Le Post-exotisme en dix leçons, leçon onze)』, 갈리마르, 1998.
★『미미한 천사들(Des anges mineurs)』, 파리: 쇠유(Seuil), 1999.
『돈도그(Dondog)』, 쇠유, 2002.
『바르도 오어 낫 바르도(Bardo or not Bardo)』, 쇠유, 2004.
『우리가 좋아하는 짐승들(Nos animaux préférés)』, 쇠유, 2006.
☆『메블리도의 꿈(Songes de Mevlido)』, 쇠유, 2007.
『마카오(Macau)』, 쇠유, 2009.
『작가들(Écrivains)』, 쇠유, 2010.
☆『찬란한 종착역(Terminus radieux)』, 쇠유, 2014.

☆ 한국어판 출간 예정

앙투안 볼로딘
미미한 천사들

초판 1쇄 발행. 2018년 10월 20일

번역. 이충민
편집. 김뉘연, 신선영
제작. 금강인쇄
발행. 워크룸 프레스
출판 등록. 2007년 2월 9일 (제300-2007-31호)
03043 서울시 종로구 자하문로16길 4, 2층
전화. 02-6013-3246 / 팩스. 02-725-3248
메일. workroom@wkrm.kr
www.workroompress.kr / www.workroom.kr

ISBN 979-11-89356-08-8 04860 / 979-11-89356-07-1 (세트)
14,000원

이 도서의 국립중앙도서관 출판예정도서목록(CIP)은
서지정보유통지원시스템(seoji.nl.go.kr)과
국가자료공동목록시스템(nl.go.kr/kolisnet)에서 이용하실 수
있습니다. CIP제어번호: CIP2018031467

이충민
서강대학교에서 불문학 학사·석사를 받았고, 파리8대학에서
박사 과정을 수료했으며, 서강대학교에서 프루스트 연구로
박사 학위를 받았다. 서강대학교 연구 교수로 재직 중이다. 질
들뢰즈의 『프루스트와 기호들』(공역), 란다 사브리의 『담화의
놀이들』, 미셸 드 세르토의 『루뎅의 마귀들림』, 다이 시지에의
『공자의 공중곡예』 등을 한국어로 번역했고, 프루스트 연구서
『통일성과 파편성—프루스트와 문학장르』를 썼다.